射鵰英雄傳

金庸

第三卷

降龍神掌

八大山人「雙鷹圖」：朱耷(一六二六生，卒年不詳)，明宗室，江西人，明亡後出家為僧；號八大山人、雪個等，署名「八大山人」四字似「哭之笑之」，意為哭笑不得。其畫氣勢雄闊，凝重渾厚，清初寫意派大畫家。

宋寧宗像。原藏故宮南薰殿。

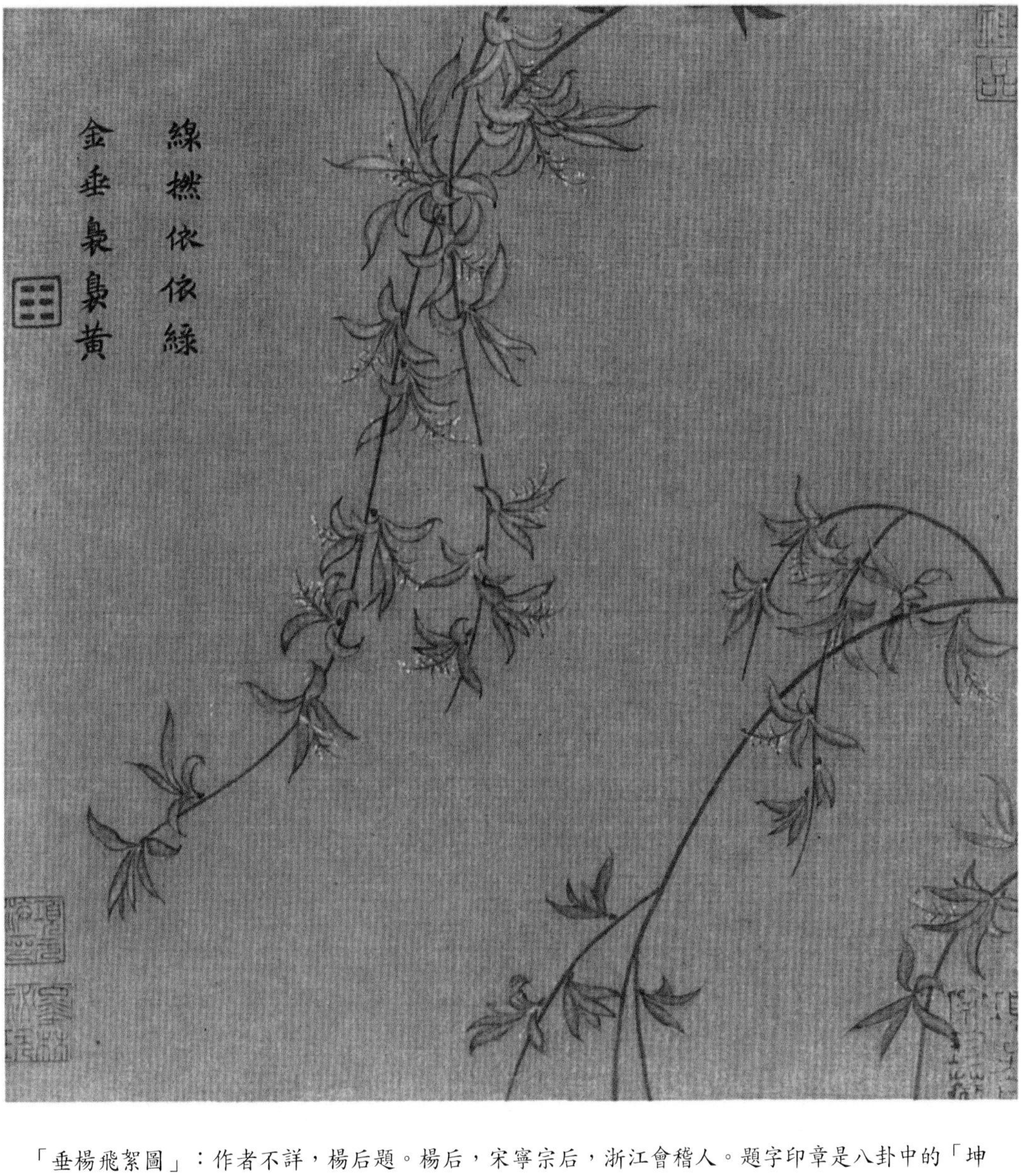

「垂楊飛絮圖」：作者不詳，楊后題。楊后，宋寧宗后，浙江會稽人。題字印章是八卦中的「坤卦」，意為皇后。楊后之妹為宮中藝文供奉，工詩善畫，當時稱「楊妹子」，又稱「楊娃」，此畫或為楊妹子所繪，也可能是出於楊后手筆。

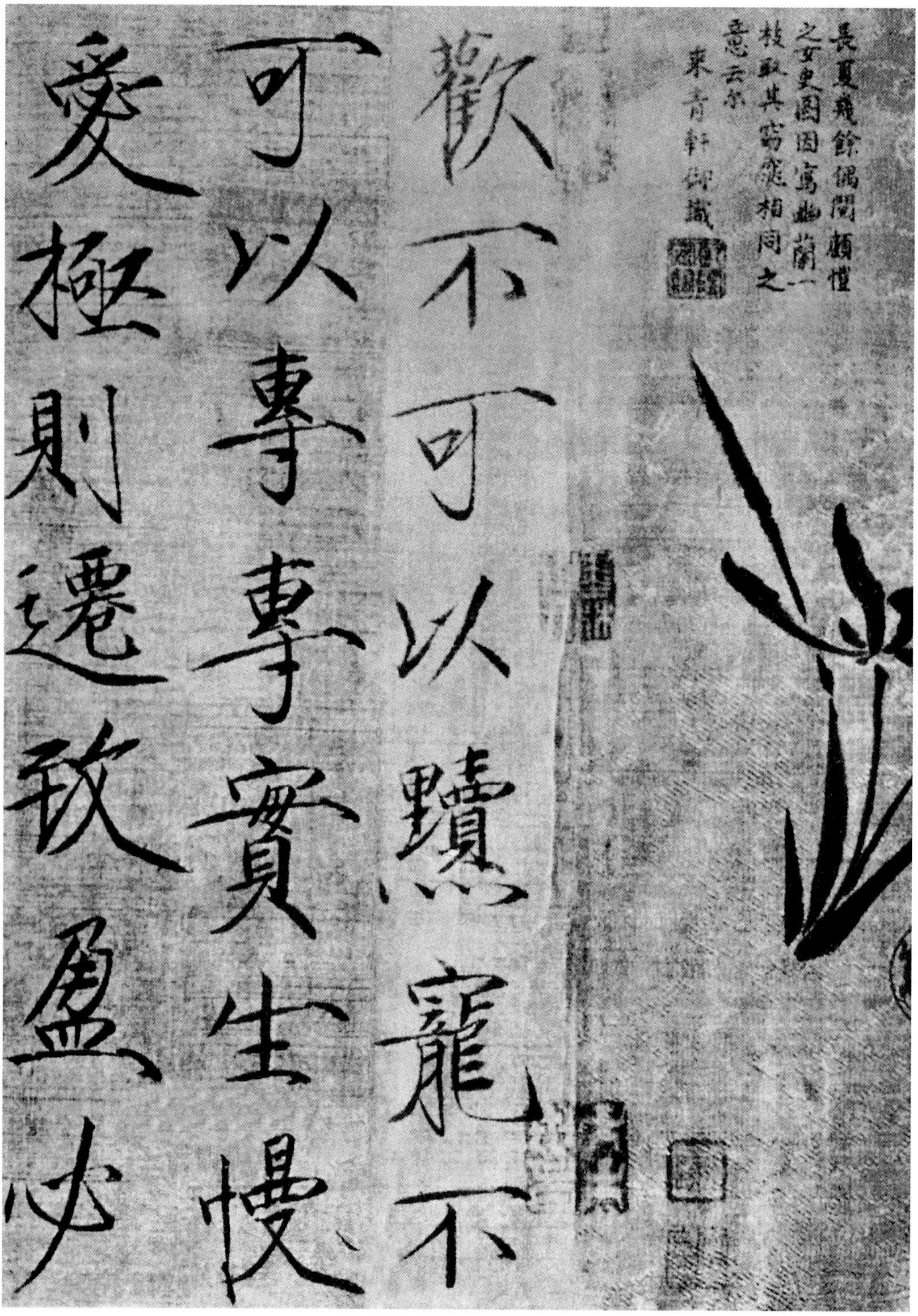

金章宗題字：題於傳為顧愷之所繪的「女史箴圖卷」上，現藏倫敦大英博物館。金章宗名完顏璟，趙王完顏洪烈(史上並無其人，但章宗的兒子都是「洪」字輩)的父親。章宗詩文均佳，書法學宋徽宗瘦金體，極為神似。此畫題字向來誤以為宋徽宗所書，後來考定為金章宗筆。

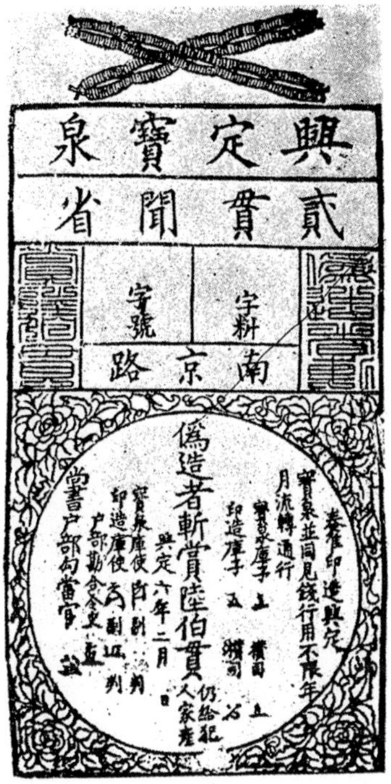

金宣宗「興定寶泉」鈔票：金興定元年至六年，時郭靖十八歲至二十三歲，這類鈔票他一定曾經使用。

宋「靖康元寶」錢

金章宗「泰和重寶」錢：金泰和元年至八年，時郭靖兩歲至九歲。

宋文治「太湖之濱」：宋文治，當代畫家，江蘇太倉人。

大字版

射鵰英雄傳

金庸

③降龍神掌

大字版金庸作品集⑪
射鵰英雄傳 (3)降龍神掌 「公元2003年金庸新修版」
The Eagle-shooting Heroes, Vol. 3

作　　者／金　庸

封面設計／唐壽南　內頁插畫／姜雲行

發 行 人／王 榮 文
出版・發行／遠流出版事業股份有限公司
臺北市中山北路一段11號13樓
電話／2571-0297　**傳真**／2571-0197　**郵撥**／0189456-1

□2003年8月1日　初版一刷
□2024年8月1日　二版十刷

大字版　每冊 *380*元（本作品全八冊，共3040元）
〔另有典藏版共36冊（不分售），平裝版共36冊，新修版共36冊，新修文庫版共72冊〕

ISBN　978-957-32-8121-4（**套：大字版**）
ISBN　978-957-32-8115-3（**第三冊：大字版**）
Printed in Taiwan

YLib 遠流博識網
http://www.ylib.com　E-mail:ylib@ylib.com

目錄

到第八天上，郭靖終於攀上了崖頂，還將黃蓉也拉了上去。兩人在崖上歡呼跳躍，喜悅若狂，手挽手的又從瀑布中溜了下來。

第十一回　長春服輸

沙通天見師弟危殆，躍起急格，擋開了梅超風這一抓，兩人手腕相交，都感臂酸心驚。這時左邊嗤嗤連聲，彭連虎的連珠錢鏢也已襲到。梅超風順手把侯通海身子往錢鏢上擲去，「啊唷」聲中，侯通海身上中鏢。黃蓉百忙中叫道：「三頭蛟，恭喜發財，得了這麼多錢！」沙通天見這一擲勢道勁急，師弟給擲到地下，必受重傷，倏地飛身過去，伸掌在他腰間力托。侯通海如紙鷂般飛了起來，待得再行落地，已是自然之勢，他一身武功，這般摔一交便不相干。只不過左手給這般勢道甩了起來，揮拳打出，手臂長短恰到好處，又重重的打在三個肉瘤之上，再加上兩聲「啊唷」。

梅超風擲人、沙通天救師弟，都只眨眼間之事，侯通海肉瘤上中拳，彭連虎的錢鏢又已陸續向梅超風打到，同時歐陽克、梁子翁、沙通天從前、後、右三路攻到。

梅超風聽音辨形，手指連彈，錚錚錚錚一陣響過，數十枚錢鏢分向歐陽、梁、沙、彭四人射去，這是她在桃花島上學到的一點初步「彈指神通」功夫。她同時問：「甚麼叫攢簇五行？」郭靖道：「東魂之木、西魄之金、南神之火、北精之水、中意之土。」梅超風道：「啊喲，我先前可都想錯了。甚麼叫做和合四象？」郭靖道：「藏眼神、凝耳韻、調鼻息、緘舌氣。」梅超風喜道：「原來如此。那甚麼叫五氣朝元？」郭靖道：「眼不視而魂在肝、耳不聞而精在腎、舌不吟而神在心、鼻不香而魄在肺、四肢不動而意在脾，是為五氣朝元。」他說的是馬鈺所教練內功之法，與全眞派道教長生求仙的法門全然不同。

郭靖在蒙古大漠懸崖之頂隨馬鈺修習內功之時，馬鈺不願負起師徒之名，以免對不起師弟丘處機與江南六怪，初時只教郭靖如何呼吸、打坐、睡覺，後來郭靖內息既通，說道「有幾隻小耗子在我肚皮裏鑽來鑽去」，馬鈺知他內功已有小成，便教他一些練功的術語與法門。馬鈺為人忠厚老實，一時之間也編造不出一些日常用語，用以解釋如何驅使這些小耗子，如何令內息打通任督二脈，只得教他一些全眞教的運息之法。內功運行，十分微妙，差之厘毫，謬以千里，馬鈺在倉促之間，也不敢任意變更師傳的內功功訣，只得照實說了，教郭靖牢牢記住，其中精奧，自然不加詳解。好在郭靖渾渾噩噩，也不敢多問，「道士伯伯」怎麼說，他就怎麼記在心裏。反正六位師父教他武功，也只讓他知其然而不知其所以然，師父教一招，他就記一招，他只記得「黑虎偷心」是右拳擊向對方胸口，對七師父韓小瑩便不能使這招，至於「黑虎」如何可以「偷心」，師父既然不教，他也就不問。「和合四象」、「五氣朝元」這些功訣，「道士伯伯」曾經教過他的，他就囫圇吞棗的記在心裏，也從來不問有甚麼用途，這時聽梅超風問起，便隨口說了出來。黃藥師的桃花島武功並非道家一派，內功運息、外功練招，均與全眞派的道家功夫大不相同，《九陰眞經》卻源自道家。

「和合四象」、「五氣朝元」這些道家修練的關鍵性行功，就道家而言，有內功、長生、求仙三項不同法門，在《九陰眞經》中一再提及，叮囑修習時不可混同，梅超風苦思十餘年而不解的秘奧，一旦得郭靖指點而恍然大悟，教她如何不喜？當下又問：「何爲三花聚頂？」她練功走火，關鍵正在此處，是以問了這句話後，凝神傾聽。郭靖道：「精化爲氣、氣化爲神……」

梅超風留神聽他講述口訣含義，出手稍緩。前後敵人都是名家高手，她全神應戰，時刻稍長都不免落敗，何況心有二用？郭靖只說得兩句，梅超風左肩右脅同時中了歐陽克和沙通天的一掌，她雖有一身橫練功夫，也感劇痛難當。

黃蓉本擬讓梅超風擋住各人，自己和郭靖就可溜走，那知郭靖卻爲她牢牢纏住，變作了她上陣交鋒的一匹戰馬，再也脫身不得，心裏又著急，又生氣。梅超風再拆數招，已全然落於下風，情急大叫：「喂，你那裏惹了這許多厲害對頭來？師父呢？」心中左右為難，既盼師父立時趕到，親眼見她救護師妹，隨即出手打發了這四個厲害的對頭，但想到師父的為人處事，又不禁毛骨悚然。

黃蓉道：「他馬上就來。這幾個人怎是你的對手？你就坐在地下，他們也動不了你一根寒毛。」只盼梅超風受了這奉承，要強好勝，果真放了郭靖。那知梅超風左支右絀，早已有苦難言，每一剎那間都能命喪敵手，如何還能自傲托大？何況她尚有不少內功的疑難要問，說甚麼也不肯放開郭靖。

再鬥片刻，梁子翁長聲猛喝，躍向半空。梅超風覺到左右同時有人襲到，雙臂橫揮擊出，猛覺頭上一緊，一把長髮已給梁子翁拉住。黃蓉眼見勢危，發掌往梁子翁背心打去。梁子翁右手迴撩，勾她手腕，仍拉住長髮不放。梅超風揮掌猛劈。梁子翁只覺勁風撲面，只得鬆手放開她頭髮，側身避開。

彭連虎跟她拆招良久，早知她是黑風雙煞中的梅超風，後來見黃蓉出手相助，罵道：「小丫頭，你說不是黑風雙煞門下，撒的瞞天大謊。」黃蓉笑道：「她是我師父嗎？教她再學一百年啦！我做她師父還差不多。」彭連虎見她武功家數明明跟梅超風相近，可是非但當面不認，而且言語之中對梅超風全無敬意，大感詫異。

沙通天叫道：「射人先射馬！」右腿橫掃，猛往郭靖踢去。梅超風大驚，心想：

「這小子武藝低微，不能自保，只要給他們傷了，我行動不得，立時會給他們送終。」吐聲低嘯，伸手往沙通天腳上抓去，這一來身子俯低，歐陽克乘勢直上，右掌打中她背心。梅超風哼了一聲，右手抖動，驀地裏白光閃耀，一條長鞭揮舞開來，登時將四人遠遠逼開。

彭連虎心想：「不先斃了這瞎眼婆子，要是她丈夫銅屍趕到，麻煩可大了！」陳玄風死在荒山之事，江南六怪並不宣揚，中原武林中多不知聞。「黑風雙煞」威名遠震，出手毒辣，縱是彭連虎這等兇悍之徒，向來也對之著實忌憚。

梅超風的白蟒鞭勁道凌厲之極，四丈之內，難擋難避，但沙通天、彭連虎、梁子翁、歐陽克均非易與之輩，豈肯就此罷手？躍開後各自察看她鞭法。突然之間，彭連虎幾聲唿哨，著地滾進。梅超風舞鞭擋住三人，已顧不到地下，耳聽得郭靖失聲驚叫，暗暗叫苦，左臂疾伸，向地下拍擊。

黃蓉見郭靖遇險，想要插手相助，但梅超風已將長鞭舞成一個銀圈，又怎進得了鞭圈？見她左手單手抵擋彭連虎，實已招架不住，形勢危急，大叫：「大家住手，我有話說。」彭連虎等那裏理睬？郭靖叫道：「蓉兒，你快先走，我脫身後便來尋你！」黃蓉叫道：「要走大家一起走！」

忽聽得圍牆頂上有人叫道：「大家住手，我有話說。」黃蓉回頭看時，只見圍牆上一排站著六人，黑暗中看不清楚面目。彭連虎等不知來人是友是敵，惡鬥方酣，誰都住不了手。

牆頭兩人躍下地來，一人揮動軟鞭，一人舉起扁擔，齊向歐陽克打去。那使軟鞭的矮胖子叫道：「採花賊，你再往那裏逃？」

郭靖聽得語聲，心中大喜，叫道：「三師父，快救弟子！」

這六人正是江南六怪。他們在塞北道上與郭靖分手，跟蹤白駝山的八名女子，當夜發覺歐陽克率領姬妾去擄劫良家女子。江南六怪自不能坐視，當即與他動起手來。歐陽克武功雖高，但六怪十餘年在大漠苦練，功夫大非昔比。以六攻一，歐陽克吃了柯鎭惡一杖，又給朱聰以分筋錯骨手扭斷了左手小指，只得拋下已擄到手的少女，落荒而逃，助他爲惡的姬妾爲南希仁與全金發各自打死了一人。六怪送了那少女回家，再來追尋歐陽克。但他好生滑溜，遶道而行，竟找他不著。六怪情知單打獨鬥，功夫都不及他，不敢分散圍捕，好在那些騎駱駝的女子裝束奇特，行跡極易打聽，六人一路追蹤，來到了趙王府。

黑夜中歐陽克的白衣甚是搶眼，韓寶駒等一見之下，便上前動手，忽聽到郭靖叫聲，六人又驚又喜，朱聰等凝神再看，見圈子中舞動長鞭的赫然竟是鐵屍梅超風，她坐在郭靖肩頭，顯然郭靖已落入了她掌握。大驚之下，韓小瑩挺劍上前，全金發滾進鞭圈，一齊來救郭靖。

彭連虎等忽見來了六人，已感奇怪，而這六人或鬥歐陽、或攻鐵屍，是友是敵，更難分辨。彭連虎住手不鬥，仍以地堂拳法滾出鞭圈，喝道：「大家住手，我有話說。」這一下吆喝聲若洪鐘，各人耳中都震得嗡嗡作響。梁子翁與沙通天首先退開。

柯鎮惡聽了他這喝聲，知道此人了得，當下叫道：「三弟、七妹，別忙動手！」韓寶駒等聽得大哥叫喚，均各退後。

梅超風也收了銀鞭，呼呼喘氣。黃蓉走上前去，說道：「你這次立的功勞不小，爹爹必定歡喜。」雙手向郭靖大打手勢，叫他將梅超風身子擲開。

郭靖會意，知道黃蓉逗她說話是分她之心，叫道：「三花聚頂是精化爲氣，氣化爲神，神化爲虛，好好記下了。」梅超風潛心思索，問道：「如何化法？」忽覺身子騰空而起。卻是郭靖乘她凝思內功訣竅之際，雙手使力，將她拋出數丈，同時提氣拔身，向後躍開。他身未落地，明晃晃、亮晶晶一條生滿倒鉤的白蟒鞭已飛到眼前。韓寶駒大叫一聲，軟鞭倒捲上去，雙鞭相交，只覺虎口劇震，手中軟鞭已爲白蟒鞭強奪了去。

梅超風身子將要落地，伸手撐落，輕輕坐下。她聽了柯鎮惡那聲呼喝，再與韓小瑩等過了招，知是江南七怪到了，又恨又怕，暗想：「我到處找他們不到，今日卻自行送上門來，倘若換作另日，那正求之不得，但眼下強敵環攻，我本來就已支持不住，再加上這七個魔頭，今日有死無生了。」打定了主意：「梁老怪等閒人而已，死活聽便，今日但與七怪同歸於盡，拚得一個是一個。」手握白蟒鞭，傾聽七怪動靜，尋思：「七怪只來了六怪，另一個不知埋伏在那裏？」她不知笑彌陀早已死在她丈夫手底。

江南六怪與沙通天等都忌憚她銀鞭厲害，個個站得遠遠地，不敢近她身子四五丈之內，一時寂靜無聲。

朱聰低聲問郭靖：「他們幹麼動手？你怎麼幫起這妖婦來啦？」郭靖道：「那些人要殺我，是梅超風救了我的。」朱聰等大惑不解。

彭連虎叫道：「來者留下萬兒，夜闖王府，有何貴幹？」柯鎮惡冷冷的道：「在下姓柯，我們兄弟七人，江湖上人稱江南七怪。」彭連虎道：「啊，江南七俠，久仰，久仰。」

沙通天怪聲叫道：「好哇，七怪找上門來啦。我老沙正要領教，瞧瞧七怪到底有甚麼本事。」他聽得是「江南七怪」，立即觸起四徒受辱之恨，身形一晃，搶上前來，呼的一掌，逕向南希仁頭頂劈下。南希仁把扁擔揷入地下，出掌接過，只交數招，便見不敵。韓小瑩揮動長劍，全金發舉起秤桿，上前相助。

彭連虎縱聲大喝，來奪全金發手中秤桿。全金發秤桿後縮，兩端秤鍾秤鉤同時飛出，饒是彭連虎見多識廣，這般怪兵刃也沒見過，使招「怪蟒翻身」，避開對方左右打到的兵刃，喝道：「這是甚麼東西？市儈用的調調兒也當得兵器！」全金發道：「我這桿秤，正是要秤你這口不到三斤重的瘦豬！」彭連虎大怒，猱身直上，雙掌虎虎風響，全金發怎抵擋得住？韓寶駒見六弟勢危，他雖失了軟鞭，但拳腳功夫也自不凡，橫拳飛足，與全金發雙戰彭連虎。但以二對一，兀自迭逢險招。

柯鎮惡掄動伏魔杖相助南希仁，朱聰揮起白摺扇點戳彭連虎。柯朱二人武功在六怪中遠超餘人，沙彭二人分別以一敵三，便落下風。

那邊侯通海與黃蓉也已鬥得甚是激烈。侯通海武功本來較高，但想到這「臭小子」身穿軟蝟甲，連頭髮中也裝了厲害之極的尖刺，拳掌不敢碰向她身子，更加再也不敢去抓她頭髻。黃蓉見他畏怯，便仗甲欺人，橫衝直撞。侯通海連連倒退，大叫：「不公道，不公道。你脫下刺蝟甲再打。」黃蓉道：「好，那麼你割下額頭上三個瘤兒再打，否則也不公道。」侯通海怒道：「我這三個瘤兒又不會傷人。」黃蓉道：「我見了噁心，你豈不是大佔便宜？一、二、三，你割瘤子，我脫軟甲。」侯通海怒道：「不割！」黃蓉道：「你還是割了，多佔便宜。」侯通海怒道：「我不上你當，說甚麼也不割！」

歐陽克尋思：「先殺了跟我為難的這六個傢伙再說。那妖婦反正沒法逃走，慢慢收拾不遲。」他存心炫耀武功，縱身躍起，展開家傳「瞬息千里」上乘輕功，斗然間欺到柯鎮惡身旁，喝道：「多管閒事，叫你瞎賊知道公子爺的厲害。」右手進身出掌，柯鎮惡抖起杖尾，不料右腦旁風響，打過來的竟是他左手的反手掌。柯鎮惡低頭避過，鋼杖「金剛護法」，猛擊過去，歐陽克早在另一旁跟南希仁交上了手。他東竄西躍，片刻間竟向六怪人人下了殺手。

梁子翁的眼光自始至終不離郭靖，見歐陽克出手後六怪轉眼要敗，雙手向郭靖抓去。郭靖急忙招架，只拆得幾招，胸口已給拿住。梁子翁右手抓他小腹。郭靖情急中肚子疾向後縮，嗤的一聲，衣服撕破，懷中十幾包藥給他抓了去。梁子翁聞到藥氣，隨手放在懷裏，第二下跟著抓來。

郭靖奮力掙脫他拿在胸口的左手五指，向梅超風奔去，叫道：「喂，快救我。」梅超風心想：「玄門內功之中，我還有許許多多未曾明白。」喘氣道：「過來抱住我腿，不用怕這老怪。」郭靖卻知抱住她容易，再要脫身可就難了，不敢走近，只繞著她身子急奔。梁子翁雖見郭靖已進入梅超風長鞭所及的圈子，仍緊追不捨，只留神提防長鞭飛出襲擊。梅超風聽明了郭靖的所在，銀鞭抖動，驀地往他雙腳捲去。

黃蓉雖與侯通海相鬥，佔到上風之後，一半心思就在照顧郭靖，先前見他爲梁子翁拿住，卻相距過遠，相救不得，心中焦急，後來見他奔近，梅超風長鞭著地飛來，郭靖無法閃避，情急之下，飛身撲向鞭頭。梅超風的銀鞭遇物即收，乘勢迴扯，已把黃蓉攔腰纏住，將她身子甩了起來。黃蓉在半空中喝道：「梅若華，你敢傷我？」

梅超風聽得是黃蓉聲音，吃了一驚：「我鞭上滿是尖利倒鉤，這一下傷了小丫頭，師父更加不能饒我。那便如何是好？先把小丫頭拉過來再作定奪。」抖動長鞭，將黃蓉拉近身邊，放在地下，滿以爲鞭上倒鉤已深入她肉裏，那知鞭上利鉤只撕破了她外衫，並未傷及她身子分毫。黃蓉笑道：「你扯破我衣服，我要你賠！」梅超風聽她語聲中毫無痛楚之音，不禁一怔，隨即會意：「啊，師父的軟蝟甲自然給了她。」心中便寬了，說道：「是我的不是，定要好好賠還給小妹子一件新衣。」

黃蓉向郭靖招手，郭靖走近身去，離梅超風丈許之外站定。梁子翁忌憚梅超風厲害，不敢逼近。

那邊江南六怪已站成一個圈子，背裏面外，竭力抵禦沙通天、彭連虎、歐陽克、侯通海的攻擊，這是六怪在蒙古練成的陣勢，遇到強敵時結成圓陣應戰，不必防禦背後，威力立時增強半倍。但沙、彭、歐陽三人武功實在太強，六怪遠非敵手，片刻間已險象環生。不久韓寶駒肩頭受傷。他知若退出戰團，圓陣便有破綻，六兄弟和郭靖性命難保，只得咬緊牙關，勉力支持。彭連虎出手狠極，對準韓寶駒連下毒手。

郭靖眼見勢危，飛步搶去，雙掌「排雲推月」，猛往彭連虎後心震去。彭連虎赫赫冷笑，揮掌掠開，只三招間，郭靖便已情勢緊迫。黃蓉見他不能脫身，情急智生，忽然想起「匹夫無罪，懷璧其罪」那句話來，叫道：「梅超風，你盜去了我爹爹的《九陰眞經》，快快交我去還給爹爹！」

梅超風一凜，卻不回答。歐陽克、沙通天、彭連虎、梁子翁四人不約而同的一齊轉身向梅超風撲去。四人都是一般心思：「九陰眞經是天下武學至高無上的秘笈，原來仍在黑風雙煞手中。」大利當前，四人再也顧不到旁的，只盼殺了梅超風，奪取九陰眞經到手。梅超風舞動銀鞭，四名好手一時卻也欺不進鞭圈。

黃蓉見只一句話便支開了四名強敵，一拉郭靖，低聲道：「咱們快走！」

便在此時，花木叢中一人急步奔來，叫道：「各位師傅，爹爹現有要事，請各位立即前去相助。」那人頭頂金冠歪在一邊，語聲惶急，正是小王爺完顏康。

彭連虎等聽了，均想：「王爺厚禮聘我等前來，既有急事，如何不去？」當即躍開。但對九陰眞經均戀戀不捨，目光仍集注於梅超風身上。完顏康輕聲道：「我母親……母親給奸人擄了去，爹爹請各位相救，請大家快去。」

原來完顏洪烈帶領親兵出王府追趕王妃，奔了一陣不見蹤影，想起彭連虎等人神通廣大，忙命兒子回府來召。完顏康心下焦急，又在黑夜之中，卻沒見到梅超風坐在地下。

彭連虎等都想：「王妃遭擄，那還了得？要我等在府中何用？」隨即又都想到：「原來六怪調虎離山，將衆高手絆住了，另下讓人劫持王妃。九陰眞經甚麼的，只好以後再說。這裏人人都想得經，憑我的本事，決難壓倒羣雄而獨吞眞經，好在既知眞經所在，日後儘可另想計較。」當下都跟了完顏康快步而去。

梁子翁走在最後，對郭靖體內的熱血又怎能忘情？救不救王妃，倒也不怎麼在意，但人孤勢單，只得恨恨而去。郭靖叫道：「喂，還我藥來！」梁子翁怒極，回手一揚，一枚透骨釘向他腦門打去，風聲呼呼，勁力淩厲。

朱聰搶上兩步，摺扇柄往透骨釘上敲去，那釘落下，朱聰左手抓住，在鼻端一聞，道：「啊，見血封喉的子午透骨釘。」梁子翁聽他叫破自己暗器名字，一怔之下，轉身喝道：「怎麼？」朱聰飛步上前，左掌心中托了透骨釘，笑道：「還給老先生！」梁子翁坦然接過，他知朱聰功夫不及自己，也不怕他暗算。朱聰見他左手袖子上滿是雜草泥沙，揮衣袖給他拍了幾下。梁子翁怒道：「誰要你討好？」轉身而去。

郭靖好生為難，就此回去罷，一夜歷險，結果傷藥仍未盜到；但若強去奪取，又非敵手，正自躊躇，柯鎮惡道：「大家回去。」縱身躍上圍牆。五怪跟著上牆。韓小瑩指著梅超風道：「大哥，怎樣？」柯鎮惡道：「咱們答應過馬道長，饒了她性命。」

黃蓉笑嘻嘻的並不與六怪廝見，自行躍上圍牆的另一端。梅超風叫道：「小師妹，師父呢？」黃蓉格格笑道：「我爹爹當然是在桃花島。你問來幹麼？想去桃花島給他老人家請安嗎？」梅超風又怒又急，不由得氣喘連連，停了片刻，喝道：「你剛才說師父即刻便到？」黃蓉笑道：「他老人家本來不知你在這裏，我去跟他一說，他自然就會來找你了。」

梅超風怒極，決意抓住黃蓉細問眞相，忽地站起，腳步蹣跚，搖搖擺擺的向黃蓉衝去。原來她強練內功，一口眞氣行到「長強穴」竟然回不上來，下半身就此癱瘓。長強穴在人身脊椎之末，當足少陽、少陰兩經絡之會，乃督脈要穴，下身行動之關鍵所在。她越強運硬拚，眞氣愈是阻塞，這時急怒攻心，渾忘了自己下身動彈不得，竟發足向黃蓉疾衝，一到了無我之境，一股熱氣猛然湧至心口，兩條腿忽地又變成了自己身子。

黃蓉見她發足追來，大吃一驚，躍下圍牆，一溜煙般逃得無影無蹤。

梅超風突然想起：「咦，我怎麼能走了？」此念一起，雙腿忽痲，就此跌倒，暈了過去。

六怪此時要傷她性命，猶如探囊取物一般，但一來曾與馬鈺有約，二來此刻傷她，勝之不武，便攜同郭靖，躍出王府。韓小瑩性急，搶先問道：「靖兒，你怎麼在這兒？」郭靖把王處一相救、赴宴中毒、盜藥失手、地洞遇梅等事略述一遍，楊鐵心夫妻父子等等關目，一時也未及細說。朱聰道：「咱們快瞧王道長去。」

楊鐵心和妻子重逢團圓，說不出的又喜又悲，抱了妻子躍出王府。

他義女穆念慈正在王府外圍牆邊焦急等候，忽見父親雙臂橫抱著個女子，心中大奇：「爹，她是誰？」楊鐵心道：「是你媽，快走。」穆念慈大奇，道：「我媽？」楊鐵心道：「悄聲，回頭再說。」抱著包惜弱急奔。

走了一程，包惜弱悠悠醒轉，此時天將破曉，黎明微光中見抱著自己的正是日思夜想的丈夫，實不知是眞是幻，猶疑身在夢中，伸手去摸他臉，顫聲道：「大哥，我也死了麼？」楊鐵心喜極而涕，柔聲道：「咱們好端端地……」

一語未畢，後面蹄聲雜沓，火把閃動，一彪人馬忽剌剌的趕來，當先馬軍刀槍並舉，大叫：「莫走了劫持王妃的反賊！」

楊鐵心暗想：「天可憐見，教我今日夫妻重會，此時就死，那也心滿意足了。」叫道：「孩兒，你來抱住了媽。」包惜弱心頭驀然間湧上了十八年前臨安府牛家村的情景：丈夫抱著自己狼狽逃命，黑夜中追兵喊殺，此後是十八年的分離、傷心、和屈辱。她突覺昔日慘事又要重演，摟住了丈夫脖子，牢牢不肯放手。

楊鐵心見追兵已近，心想與其被擒受辱，不如力戰而死，拉開妻子雙手，將她交在穆念慈懷裏，轉身向追兵奔去，揮拳打倒一名小兵，奪了一枝花槍。他一槍在手，登時威增十倍。親兵統領湯祖德腿上中槍落馬，衆親兵齊聲發喊，四下逃走。楊鐵心見追兵中並無高手，心下稍定，只未奪到馬匹，頗感可惜。

三人回頭又逃。這時天已大明，包惜弱見丈夫身上點點滴滴都是血跡，驚道：「你受傷了麼？」楊鐵心經她一問，手背忽感劇痛，原來適才使力大了，手背上給完顏康抓出的十個指孔創口迸裂，流血不止，當時只顧逃命，也不覺疼痛，這時卻雙臂酸軟，竟提不起來。包惜弱正要給他包紮，忽然後面喊聲大振，塵頭中無數兵馬追來。

楊鐵心苦笑道：「不必包啦。」轉頭對穆念慈道：「孩兒，你一人逃命去吧！我和你媽就在這裏……」穆念慈甚是沉著，也不哭泣，將頭一昂，凜然道：「咱們三人在一塊死。」包惜弱奇道：「她……怎麼是我們孩兒？」

楊鐵心正要回答，只聽得追兵愈近，猛抬頭，見迎面走來兩個道士。一個白鬚白眉，神色慈祥；另一個長鬚如漆，神采飛揚，背負長劍。楊鐵心一愕之間，隨即大喜，叫道：「丘道長，今日又見到了你老人家！」

那兩個道士一個是丹陽子馬鈺，一個是長春子丘處機。他二人與玉陽子王處一約定在中都聚會，共商與江南七怪比武之事。師兄弟匆匆趕來，不意在此與楊鐵心夫婦相遇。丘處機內功深湛，駐顏不老，雖相隔一十八年，容貌仍與往日並無大異，只兩鬢頗見斑白而已。他忽聽得有人叫喚，注目看去，卻不相識。

楊鐵心叫道：「十八年前，臨安府牛家村一同飲酒殲敵，丘道長可還記得嗎？」丘處機道：「尊駕是……」楊鐵心道：「在下楊鐵心。丘道長別來無恙。」說著撲翻地便拜。丘處機急忙回禮，心感疑惑，原來楊鐵心身遭大故，落魄江湖，風霜侵蝕，容顏早已非復舊時模樣。

楊鐵心見他疑惑，而追兵已近，不及解釋，挺花槍一招「鳳點頭」，紅纓抖動，槍尖閃閃往丘處機胸口點到，喝道：「丘道長，你忘記了我，不能忘了這楊家槍。」槍尖離他胸口尺許，凝住不進。丘處機見他這一招槍法確是楊家正宗嫡傳，立時憶起當年雪地試槍之事，驀地裏見到故人，不禁又悲又喜，高聲大叫：「啊哈，楊老弟，你還活著？當眞謝天謝地！」楊鐵心收回鐵槍，叫道：「道長救我！」

丘處機向追來的人馬一瞧，笑道：「師兄，小弟今日又要開殺戒啦，您別生氣。」馬鈺道：「少殺人，嚇退他們就是。」丘處機縱聲長笑，大踏步迎上前去，雙臂長處，已從馬背上揪下兩名馬軍，對準後面兩名馬軍擲去。四人相互碰撞，摔成一團。丘處機出手似電，如法炮製，跟著又手擲八人，撞倒八人，無一落空。餘兵大駭，紛紛撥轉馬頭逃走。

突然馬軍後面竄出一人，身材魁梧，滿頭禿得油光晶亮，喝道：「那裏來的雜毛？」身子晃動，竄到丘處機跟前，舉掌便打。丘處機見他身法快捷，舉掌擋格，啪的一聲，兩人各自退開三步。丘處機心下暗驚：「此人是誰？武功竟如此了得？」

豈知他心中驚疑，鬼門龍王沙通天手臂隱隱作痛，更加驚怒，厲吼聲中，掄拳直上。丘處機不敢怠慢，雙掌翻飛，凝神應敵。戰了十餘合，沙通天光頭頂上給丘處機五指拂中，留下了五條紅印。他頭頂熱辣辣的微感疼痛，知道空手非這道士之敵，當即從背上拔出鐵槳，器沉力勁，一招「蘇秦背劍」，向丘處機肩頭擊去。丘處機施開空手入白刃之技，要奪他兵刃。沙通天在這鐵槳上已有數十載之功，陸斃猛虎，水擊長蛟，大非尋常，一時竟奪他不了。

丘處機暗暗稱奇，正要喝問姓名，忽聽得左首有人高聲喝道：「道長是全眞派門下那一位？」聲如裂石，威勢極猛。丘處機向右躍開，見左首站著四人，彭連虎、梁子翁、歐陽克、侯通海一齊趕到，但均不相識。丘處機拱手道：「貧道姓丘，請教各位萬兒。」

丘處機威名震於南北，沙通天等互望一眼，均想：「怪不得這道士名氣這麼大，果然了得。」彭連虎心想：「我們已傷了王處一，跟全眞派的樑子總是結了。今日合力誅了這丘處機，正是揚名天下的良機！」提氣大喝：「大家齊上。」尾音未絕，已從腰間取出判官雙筆，縱身向丘處機攻去。他一出手就使兵刃，痛下殺手，上打「雲門穴」，下點「太赫穴」。這兩下使上了十成力，竟不絲毫留情。

丘處機心道：「這矮子好橫！身手可也當眞了得。」唰的一聲，長劍在手，劍尖刺向彭連虎右手手背，劍身已削向沙通天腰裏，長劍收處，劍柄撞向侯通海脅肋「章門穴」，一招攻三，劍法精絕。沙彭二人揮兵刃架開，侯通海卻險給點中穴道，好容易縮身逃開，但臀上終於給重重踹了一腳，俯身撲倒，說也眞巧，三個肉瘤剛好撞在地下。侯通海大嚷聲中，梁子翁暗暗心驚，猱身上前夾攻。

歐陽克見丘處機為沙通天和彭連虎纏住，梁子翁又自旁夾攻，這便宜此時不撿，更待何時？左手虛揚，右手鐵扇咄咄咄三下，連點丘處機背心「陶道」、「魂門」、「中樞」三穴，眼見他已難閃避，突然身旁人影閃動，一隻手伸過來搭住了扇子。

馬鈺一直在旁靜觀，忽見同時有這許多高手圍攻師弟，甚是詫異，見歐陽克鐵扇如風，出手急攻，當即飛步而上，逕來奪他鐵扇。他三根手指在鐵扇上一搭，歐陽克便感一股渾厚的內力自扇柄上傳來，吃驚之下，立時躍後。馬鈺也不追擊，說道：「各位是誰？大家素不相識，有甚麼誤會，儘可分說，何必動粗？」他語音柔和，但中氣充沛，一字字淸晰明亮的鑽入各人耳鼓。

沙通天等鬥得正酣，聽了這幾句話都是一凜，一齊罷手躍開，打量馬鈺。

歐陽克問道：「道長尊姓？」馬鈺道：「貧道姓馬。」彭連虎道：「啊，原來是丹陽眞人馬道長，失敬，失敬。」馬鈺道：「貧道微末道行，『眞人』兩字，豈敢承當？」

彭連虎口中和他客套，心下暗自琢磨：「我們既與全眞教結了樑子，日後總是難以善罷。這兩人是全眞教主腦，今日乘他們落單，我們五人合力將他們料理了，將來的事就好辦了。只不知附近是否還有全眞教高手？」四下一望，只楊鐵心一家三口，並無道人，說道：「全眞七子名揚當世，在下仰慕得緊，其餘五位在那裏，請一起請出來見見。」馬鈺道：「貧道師兄弟不自清修，多涉外務，浪得虛名，眞讓各位英雄見笑了。我師兄弟七人分住各處道觀，難得相聚，這次我和丘師弟來到中都，是找王師弟來著，不意卻先與各位相逢，也算有緣。天下武術殊途同歸，紅蓮白藕，原本一家，大家交個朋友如何？」他生性忠厚，全沒料到彭連虎是在探他虛實。

彭連虎聽說對方別無幫手，又未與王處一會過面，見馬鈺殊無防己之意，然則不但能倚多取勝，還可乘虛而襲，笑咪咪的道：「兩位道長不予嫌棄，當眞再好沒有。兄弟姓三，名叫三黑貓。」馬鈺與丘處機都是一愣：「這人武功了得，必是江湖上的成名人物。三黑貓的名字好怪，可從來沒聽見過。」

彭連虎將判官筆收入腰間，走近馬鈺身前，笑吟吟的道：「馬道長，幸會幸會。」伸出右手，掌心向下，要和他拉手。馬鈺只道他是善意，也伸出手來。兩人一搭上手，馬鈺突感手上一緊，心想：「好啊，試我功力來啦。」微微一笑，運起內勁，也用力揑向彭連虎手掌，突然間五指指根一陣劇痛，猶如數枚鋼針直刺入內，大吃一驚，急忙撒手。彭連虎哈哈大笑，已倒躍丈餘。馬鈺提掌看時，只見五指指根上都刺破了一個小孔，深入肌肉，五縷黑線直通了進去。

原來彭連虎將判官筆插還腰間之際，暗中已在右手套上了獨門利器毒針環。這針環以精鋼鑄成，細如麻線，上裝五枚細針，餵有劇毒，只要傷肉見血，五個時辰必得送命。這毒針環戴在手上，原本是在與人動手時增加掌上威力，教人中掌後挨不了半天。他又故意說個「三黑貓」的怪名，乘馬鈺差愕沉吟之際便即上前拉手，好教他不留意自己手上花樣。武林中人物初會，往往互不佩服，礙著面子不便公然動手，便伸手相拉，似乎是結交親近，實則便是動手較量，武功較差的給捏得手骨碎裂、手掌瘀腫，或是痛得忍不住而大聲討饒，也是常事。馬鈺只道他是來這套明顯親熱、暗中較勁的江湖慣技，怎料得到他竟另有毒招，兩人同時使力，刹那間五枚毒針刺入手掌，竟直沒針根，傷及指骨，待得驀地驚覺，左掌發出，彭連虎早已躍開。

丘處機見師兄與人好好拉手，突地變臉動手，忙問：「怎地？」馬鈺罵道：「好奸賊，毒計傷我。」跟著撲上去追擊彭連虎。丘處機素知大師兄最有涵養，十餘年來未見他與人動手，這時一出手就是全眞派中最凌厲的「履霜破冰掌法」，知他動了眞怒，必有重大緣故，長劍揮動，繞左迴右，竄到彭連虎面前，唰唰唰三劍。

這時彭連虎已將雙筆取在手裏，架開兩劍，還了一筆，不料丘處機左手掌上招數的狠辣殊不在劍法之下，反手撩出，當判官筆將縮未縮的一瞬之間，已抓住筆端，往外急崩，喝道：「撒手！」這一崩內勁外吐，含精蓄銳，非同小可，不料對方也眞了得，手中兵刃竟未給震脫。丘處機跟著長劍直刺，彭連虎只得撤筆避劍。丘處機將判官筆遠遠擲出，右劍左掌，綿綿而上。彭連虎失了一枝判官筆，右臂又酸麻難當，一時折了銳氣，不住退後。

這時沙通天與梁子翁已截住馬鈺。歐陽克與侯通海左右齊至，上前相助彭連虎。丘處機勁敵當前，精神大振，掌影飄飄，劍光閃閃，愈打愈快。他以一敵三，未落下風，那邊馬鈺卻支持不住了。他右掌腫脹，毒質漸漸麻癢上來。他雖知針上有毒，卻料不到毒性竟如此厲害，心知越使勁力，血行得快了，毒氣越快攻心，便退在一旁，左手使劍護身，以內力阻住毒質上行。

梁子翁所用兵刃是一把掘人參用的藥鋤，橫批直掘、忽掃忽打，招數幻變多端。沙通天的鐵槳更為沉重凌厲。數十招後，馬鈺呼吸漸促，守禦的圈子越縮越小，內抗毒質，外擋雙敵，雖功力深厚，但內外交征，時刻稍長，大感神困力疲。

丘處機見師兄退在一旁，頭上一縷縷熱氣裊裊而上，猶如蒸籠一般，心中大驚，急欲要殺傷敵人，過去救援，但讓三個敵手纏住了，沒法分身救人。侯通海固然較弱，歐陽克卻出招陰狠怪異，武功尤在彭連虎之上。瞧他武學家數，宛然便是全眞教向來最忌憚的「西毒」一路功夫，更加駭異，念頭連轉：「此人是誰？莫非竟是西毒門下？西毒又來到中原了嗎？不知是否便在中都？」這一來分了神，竟爾迭遇險招。

楊鐵心自知武功跟這些人差得甚遠，雖情勢緊迫，終不能護妻先逃，見馬丘二人勢危，挺起花槍，往歐陽克背心刺去。丘處機叫道：「楊兄別上，不可枉送了性命！」語聲甫畢，歐陽克已起左腳踢斷花槍，右腳將楊鐵心踢翻在地。

正在此時，忽聽得馬蹄聲響，數騎飛馳而至。當先兩人正是完顏洪烈與完顏康父子。完顏洪烈遙見妻子坐在地下，心中大喜，搶上前去，突然金刃劈風，一柄刀迎面砍來。完顏洪烈側身避開，見使刀的是個紅衣少女。他手下親兵紛紛擁上，合戰穆念慈。

那邊完顏康見了師父，暗暗吃驚，高聲叫道：「是自家人，各位別動手！」連喚數聲，彭連虎等方才躍開。眾親兵和穆念慈也各住手。完顏康上前向丘處機行禮，說道：「師父，弟子給您老引見，這幾位都是家父禮聘來的武林前輩。」

丘處機點點頭，先去察看師兄，只見他右掌全黑，忙捋起他袍袖，只見黑氣已通到了上臂中部，不由得大驚：「怎地劇毒如此？」轉頭向彭連虎道：「拿解藥來！」彭連虎心下躊躇：「眼見此人就要喪命，但得罪了小王爺可也不妥。卻救他不救？」馬鈺外敵一去，內力專注於抗毒，毒質被阻於臂彎不再上行，黑氣反有漸向下退之勢。

完顏康奔向母親，道：「媽，這可找到你啦！」包惜弱凜然道：「要我再回王府，萬萬不能！」完顏洪烈與完顏康同時驚問：「甚麼？」包惜弱指著楊鐵心道：「我丈夫並沒死，天涯海角我也隨了他去。」

完顏洪烈這一驚非同小可，嘴唇向梁子翁一努。梁子翁會意，右手揚處，打出了三枚子午透骨釘，射向楊鐵心的要害。

丘處機見釘去如飛，已不及搶上相救，而楊鐵心勢必躲避不了，自己身邊又無暗器，順手抓起趙王府一名親兵，在梁子翁與楊鐵心之間擲去。只聽得「啊」的一聲大叫，三枚鐵釘全打在親兵身上。梁子翁自恃這透骨釘是生平絕學，三枚齊發，決無不中之理，那知竟讓丘處機以這古怪法門破去，怒吼一聲，向丘處機撲去。

彭連虎見變故又起，已決意不給解藥，知道王爺心中最要緊的是奪還王妃，忽地竄出，來抓包惜弱手臂。丘處機颼颼兩劍，一刺梁子翁，一刺彭連虎，兩人見劍勢凌厲，只得倒退。丘處機向完顏康喝道：「無知小兒，你認賊作父，胡塗了一十八年。今日親生父親到了，還不認麼？」

完顏康先前聽了母親之言，本來已有八成相信，這時聽師父一喝，又多信了一成，向楊鐵心看去，只見他衣衫破舊，滿臉風塵，再回頭看父親時，卻是錦衣玉飾，丰度俊雅，兩人直有天淵之別。完顏康心想：「難道我要捨卻榮華富貴，跟這窮漢子浪跡江湖，不，萬萬不能！」他主意已定，高聲叫道：「師父，莫聽這人鬼話，請你快將我媽救過來！」

丘處機怒道：「你仍執迷不悟，眞連畜生也不如。」

彭連虎等見他們師徒破臉，攻得更緊。完顏康見丘處機情勢危急，竟不再出言勸阻。丘處機大怒，罵道：「小畜生，當眞狼心狗肺。」完顏康對師父甚是害怕，暗暗盼望彭連虎等將他殺死，免爲他日之患。又戰片刻，丘處機右臂中了梁子翁一鋤，雖受傷不重，但已血濺道袍，一瞥眼間，只見完顏康臉有喜色，更惱得哇哇大叫。

馬鈺從懷中取出一枚流星，晃火摺點著了，手一鬆，一道藍燄直沖天空。彭連虎料想這是全眞派同門互通聲氣的訊號，叫道：「老道要叫幫手。」又鬥數合，西北角不遠處也有一道藍燄沖天而起。丘處機大喜，叫道：「王師弟就在左近。」劍交左手，左上右落，連使七八招殺手，把敵人逼開數步。馬鈺向西北角藍燄處一指，道：「向那邊走！」

楊鐵心、穆念慈父女使開兵刃，護著包惜弱急向前衝，馬鈺隨在其後。丘處機揮長劍獨自斷後，且戰且走。沙通天連使「移形換位」身法，想閃過他而去搶包惜弱過來，但丘處機劍勢如風，始終搶不上去。

行不多時，一行已來到王處一所居的小客店前。丘處機心中奇怪：「怎麼王師弟還不趕出來接應？」剛轉了這個念頭，只見王處一拄著一根木杖，顫巍巍的走過來。師兄弟三人一照面，都是一驚，萬料不到全眞派中武功最強的三人竟都受傷。

丘處機叫道：「退進店去。」完顏洪烈喝道：「將王妃好好送過來，饒了你們不死。」丘處機罵道：「誰要你這金國狗賊饒命？」大聲叫罵，奮劍力戰。彭連虎等眼見他勢窮力蹙，卻仍力鬥不屈，劍勢如虹，招數奇幻，一面暗暗佩服，一面又覺今日當可殲殺全真教三大高手，暗自慶幸。

楊鐵心尋思：「事已如此，終究難脫毒手。可別讓我夫婦累了丘道長的性命。」拉了包惜弱的手，忽地竄出，大聲叫道：「各位住手，我夫妻畢命於此便了。」回過槍頭，便往心窩裏刺去，噗的一聲，鮮血四濺，往後便倒。包惜弱也不傷心，慘然一笑，雙手拔出槍來，將槍柄拄在地上，對完顏康道：「孩兒，你還不肯相信他是你親生的爹爹麼？」踴身往槍尖撞去。完顏康大驚失色，大叫一聲：「媽！」飛步來救。

丘處機等見變起非常，俱各罷手停鬥。

完顏康搶到母親跟前，見她身子軟垂，槍尖早已刺入胸膛，放聲大哭。丘處機上來檢視二人傷勢，見槍傷要害，俱已無法挽救。完顏康抱住了母親，穆念慈抱住了楊鐵心，一齊傷心慟哭。丘處機向楊鐵心道：「楊兄弟，你有何未了之事，說給我聽，我一力給你承辦就是。我……我終究救你不得，我……我……」心中酸痛，說話已哽咽了。

便在這時，衆人只聽得背後腳步聲響，回頭望時，卻是江南六怪與郭靖匆匆趕來。江南六怪見到了沙通天等人，當即取出兵刃，待到走近，見衆人望著地下一男一女，個個臉現驚訝之色，一轉頭，突然見到丘處機與馬鈺，六怪更是詫異。

郭靖見楊鐵心倒在地下，滿身鮮血，搶上前去，叫道：「楊叔父，您怎麼啦？」楊鐵心尚未斷氣，見到郭靖後嘴邊露出一絲笑容，說道：「你父當年和我有約，生了男女，結爲親家……我沒女兒，但這義女猶是我親生一般……」眼光望著丘處機道：「丘道長，你給我成就了這門姻緣，我……我死也瞑目。」丘處機道：「此事容易。楊兄弟你放心。」

包惜弱躺在丈夫身邊，左手挽著他手臂，惟恐他又會離己而去，昏昏沉沉間聽他說起從前指腹爲婚之事，奮力從懷裏抽出一柄短劍，說道：「這……這是表記……」又道：「大哥，咱們終於死在一塊，我……我好歡喜……」說著淡淡一笑，安然而死，容色仍如平時一般溫宛嫵媚。

丘處機接過短劍，正是自己當年相贈之物，短劍柄上刻著「郭靖」兩字。楊鐵心向郭靖道：「盼你……你瞧在你故世的爹爹份上，好好待我這女兒……」郭靖道：「我……我不……」丘處機道：「一切有我承當，你……安心去罷！」楊鐵心與穆念慈豎起「比武招親」的旗號，本意只在找尋義兄郭嘯天的後人。這一日中既與愛妻相會，又見到義兄的遺腹子長大成人，義女終身有託，更無絲毫遺憾，雙眼一閉，就此逝世。

郭靖心中難過，又感煩亂，心想：「蓉兒對我情深意重，我豈能另娶他人？」突然轉念，又是一驚：「我怎地卻把華箏忘了？大汗已將女兒許配於我，這……這……怎麼得了？」這些日來，他時時記起好友拖雷，卻極少念及華箏。朱聰等反而立即想到華箏，均知此中頗有爲難，但見楊鐵心是垂死之人，不忍拂逆其意，當下也未開言。

完顏洪烈千方百計而娶得了包惜弱，但她心中始終未忘故夫，十餘年來自己對她用情良苦，愛寵備至，她要搬遷江南故居舊物，一一依意照辦，只盼能以一片眞誠感動其心，但到頭來還是落得如此下場，此刻見她雖死，臉上兀自流露心滿意足、喜不自勝之情，與她成婚一十八年，幾時又曾見她對自己露過這等神色？自己貴爲皇子，在她心中，可一直遠遠及不上一個村野匹夫，心中傷痛欲絕，掉頭而去。

沙通天等心想全眞三子雖然受傷，但加上江南六怪，衆寡逆轉，和己方五人拚鬥起來，勝負倒也難決，旣見王爺轉身，也就隨去。

丘處機喝道：「喂，三黑貓，留下了解藥！」彭連虎哈哈笑道：「你寨主姓彭，江湖上人稱千手人屠，丘道長失了眼罷？」丘處機心中一凜：「怪不得此人武功高強，原來是他。」眼見師兄中毒甚深，非他獨門解藥相救不可，喝道：「管你三腳千手，不留下解藥，休得脫身。」運劍如虹，一道靑光向彭連虎刺去。彭連虎雖只賸下一柄判官筆，卻也不懼，揮筆接過。

朱聰見馬鈺坐在地下運氣，一隻右掌已全成黑色，問道：「馬道長，你怎麼受了傷？」馬鈺嘆道：「這姓彭的和我拉手，那知他掌中暗藏毒針。」朱聰道：「嗯，那也算不了甚麼。」回頭向柯鎭惡道：「大哥，給我一隻蔆兒。」柯鎭惡不明他用意，便從鹿皮囊中摸出一枚毒菱，遞了給他。朱聰接過，見丘彭兩人鬥得正緊，憑自己武功一定拆解不開，又道：「大哥，咱倆上前分開他兩人，我有救馬道長的法子。」柯鎮惡點了點頭，朱聰大聲叫道：「原來是千手人屠彭寨主，大家是自己人，快快停手，我有話說。」一拉柯鎮惡，兩人向前竄出，一個持扇，一個揮杖，把丘彭二人隔開。

丘處機和彭連虎聽了朱聰的叫喚，都感詫異：「怎麼又是自己人了？」見兩人過來，也就分開，要聽他說到底是怎麼樣的自己人。

朱聰笑吟吟的向彭連虎道：「江南七怪與長春子丘處機於一十八年前結下樑子，我們五兄弟都曾給長春子打傷，而名震武林的丘道長，卻也給我們傷得死多活少。這樑子至今未解……」轉頭對丘處機道：「丘道長，是也不是？」丘處機怒氣勃發，心想：「好哇，你們要來乘人之危。」厲聲喝道：「不錯，你待怎樣？」

朱聰又道：「可是我們跟沙龍王卻也有點過節。江南七怪一個不成器的徒兒，獨力打敗了沙龍王的四位高足。聽說彭寨主與沙龍王是過命的交情。我們得罪了沙龍王，那也算得罪了彭寨主啦。」彭連虎冷笑道：「不敢。」朱聰笑道：「既然彭寨主與丘道長都跟江南七怪有仇，那麼你們兩家同仇敵愾，豈不成了自己人麼？哈哈，還打甚麼？兄弟跟彭寨主可不也是自己人了麼？來，咱們親近親近。」伸出手來，要和他拉手。

彭連虎聽他瘋瘋顛顛的胡說八道，心道：「全真派相救七怪的徒弟，他們顯是一黨，我可不上你的當。要想騙我解藥，難上加難。」見他伸手來拉，正中下懷，笑道：「妙極，妙極！」把判官筆放回腰間，順手又戴上了毒針環。

丘處機驚道：「朱兄，小心了。」朱聰充耳不聞，伸出手去，小指輕勾，已把彭連虎指上毒針環勾了下來。彭連虎尚未知覺，已和朱聰手掌相握，兩人同時使勁，彭連虎只覺掌心微微一痛，急忙掙脫，躍開舉手看時，見掌心已遭刺了三個洞孔，創口比他毒針所刺的要大得多，孔中流出黑血，痲癢癢的很是舒服，卻不疼痛。他知毒性愈是厲害，愈不覺痛，只因創口立時痲木，失了知覺。他又驚又怒，卻不知道如何著了道兒，抬起頭來，只見朱聰笑嘻嘻的躲在丘處機背後，左手兩指提著他的毒針環，右手兩指中卻捏著一枚黑沉沉的菱形之物，菱角尖銳，上面沾了血漬。

朱聰號稱妙手書生，手上功夫出神入化，人莫能測，拉脫彭連虎毒針環，以毒菱刺其掌心，於他只是末技而已。

彭連虎怒極，猱身撲上。丘處機伸劍擋住，喝道：「你待怎樣？」

朱聰笑道：「彭寨主，這枚毒菱是我大哥的獨門暗器，中了之後，任你彭寨主號稱『連虎』，就算你是連獅連豹、連豬連狗，連盡普天下的畜生，也活不了兩個時辰。」侯通海道：「彭大哥，他在罵你。」沙通天斥道：「別多說，難道彭大哥不知道？」朱聰又笑嘻嘻的道：「好在彭寨主有一千隻手，我良言相勸，不如斬去了這隻手掌，還剩下九百九十九隻。只不過閣下的外號兒得改一改，叫作『九九九手人屠』。」

彭連虎這時連手腕也已麻了，心下驚懼，也不理會他的嘲罵譏諷，不覺額現冷汗。

朱聰又道：「你有你的毒針，我有我的毒菱，毒性不同，解藥也異，你如捨不得這『千手人屠』的外號，反正大家是自己人，咱哥兒倆就親近親近，換上一換如何？」彭連虎未答，沙通天已搶著道：「好，就是這樣，拿解藥來。」朱聰道：「大哥給他罷。」柯鎮惡從懷裏摸出兩小包藥，朱聰接過，遞了過去。丘處機道：「朱兄，莫上他當，要他先拿出來。」朱聰笑道：「大丈夫言而有信，不怕他不給。」

彭連虎左手伸入懷裏一摸，臉上變色，低聲道：「糟了，解藥不見啦。」丘處機大怒，喝道：「哼，你還玩鬼計！朱兄，別給他。」朱聰笑道：「拿去！我們是君子一言，快馬一鞭，說給就給。全眞七子，江南七怪，說了的話自然算數。」

沙通天怕又著了他妙手空空神技道兒，不敢伸手來接，橫過鐵槳，伸了過來。朱聰把解藥放在槳上，沙通天收槳取藥。旁觀衆人均各不解，不明白朱聰爲甚麼坦然給以解藥，卻不逼他交出藥來。沙通天疑心拿過來的解藥不是眞物，說道：「江南七俠是響噹噹的人物，可不能用假藥害人？」

朱聰笑道：「豈有此理，豈有此理！」把毒菱還給柯鎮惡，再慢吞吞的從懷裏掏出一件件物事，有汗巾、有錢鏢、有幾錠碎銀子、還有一個白色的鼻煙壺。彭連虎愕然呆了：「這些都是我的東西，怎麼變到了他身上？」原來朱聰右手和他拉手之際，左手輕轉，早已將他懷中之物掃數扒過。朱聰拔開鼻煙壺塞子，見裏面分為兩隔，一隔是紅色粉末，另一隔是灰色粉末，問道：「怎麼用啊？」

彭連虎雖然悍惡，但此刻命懸一線，不敢再弄奸使詐，只得實說：「紅色的內服，灰色的外敷。」朱聰向郭靖道：「快取水來，拿兩碗。」

郭靖奔進客店去端了兩碗淨水出來，一碗交給馬鈺，服侍他服下藥粉，另用灰色藥粉敷在他掌上傷口，另一碗水要拿去遞給彭連虎。朱聰道：「慢著，給王道長。」郭靖一怔，依言遞給了王處一。王處一愕然不解，順手接了。

沙通天叫道：「喂，你們兩包藥粉怎麼用啊？」朱聰道：「等一下，別心急，一時三刻死不了人。」從懷裏又取出十多包藥來。郭靖一見大喜，叫道：「是啊，是啊，這是王道長的藥。」一包包打開來，拿到王處一面前，說道：「道長，那些合用，您自己挑罷。」王處一認得藥物，揀出田七、血竭等五味藥來，放入口中咀嚼一會，和水吞下。

梁子翁又氣惱，又佩服，心道：「這骯髒書生手法竟如此了得。他伸手給我拍拍衣袖上塵土，就把我懷裏的藥物都偷了去。」轉過身來，提起藥鋤一揮，喝道：「來來來，咱們兵刃上見輸贏！」朱聰笑道：「這個麼，兄弟萬萬不是敵手。」

丘處機道：「這一位是彭連虎寨主，另外幾位的萬兒還沒請教。」沙通天嘶啞著嗓子一一報了名。丘處機叫道：「好哇，都是響噹噹的字號。咱們今日勝敗未分，可惜雙方都有人受了傷，看來得約個日子重新聚聚。」彭連虎道：「那再好沒有，不會會全眞七子，咱們死了也不閉眼。日子地段，請丘道長示下罷。」丘處機心想：「馬師兄、王師弟中毒都自不輕，總得幾個月才能完全復原。譚師哥、劉師哥他們散處各地，一時也通知不及。」便道：「半年之後，八月中秋，咱們一邊賞月，一邊講究武功，彭寨主你瞧怎樣？」

彭連虎心下盤算：「全眞七子一齊到來，再加上江南七怪，我們可是寡不敵衆，非得再約幫手不可。半年之後，時日算來剛好。趙王爺要我們到江南去盜岳飛的遺書，那麼乘便就在江南相會。」說道：「中秋佳節以武會友，丘道長眞風雅之極，那總得找個風雅的地方才好，就在江南七俠的貴鄉吧。」丘處機道：「妙極，妙極。咱們在嘉興府南湖中煙雨樓相會，各位不妨再多約幾位朋友。」彭連虎道：「一言爲定，就是這樣。」

朱聰說：「這麼一來，我們江南七怪成了地頭蛇，非掏腰包請客不可。你們兩家算盤可都精得很哪，千不揀、萬不揀，偏偏就揀中了嘉興，定要來吃江南七怪的白食。好好好，難得各位大駕光臨，我們這個東道也還做得起。彭寨主，你那兩包藥，白色的內服，黃色的外敷。」這時彭連虎早已半臂麻木，適才跟丘處機對答全是強自撐持，再聽朱聰嘮嘮叨叨的說個沒了沒完，怒氣塡膺，但命懸人手，不敢稍出半句無禮之言，好容易聽到他最後一句話，忙將白色藥粉吞下。柯鎮惡冷冷的道：「彭寨主，七七四十九天之內，不能喝酒，不能近女色，否則中秋節煙雨樓頭少了你彭寨主，可掃興得緊哪。」彭連虎怒道：「多謝關照了。」沙通天將解藥為他敷上手掌創口，扶了他轉身而去。

完顏康跪在地下，向母親的屍身磕了四個頭，轉身向丘處機拜了幾拜，一言不發，昂首走開。丘處機厲聲喝道：「康兒，你這是甚麼意思？」完顏康不答，也不與彭連虎等同走，自個兒轉過了街角。

丘處機出了一會神，向柯鎮惡、朱聰等行下禮去，說道：「今日若非六俠來救，我師兄弟三人性命不保。再說，我這孽徒人品如此惡劣，更萬萬不及令賢徒。咱們學武之人，以品行心術居首，武功乃是末節。貧道收徒如此，汗顏無地。嘉興醉仙樓比武之約，今日已然了結，貧道甘拜下風，自當傳言江湖，說道丘處機在江南七俠手下一敗塗地，心悅誠服。我馬師兄、王師弟在此，俱是證見。」

江南六怪聽他如此說，都極得意，自覺在大漠之中耗了一十八載，終究有了圓滿結果。柯鎮惡謙遜了幾句。但六怪隨即想到了慘死大漠的張阿生，都不禁心下黯然，可惜他不能親耳聽到丘處機這番服輸的言語。

韓小瑩輕聲告訴郭靖，三月廿四日嘉興醉仙樓之約可以不必去了。

眾人把馬鈺和王處一扶進客店，全金發出去購買棺木，料理楊鐵心夫婦的喪事。丘處機見穆念慈哀哀痛哭，心中難受，說道：「姑娘，你爹爹這幾年來怎樣過的？」

穆念慈拭淚道：「十多年來，爹爹帶了我東奔西走，從沒在一個地方安居過十天半月，爹爹說，要尋訪一位……一位姓郭的大哥……」說到這裏，聲音漸輕，慢慢低下了頭。

丘處機向郭靖望了一眼道：「嗯。你爹怎麼收留你的？」穆念慈道：「我是臨安府荷塘村人氏。十多年前，爹爹在我家養傷，不久我親生的爹娘和哥哥都染瘟疫死了。這位爹爹收了我做女兒，後來教我武藝，爲了要尋郭大哥，所以到處行走，打起了……打起了……『比武……招親』的旗子。」丘處機道：「這就是了。你爹爹其實不姓穆，是姓楊，你以後就改姓楊罷。」穆念慈道：「不，我不姓楊，我仍然姓穆。」丘處機道：「幹麼？難道你不信我的話？」穆念慈低聲道：「我怎敢不信？不過我寧願姓穆。」丘處機見她固執，也就罷了，以爲女兒家忽然喪父，悲痛之際，一時不能明白過來，殊不知不能明白過來的卻是他自己。穆念慈心中另有一番打算，她自己早把終身付託給了完顏康，心想他既是爹爹的親生骨血，當然姓楊，自己如也姓楊，婚姻如何能諧？

王處一服藥之後，精神漸振，躺在床上聽著她回答丘處機的問話，忽有一事不解，問道：「你武功可比你爹爹強得多呀，那是怎麼回事？」穆念慈道：「晚輩十三歲那年，曾遇到一位異人。他指點了我三天武功，可惜我生性愚魯，沒能學到甚麼。」王處一道：「他只教你三天，你就能勝過你爹爹。這位高人是誰？」穆念慈道：「不是晚輩膽敢隱瞞道長，實是我曾立過誓，不能說他的名號。」

王處一點點頭，不再追問，回思穆念慈和完顏康過招時的姿式拳法，反覆推考，想不起她的武功是甚麼門派，愈想著她的招式，愈感奇怪，問丘處機道：「丘師哥，你教完顏康教了有八九年吧？」丘處機道：「整整九年零六個月，唉，想不到這小子如此混蛋。」王處一道：「這倒奇了！」丘處機道：「怎麼？」王處一沉吟不答。

柯鎮惡問道：「丘道長，你怎麼找到楊大哥的後裔？」

丘處機道：「說來也真湊巧。自從貧道和各位訂了約會之後，到處探訪郭楊兩家的消息，數年之中，音訊全無，但總不死心，這年又到臨安府牛家村去查訪，恰好見到有幾名公差到楊大哥的舊居來搬東西。貧道跟在他們背後，偷聽他們說話，這幾個人來頭不小，竟是大金國趙王府的親兵，奉命專程來取楊家舊居中一切家私物品，說是破櫈爛椅，鐵槍犁頭，一件不許缺少。貧道起了疑心，知道其中大有文章，便一路跟著他們來到了中都。」

郭靖在趙王府中見過包惜弱的居所，聽到這裏，心下已是恍然。

丘處機接著道：「貧道晚上夜探王府，要瞧瞧趙王萬里迢迢的搬運這些破爛物事，到底是何用意。一探之後，不禁又氣憤，又難受，原來楊兄弟的妻子包氏已貴為王妃。貧道大怒之下，本待將她一劍殺卻，卻見她居於磚房小屋之中，撫摸楊兄弟鐵槍，終夜哀哭；心想她倒也不忘故夫，並非全無情義，這才饒了她性命。後來查知那小王子原來是楊兄弟的骨血，隔了數年，待他年紀稍長，貧道就起始傳他武藝。」

柯鎮惡道：「那小子一直不知自己的身世？」

丘處機道：「貧道也曾試過他幾次口風，見他貪戀富貴，不是性情中人，是以始終不曾點破。幾次教誨他為人立身之道，這小子只油腔滑調的對我敷衍。若不是和七位有約，貧道那有這耐心跟他窮耗？本待讓他與郭家小世兄較藝之後，不論誰勝誰敗，咱們雙方和好，然後對那小子說明他身世，接他母親出來，擇地隱居。豈料楊兄弟尚在人世，而貧道和馬師哥兩人又著了奸人暗算，終究救不得楊兄弟夫婦的性命，唉！」

穆念慈聽到這裏，又掩面輕泣起來。

郭靖接著把怎樣在王府與楊鐵心相遇、夜見包惜弱等情由說了一遍。各人均道包惜弱雖失身於趙王，卻也只道親夫已死，寡婦再嫁，亦屬尋常，未可深責，到頭來殉夫盡義，甚是可敬，無不嗟嘆。

各人隨後商量中秋節比武之事。朱聰道：「但教全真七子聚會，咱們還擔心些甚麼？」馬鈺道：「就怕他們多邀好手，到時咱們仍不免寡不敵衆。」丘處機道：「他們還能邀甚麼好手？這世上好手當眞便這麼多？」

馬鈺嘆道：「丘師弟，這些年來你雖武功大進，爲本派放一異彩，但年輕時的豪邁之氣，總不能收斂……」丘處機接口笑道：「須知天外有天，人上有人。」馬鈺微微一笑，道：「難道不是麼？剛才會到的那幾個人，武功實不在我們之下。要是他們再邀幾個差不多的好手來，煙雨樓之會，勝負尚未可知呢。」丘處機豪氣勃發，說道：「大師哥忒也多慮。難道全眞派還能輸在這些賊子手裏？」馬鈺道：「世事殊難逆料。剛才不是柯大哥、朱二哥他們六俠來救，全眞派數十年的名頭，可教咱師兄弟三人斷送在這兒啦。」

柯鎭惡、朱聰等遜謝道：「對方使用鬼蜮伎倆，又何足道？」

馬鈺嘆道：「周師叔得先師親傳，武功勝我們十倍，終因恃強好勝，至今十餘年來不明下落。咱們須當以此爲鑑，小心戒懼。」丘處機聽師兄這樣說，不敢再辯。江南六怪不知他們另有一位師叔，聽了馬鈺之言，那顯是全眞派頗不光采之事，也不便相詢，心中卻都感奇怪。王處一聽著兩位師兄說話，一直沒插口，只默默思索。

丘處機向郭靖與穆念慈望了一眼，道：「柯大哥，你們教的徒弟俠義爲懷，果然好得很。楊兄弟有這樣一個女婿，死也瞑目了。」

穆念慈臉一紅，站起身來，低頭走出房去。王處一見她起身邁步，腦海中忽地閃過一個念頭，縱身下炕，伸掌向她肩頭直按下去。這一招出手好快，待得穆念慈驚覺，手掌已按上她右肩。他微微一頓，待穆念慈運勁抗拒，勁力將到未到之際，在她肩上一扳。鐵腳仙玉陽子王處一是何等人物，雖其時重傷未愈，手上內力不足，但這一按一扳，正拿準了對方勁力斷續的空檔，穆念慈身子搖晃，立時向前俯跌下去。王處一左手伸出，在她左肩輕輕一扶。穆念慈身不由主的又挺身而起，睜著一雙俏眼，驚疑不定。

王處一笑道：「穆姑娘別怪，我是試你的功夫來著。教你三天武功的那位前輩高人，可是只有九個手指、平時作乞丐打扮的麼？」穆念慈奇道：「咦，是啊，道長怎麼知道？」王處一笑道：「這位九指神丐洪老前輩行事神出鬼沒，眞如神龍見首不見尾一般。姑娘得受他的親傳，當眞是莫大機緣。委實可喜可賀。」穆念慈道：「可惜他老人家沒空，只教了我三天。」王處一嘆道：「你還不知足？這三天抵得旁人教你十年二十年。」穆念慈道：「道長說得是。」微一沉吟，問道：「道長可知洪老前輩在那裏麼？」王處一笑道：「這可難倒我啦。我還是二十多年前在華山絕頂見過他老人家一面，以後再沒聽到過他的音訊。」穆念慈很是失望，緩步出室。

韓小瑩問道：「王道長，這位洪老前輩是誰？」王處一微微一笑，上炕坐定。丘處機接口道：「韓女俠，你可曾聽見過『東邪、西毒、南帝、北丐、中神通』這句話麼？」韓小瑩道：「這倒聽人說過的，說的是當世五位武功最高的前輩，也不知是不是。」丘處機道：「不錯。」柯鎮惡忽道：「這位洪老前輩，就是五高人中的北丐？」王處一道：「是啊。中神通就是我們的先師王眞人。」

江南六怪聽說那姓洪的竟與全眞七子的師父齊名，不禁肅然起敬。

丘處機轉頭向郭靖笑道：「你這位夫人是大名鼎鼎的九指神丐之徒，將來又有誰敢欺侮你？」郭靖脹紅了臉，想要聲辯，卻又吶吶的說不出口。

韓小瑩又問：「王道長，你在她肩頭一按，怎麼就知她是九指神丐教的武藝？」

丘處機向郭靖招手道：「你過來。」郭靖依言走到他身前。丘處機伸掌按在他肩頭，斗然間運力下壓。郭靖曾得馬鈺傳授過玄門正宗的內功，十多年來跟著六怪打熬氣力，外功也自不弱，丘處機這一下竟按他不倒。丘處機笑道：「好孩子！」掌力突然鬆了。郭靖本在運勁抵擋這一按之力，外力忽鬆，他內勁也弛，那知丘處機快如閃電的乘虛而入，郭靖前力已散，後力未繼，給丘處機輕輕一扳，仰天跌倒。他伸手在地下一捺，隨即跳起。衆人哈哈大笑。朱聰道：「靖兒，丘道長教你這一手高招，可要記住了。」郭靖點頭答應。

丘處機道：「韓女俠，天下武學之士，肩上受了這樣的一扳，倘若抵擋不住，必向後跌，只九指神丐的獨家武功，卻向前俯跌。只因他的武功剛猛絕倫，遇強愈強。穆姑娘受教時日雖短，卻已習得洪老前輩這派武功的要旨。她抵不住王師弟的一扳，但決不隨勢屈服，就算跌倒，也要跌得與敵人用力的方向相反。」

六怪聽了，果覺有理，都佩服全眞派見識精到。朱聰道：「王道長見過這位九指神丐演過武功？」王處一道：「那一年先師、九指神丐、黃藥師等五位高人在華山絕頂論劍。洪老前輩武功卓絕，卻極貪口腹之欲，華山絕頂沒甚麼美食，他甚爲無聊，便道談劍作酒，說拳當菜，和先師及黃藥師前輩講論了一番劍道拳理。當時貧道隨侍先師在側，有幸得聞妙道，好生得益。」柯鎭惡道：「哦，那黃藥師想是『東邪西毒』中的『東邪』了？」

丘處機道：「正是。」轉頭向郭靖笑道：「馬師哥雖傳過你一些內功，幸好你們沒師徒名份，否則排將起來，你比你夫人矮著一輩，那可一世不能出頭啦。」郭靖紅了臉道：「我不娶她。」丘處機一愣，問道：「甚麼？」郭靖重複了一句：「我不娶她！」丘處機沉了臉，站起身來，問道：「爲甚麼？」

韓小瑩愛惜徒兒，見他受窘，忙代他解釋：「我們得知楊大爺的後嗣是男兒，指腹爲婚之約不必守了，因此靖兒在蒙古已定了親。蒙古大汗成吉思汗封了他爲金刀駙馬。」

丘處機虎起了臉，對郭靖瞪目而視，冷笑道：「好哇，人家是公主，金枝玉葉，豈是尋常百姓可比？先人的遺志，你是全然不理的了？你這般貪圖富貴，忘本負義，跟完顏康這小子又有甚麼分別？你爹爹當年卻又如何說來？」

郭靖很是惶恐，躬身說道：「弟子從未見過我爹爹一面。不知我爹爹有甚麼遺言，我媽也沒跟我說過，請道長示下。」

丘處機啞然失笑，臉色登和，說道：「果然怪你不得。我就是一味鹵莽。」便將十八年前怎樣在牛家村與郭楊二人結識、怎樣殺兵退敵、怎樣追尋郭楊二人、怎樣與江南七怪生隙互鬥、怎樣立約比武等情由，從頭至尾說了一遍。郭靖此時方知自己身世，不禁伏地大哭，想起父親慘死，大仇未復，又想起七位師父恩重如山，粉身難報。

韓小瑩溫言道：「男子三妻四妾，也是常事。將來你將這情由告知大汗，一夫二女，兩全其美，有何不可？我瞧成吉思汗自己，一百個妻子也還不止。」

郭靖拭淚道：「我不娶華箏公主。」韓小瑩奇道：「為甚麼？」郭靖道：「我不喜歡她做妻子。」韓小瑩道：「你不是一直跟她挺好的麼？」郭靖道：「我只當她是妹子，是好朋友，可不要她做妻子。」丘處機喜道：「好孩子，有志氣，有志氣。管他甚麼大汗不大汗，公主不公主。你還是依照你爹爹和楊叔叔的話，跟穆姑娘結親。」不料郭靖仍是搖頭道：「我也不娶穆姑娘。」

衆人都感奇怪，不知他心中轉甚麼念頭。韓小瑩是女子，畢竟心思細密，輕聲問道：「你可是另有意中人啦？」郭靖紅了臉，隔了一會，終於點了點頭。韓寶駒與丘處機同聲喝問：「是誰？」郭靖囁嚅不答。

韓小瑩昨晚在王府中與梅超風、歐陽克等相鬥時，已自留神到了黃蓉，見她眉目如畫，丰姿綽約，當時暗暗稱奇，此刻一轉念間，又記起黃蓉對他神情親密，頗爲迴護，問道：「是那個穿白衫子的小姑娘，是不是？」郭靖紅著臉點了點頭。

丘處機問道：「甚麼白衫子、黑衫子，小姑娘、大姑娘？」韓小瑩沉吟道：「我聽得梅超風叫她小師妹，又叫她爹爹作師父……」

丘處機與柯鎭惡同時站起，齊聲驚道：「難道是黃藥師的女兒？」

韓小瑩拉住郭靖的手，問道：「靖兒，她可是姓黃？」郭靖道：「是。」韓小瑩一時茫然無言。柯鎭惡喃喃的道：「你想娶梅超風的師妹？」

朱聰問道：「她父親將她許配給你麼？」郭靖道：「我沒見過她爹爹，也不知她爹爹是誰。」朱聰又問：「那麼你們是私訂終身的了？」郭靖不懂「私訂終身」是甚麼意思，睜大了眼不答。朱聰道：「你對她說過一定要娶她，她也說要嫁你，是不是？」

郭靖道：「沒說過。」頓了一頓，又道：「用不著說。我不能沒有她，蓉兒也不能沒有我。我們兩個心裏都知道的。」

韓寶駒一生從未嘗過情愛滋味，聽了這幾句話怫然不悅，喝道：「那成甚麼話？」

韓小瑩心中卻想起了張阿生：「我們江南七怪之中，五哥的性子與靖兒最像，可是他一直在暗暗喜歡我，卻從來只道配我不上，不敢稍露情意，怎似靖兒跟那黃家小姑娘一般，說甚麼『兩個心裏都知道，我不能沒有她，她不能沒有我』？要是我在他死前幾個月讓他知道，我其實也不能沒有他，他一生也得有幾個月眞正的歡喜。」

朱聰溫言道：「她爹爹是個殺人不眨眼的大魔頭，你知道麼？要是他知道你偷偷跟他女兒相好，你還有命麼？梅超風學不到他師父一成本事，已這般厲害。那桃花島主要殺你時，誰救得了你？」郭靖低聲道：「蓉兒這樣好，我想……我想她爹爹也不會是惡人。」韓寶駒罵道：「放屁！黃藥師惡盡惡絕，怎會不是惡人？你快發一個誓，以後永遠不再跟這小妖女見面。」江南六怪因黑風雙煞害死笑彌陀張阿生，與雙煞仇深似海，連帶對他們的師父也一向恨之入骨，均想黑風雙煞用以殺死張阿生的武功是黃藥師所傳，世上若無黃藥師這大魔頭，張阿生自也不會死於非命。

韓寶駒踏上一步，厲聲道：「快說！說你今後再也不見那小妖女了。」

郭靖好生爲難，一邊是師恩深重，一邊是情深愛篤，心想若不能再和蓉兒見面，這一生怎麼還能做人？只見幾位師父都是目光嚴峻的望著自己，心中一陣酸痛，雙膝跪倒，兩道淚水從面頰上流下來，說道：「師父，我不見蓉兒，我活不了三天，就會死的！」

突然窗外一個淸脆的女子聲音喝道：「你們幹麼這般逼他？好不害臊！」衆人一怔。那女子叫道：「靖哥哥，快出來。」

郭靖一聽正是黃蓉，又驚又喜，搶步出外，只見她俏生生的站在庭院之中，左手牽著汗血寶馬。小紅馬見到郭靖，長聲歡嘶，前足躍起。韓寶駒、全金發、朱聰、丘處機四人跟著出房。郭靖向韓寶駒道：「三師父，就是她。她是蓉兒。蓉兒是好姑娘，不是妖女！」

黃蓉罵道：「你這難看的矮胖子，幹麼罵我是小妖女？」又指著朱聰道：「還有你這骯髒邋遢的鬼秀才，幹麼罵我爹爹，說他是殺人不眨眼的大魔頭？」

朱聰不跟小姑娘一般見識，微微而笑，心想這女孩兒果然明艷無儔，生平未見，怪不得靖兒如此爲她顛倒。韓寶駒卻勃然大怒，氣得唇邊小髯子也翹了起來，喝道：「快滾，快滾！」黃蓉拍手唱道：「矮冬瓜，滾皮球，踢一腳，溜三溜；踢兩腳……」郭靖喝道：「蓉兒不許頑皮！這幾位是我師父。」黃蓉伸伸舌頭，做個鬼臉。韓寶駒踏步上前，伸手向她推去。黃蓉側身讓開，又唱：「矮冬瓜，滾皮球……」突然間伸手拉住郭靖腰間衣服，用力一扯，兩人同時騎上了紅馬。黃蓉一提韁，那馬如箭離弦般直飛出去。韓寶駒身法再快，又怎趕得上這匹風馳電掣般的汗血寶馬？

等到郭靖心神稍定，回過頭來，韓寶駒等人面目已經看不清楚，瞬息之間，諸人已成爲一個個小黑點，只覺耳旁風生，勁風撲面，那紅馬奔跑得迅速之極。

黃蓉右手持韁，左手伸過來拉住了郭靖的手。兩人雖分別不到半日，但剛才一在室內，一在窗外，都是膽戰心驚，苦惱焦慮，惟恐有失，這時相聚，猶如劫後重逢一般。郭靖心中迷迷糊糊，自覺逃離師父大大不該，但想到要捨卻懷中這個比自己性命還親的蓉兒，此後永不見面，那寧可斷首瀝血，也決計不能屈從。

小紅馬一陣疾馳，離中都已數十里之遙，黃蓉才收韁息馬，躍下地來。郭靖跟著下馬，那紅馬不住將頭頸在他腰裏挨擦，十分親熱。兩人手拉著手，默默相對，千言萬語，不知從何說起。但縱然一言不發，兩心相通，相互早知對方心意。

隔了良久良久，黃蓉輕輕放下郭靖的手，從馬旁革囊中取出一塊汗巾，到小溪中沾濕了，交給郭靖抹臉。郭靖正在呆呆的出神，也不接過，突然說道：「蓉兒，非這樣不可！」黃蓉給他嚇了一跳，道：「甚麼啊？」郭靖道：「咱們回去，見我師父們去。」黃蓉驚道：「回去？咱們一起回去？」

郭靖道：「嗯。我要牽著你的手，對六位師父與馬道長他們說道：蓉兒是好姑娘，不是妖女……我……我不能沒有她……」一面說，一面拉著黃蓉的小手，昂起了頭，斬釘截鐵般說著，似乎柯鎮惡、馬鈺等就在他眼前：「師父對我恩重如山，弟子粉身難報，但是，但是，蓉兒……蓉兒可不是小妖女，她是很好很好的姑娘……很好很好的……」他心中有無數言辭要為黃蓉辯護，但話到口頭，卻除了說她「很好很好」之外，更無別語。

黃蓉起先覺得好笑，聽到後來，不禁十分感動，輕聲道：「靖哥哥，你師父他們恨死了我，你多說也沒用。別回去吧！我跟你到深山裏、海島上，到他們永遠找不到的地方去過一輩子。」郭靖心中一動，隨即正色道：「蓉兒，咱們非回去不可。」黃蓉叫道：「他們一定會生生拆開咱們。咱倆以後可不能再見面啦。」郭靖道：「我死也不跟你分開。師父，你們甚麼話我都聽從，但我決不跟蓉兒分開。你們打死我好了，我不逃，不抱怨，但我決不跟蓉兒分開。」

黃蓉本來心中淒苦，聽了他這句勝過千言信誓、萬句盟約的話，突然間滿腔都是信心，只覺兩顆心已牢牢結在一起，天下再沒甚麼人、甚麼力道能將兩人拆散，心想：「對啦，最多是死，難道還有比死更厲害的？」說道：「靖哥哥，我永遠聽你話。咱倆死也不分開。爹爹也分不開咱倆個。」郭靖喜道：「本來嘛，我說你是很好很好的。」

黃蓉嫣然一笑，從革囊中取出一大塊生牛肉來，用濕泥裹了，找些枯枝，生起火來，說道：「讓小紅馬息一忽兒，咱們打了尖就回去。」

兩人吃了牛肉，那小紅馬也吃飽了草，兩人上馬從來路回去，未牌稍過，已來到小客店前。郭靖牽了黃蓉的手，走進店內。

那店伴得過郭靖的銀子，見他回來，滿臉堆歡的迎上，說道：「您老好，那幾位都出京去啦。跟您張羅點兒甚麼吃的？」郭靖驚道：「都去啦？留下甚麼話沒有？」店伴道：「沒有啊。他們向南走的，走了不到兩個時辰。」郭靖向黃蓉道：「咱們追去。」

兩人出店上馬，向南追尋，但始終不見三子六怪的蹤影。郭靖道：「只怕師父們走了另一條道。」於是催馬重又回頭。那小紅馬也眞神駿，雖然一騎雙乘，仍來回奔馳，不見疲態。一路打聽，途人都說沒見到全眞三子、江南六怪那樣的人物。

郭靖好生失望。黃蓉道：「八月中秋大夥兒在嘉興煙雨樓相會，那時必可見到你衆位師父。你要說我『很好，很好』，那時再說不遲。」郭靖道：「到中秋節足足還有半年。」黃蓉笑道：「這半年中咱倆到處玩耍，豈不甚妙？」郭靖本就生性曠達，又少年貪玩，何況有意中人相伴，不禁心滿意足，拍手叫好。

兩人趕到一個小鎭，住了一宵，次日買了一匹高頭白馬。郭靖一定要騎白馬，把紅馬讓給黃蓉乘坐。兩人按轡緩行，一路遊山玩水，樂也融融，或曠野間並肩而臥，或村店中同室而居，雖情深愛篤，但兩小無猜，也不過份親密。黃蓉固不以爲異，郭靖亦覺本該如此。兩人身邊金銀不少，飲食不虞匱乏。

這一日來到山東西路襲慶府泰寧軍地界，時近四月，天時已頗爲炎熱。兩人縱馬馳了半天，一輪紅日直照頭頂，郭靖與黃蓉額頭與背上都出了汗。大道上塵土飛揚，黏得臉上膩膩的甚是難受。黃蓉道：「咱們不趕道了，找個陰涼的地方歇歇罷。」郭靖道：「好，到前面鎭甸，泡一壺茶喝了再說。」

說話之間，兩乘馬追近了前面一頂轎子、一匹毛驢。見驢上騎的是個大胖子，穿件紫醬色熟羅袍子，手中拿著把大白扇不住揮動，那匹驢子偏生又瘦又小，給他二百五六十斤重的身子壓得一跛一拐，步履維艱。轎子四周轎帷都翻起了透風，轎中坐著個身穿粉紅衫子的肥胖婦人，說也眞巧，兩名轎夫竟也是一對身材黃瘦的老者，走得氣喘吁吁。轎旁有名丫鬟，手持葵扇，不住的給轎中胖婦人打扇。黃蓉催馬前行，趕過這行人七八丈，勒馬回頭，向著轎子迎面過去。郭靖奇怪：「你幹甚麼？」黃蓉叫道：「我瞧瞧這位太太的模樣。」

凝目向轎中望去，只見那胖婦人約莫四十來歲年紀，髻上插一枝金釵，鬢邊戴了朵老大紅絨花，一張銀盆也似的大圓臉，嘴闊眼細，兩耳招風，鼻子扁平，似有若無，白粉塗得厚厚地，卻給額頭流下來的汗水劃出了好幾道深溝。她聽到了黃蓉那句話，豎起一對濃眉，惡狠狠地瞪目而視，粗聲說道：「有甚麼好瞧？」黃蓉本就有心生事，對方自行起釁，正求之不得，勒住小紅馬攔在當路，笑道：「我瞧你身材苗條，可俊俏得很哪！」突然一聲吆喝，提起馬韁，小紅馬驀地裏向轎子直衝過去。兩名轎夫大吃一驚，齊叫：「啊也！」當即摔下轎槓，向旁逃開。轎子翻倒，那胖婦人骨碌碌的從轎中滾將出來，摔在大路正中，扠手舞腿，再也爬不起來。黃蓉已勒定小紅馬，拍手大笑。

她開了這個玩笑，本想回馬便走，不料那騎驢的大胖子揮起馬鞭向她猛力抽來，罵道：「那裏來的小浪蹄子！」那胖婦人橫臥在地，亂叫亂罵。黃蓉抓住了那胖子抽來的鞭子順手一扯，那胖子登時摔下驢背。黃蓉提鞭夾頭夾腦的向他抽去，那胖婦人大叫：「有女強盜啊！打死人了哪！女強人攔路打劫啦！」黃蓉拔出蛾眉鋼刺，彎下腰去，嗤的一聲，便將她左耳割了下來。那胖婦人登時滿臉鮮血，殺豬似的大叫起來。

這一來，那胖子嚇得魂飛魄散，跪在地下只叫：「女大王饒命！我……我有銀子！」黃蓉板起了臉，喝道：「誰要你銀子？這女人是誰？」那胖子道：「是……是我夫人！我……我們……她回娘家……回娘家探親。」黃蓉道：「你們兩個又壯又胖，幹麼自己不走路？要饒命不難，只須聽我吩咐！」那胖子道：「是，是，聽姑娘大王吩咐。」

黃蓉聽他管自己叫「姑娘大王」，倒也挺爲新鮮，噗哧一笑，說道：「兩個轎夫呢？還有這小丫鬟，你們三個都坐進轎子去。」三人不敢違拗，扶起了倒在路中心的轎子，鑽了進去。好在三人身材瘦削，加起來只怕還沒那胖婦人肥大，坐入轎中卻也不如何擠迫。這三人連同郭靖和那胖子夫婦，六對眼睛都怔怔的瞧著黃蓉，不知她有何古怪主意。黃蓉道：「你們夫妻平時作威作福，仗著有幾個臭錢便欺壓窮人。此刻遇上了『姑娘大王』，要死還是要活？」這時那胖婦人早就停了叫嚷，左手按住了臉畔傷口，與那胖子齊聲道：「要活，要活，姑娘大王饒命！」

黃蓉道：「好，今日輪到你們兩個做做轎夫，把轎子抬起來！」那胖婦人道：「我……我只會坐轎子，不會抬轎子。」黃蓉將鋼刺在她鼻子上平拖而過，喝道：「你不會抬轎子，我可會割鼻子。」那胖婦人只道鼻子又已給她割去，大叫：「哎唷，痛死人啦！」黃蓉喝道：「你抬不抬？」那胖子先行抬起了轎槓，說道：「抬，抬！我們抬！」那胖婦人無奈，只得矮身將另一端轎槓放上肩頭，挺身站起。這對財主夫婦平時補藥吃得多了，身子著實壯健，抬起轎子邁步而行，居然抬得有板有眼。黃蓉和郭靖齊聲喝采：「抬得好！」

黃郭二人騎馬押在轎後。直行出十餘丈，黃蓉這才縱馬快奔，叫道：「靖哥哥，咱們走罷！」兩人馳出一程，回頭望來，只見那對胖夫婦兀自抬轎行走，不敢放下，兩人都忍不住哈哈大笑。黃蓉道：「這胖女人如此可惡，生得又難看，本來倒挺合用。我原想捉了她去，給丘處機做老婆，只可惜我打不過那牛鼻子。」郭靖大奇，問道：「怎麼給丘道長做老婆？他不會要的。」黃蓉道：「他當然不肯要。可是他卻不想想，你說不肯娶穆姑娘，他怎地又硬逼你娶她？哼，等那一天我武功強過這牛鼻子老道了，定要硬逼他娶個又惡又醜的女人，叫他嘗嘗被逼娶老婆的滋味。」

郭靖啞然失笑，才知她心中在打這個主意，過了半晌，說道：「蓉兒，穆姑娘並不是又醜又惡，不過我只娶你。」黃蓉嫣然一笑，道：「好啊！姑娘大王是又惡又美。不過永遠永遠不會對靖哥哥惡！」

正行之間，忽聽得一排大樹後水聲淙淙。黃蓉縱馬繞過大樹，突然歡聲大叫。郭靖跟著過去，眼前是一條清可見底的深溪，溪底是綠色、白色、紅色、紫色的小圓卵石子，溪旁兩岸都是垂柳，枝條拂水，溪中游魚可數。

黃蓉脫下外衣和軟蝟甲，撲通一聲，跳下水去。郭靖嚇了一跳，見她雙手高舉，抓住了一尾尺來長的青魚。魚兒尾巴亂動，拚命掙扎。黃蓉叫道：「接住。」把魚兒拋上岸來。郭靖施展擒拿法抓去，但魚兒身上好滑，立即溜脫，在地下翻騰亂跳。

黃蓉拍手大笑，叫道：「靖哥哥，下來游水。」郭靖生長大漠，不識水性，笑著搖頭。黃蓉道：「下來，我教你。」郭靖見她在水裏玩得有趣，於是脫下外衣，一步步踏入水中。黃蓉在他腳上一拉，他站立不穩，跌入水中，心慌意亂之下，登時喝了幾口水。黃蓉笑著將他扶起，教他換氣划水的法門。

游泳之道，要旨在能控制呼吸，郭靖於內功習練有素，精通換氣吐納功夫，在溪中練了半日，已略識門徑。當晚兩人便在溪畔露宿，捕魚爲食。黃蓉生長海島，自幼便熟習水性。黃藥師文事武學，無不精深，水中功夫卻遠遠不及女兒。郭靖在明師指點之下，每日在溪水中浸得四五個時辰，七八日後已能在清溪中上下來去，浮沉自如。

這一日兩人游了半天，溯溪而上，游出數里，忽聽得水聲漸響，轉了一個彎，眼前飛珠濺玉，竟是一個十餘丈高的大瀑布，一片大水匹練也似的從崖頂倒將下來。

黃蓉道：「靖哥哥，咱倆從瀑布裏竄到崖頂上去。」郭靖道：「好，咱們試試。你穿上防身的軟甲罷。」黃蓉道：「不用！」一聲吆喝，兩人一起鑽進了瀑布之中。那水勢好急，別說向上攀援，連站也站立不住，腳步稍移，身子便給水流遠遠沖開。兩人試了幾次，終於廢然而退。郭靖心中不服，氣鼓鼓的道：「蓉兒，咱們好好養一晚神，明兒再來。」黃蓉笑道：「好！可也不用生這瀑布的氣。」郭靖自覺無理，哈哈大笑。

次日又試，竟爬上了丈餘，好在兩人輕身功夫了得，每次給水衝下，只不過落入下面深潭，也傷不了身子。兩人揣摸水性，天天在瀑布裏竄上溜下。到第八天上，郭靖終於攀上了崖頂，伸手將黃蓉也拉了上去。兩人在崖上歡呼跳躍，喜悅若狂，手挽手的又從瀑布中溜了下來。

這般十餘天一過，郭靖仗著內力深厚，水性已頗不弱，雖與黃蓉相較尙自遠遜，但黃蓉說道，卻已比她爹爹好得多了。兩人直到玩得盡興，這才縱馬南行。

這日來到長江邊上，已是暮靄蒼茫，郭靖望著大江東去，白浪滔滔，四野無窮無盡，上游江水不絕流來，永無止息，只覺胸中豪氣干雲，身子似與江水合而爲一。觀望良久，黃蓉忽道：「要去就去。」郭靖道：「好！」兩人這些日子共處下來，相互間不必多言，已知對方心意，黃蓉見了他的眼神，就知他想游過江去。

郭靖放開白馬韁繩，說道：「你沒用，自己去吧。」將包著隨身衣物的包裹綁在紅馬背上，在紅馬臀上一拍，二人一馬，一齊躍入大江。小紅馬一聲長嘶，領先游去。郭靖與黃蓉並肩齊進。游到江心，那紅馬已遙遙在前。

天上繁星閃爍，除了江中浪濤之外，更無別般聲息，似乎天地之間就只他們二人。再游一陣，突然間烏雲壓天，江上漆黑一團，接著閃電雷轟，接續而至，每個焦雷似乎都打在頭頂一般。郭靖叫道：「蓉兒，你怕麼？」黃蓉笑道：「和你在一起，就不怕。」

夏日暴雨，驟至驟消，兩人游到對岸，已是雨過天青，朗月懸空。郭靖找些枯枝來生了火。黃蓉取出包裹中兩人衣服，將濕衣在火上烤乾，各自換了。

小睡片刻，天邊漸白，江邊農家小屋中一隻公鷄振吭長鳴。

黃蓉打了個呵欠醒來，說道：「好餓！」發足往小屋奔去，不一刻脇下已夾了一隻肥大公鷄回來，笑道：「咱們走遠些，別讓主人瞧見。」兩人向東行了里許，小紅馬乖乖的自後跟來。

黃蓉用蛾眉鋼刺剖了公鷄肚子，將內臟洗剝乾淨，卻不拔毛，用水和了一團泥裹在鷄外，生火烤了起來。烤得一會，泥中透出甜香，待得濕泥乾透，剝去乾泥，鷄毛隨泥而落，鷄肉白嫩，濃香撲鼻。

完顏康恍然而悟：「她是對我說，我們兩人之間並無骨肉關連。」伸手去握住她的右手，微微一笑。穆念慈滿臉通紅，輕輕一掙沒掙脫，也就任他握著，頭卻垂得更低了。

第十二回　亢龍有悔

黃蓉正要將鷄撕開，身後忽然有人說道：「撕作三份，鷄屁股給我！」兩人都吃了一驚，怎地背後有人掩來，竟毫無知覺，急忙回頭，見說話的是個中年乞丐。這人一張長方臉，頦下微鬚，頭髮花白，粗手大腳，身上衣服東一塊西一塊的打滿了補釘，卻洗得乾乾淨淨，手裏拿著一根綠竹杖，瑩碧如玉，背上負著個朱紅漆的大葫蘆，臉上一副饞涎欲滴的模樣，神情猴急，似乎若不將鷄屁股給他，就要伸手搶奪了。郭黃兩人尚未回答，他已大馬金刀的坐在對面，取過背上葫蘆，拔開塞子，酒香四溢。他骨嘟骨嘟的喝了幾口，把葫蘆遞給郭靖，道：「娃娃，你喝。」

郭靖心想此人好生無禮，但見他行動奇特，心知有異，不敢怠慢，說道：「我不喝酒，您老人家請喝罷。」言下甚是恭謹。那乞丐向黃蓉道：「女娃娃，你喝不喝？」

黃蓉搖了搖頭，突然見他握住葫蘆的右手只四根手指，一根食指齊掌而缺，心中一凜，想起了從前聽爹爹所說的華山論劍、以及參與論劍的五人之事，想到了五絕中的九指神丐，心想：「難道今日機緣巧合，逢上了前輩高人？且探探他口風再說。」見他望著自己手中的肥鷄，喉頭一動一動，口吞饞涎，心裏暗笑，便撕下半隻，果然連著鷄屁股一起給了他。

那乞丐大喜，夾手奪過，風捲雲殘的吃得乾乾淨淨，一面吃，一面不住讚美：「妙極，妙極，連我叫化祖宗，也整治不出這般了不起的叫化鷄。」黃蓉微微一笑，把手裏剩下的半邊鷄也遞給了他。那乞丐謙道：「那怎麼成？你們兩個娃娃自己還沒吃。」他口中客氣，卻早伸手接過，片刻間又已吃得只賸幾根鷄骨。

他拍了拍肚皮，叫道：「肚皮啊肚皮，這樣好吃的鷄，很少下過肚吧？」黃蓉噗哧一笑，說道：「小女子偶爾燒得叫化鷄一隻，得入叫化祖宗的尊肚，榮幸之至。」那乞丐哈哈大笑，說道：「你這女娃子乖得很。」從懷裏摸出幾枚金鏢來，說道：「昨兒見到有幾個人打架，其中有一個闊氣得緊，放的鏢兒居然金光閃閃。老叫化順手牽鏢，就給他牽了過來。這枚金鏢裏面是破銅爛鐵，鏢外撐場面，鍍的倒是眞金。娃娃，你拿去玩兒，沒錢使之時，倒也可換得七錢八錢銀子。」說著便遞給郭靖。郭靖搖頭不接，說道：「我們當你是朋友，請朋友吃點東西，不能收禮。」這是蒙古人好客的規矩。

那乞丐神色尷尬，搔頭道：「這可難啦，我老叫化向人討些殘羹冷飯，倒也不妨，今日卻吃了你們兩個娃娃這樣一隻好鷄，受了這樣一個天大恩惠，無以報答。這……這可……」郭靖笑道：「小小一隻鷄算甚麼恩惠？不瞞你說，這隻鷄我們也是偷來的。」黃蓉笑道：「我們順手牽鷄，你老人家再來順口吃鷄，大家得個『順』字。」那乞丐哈哈大笑，說道：「兩個娃娃挺有意思，可合了我脾胃啦。來，你們有甚麼心願，說給我聽聽。」

郭靖聽他話中之意顯是要伸手幫助自己，那仍是請人吃了東西收受禮物，便搖了搖頭。黃蓉卻道：「這叫化鷄也算不了甚麼，我還有幾樣拿手小菜，要請您試試口味。咱們一起到前面市鎮去好不好？」那乞丐大喜，叫道：「妙極！妙極！」郭靖道：「您老貴姓？」那乞丐道：「我姓洪，排行第七，你們兩個娃娃叫我七公罷。」黃蓉聽他說姓洪，心道：「果然是他。不過他這般年紀，看來比丘道長也大不了幾歲，怎能與全真七子的師父齊名？嗯，我爹爹也不太老，還不是一般跟洪七公他們平輩論交？定是全真七子這幾個老道不爭氣，年紀都活在狗身上了。」丘處機逼迫郭靖和穆念慈結親，黃蓉心中一直惱他。

三人向南而行，來到一個市鎮，叫做姜廟鎮，投了客店。黃蓉道：「我去買作料，你爺兒倆歇一陣子吧。」

洪七公望著黃蓉的背影，笑咪咪的道：「她是你的小媳婦兒罷？」郭靖紅了臉，不敢說是，卻也不願說不是。洪七公呵呵大笑，瞇著眼靠在椅上打盹。直過了大半個時辰，黃蓉才買了菜蔬回來，入廚整治。郭靖要去幫忙，卻給她笑著推了出來。

又過小半個時辰，洪七公打個呵欠，嗅了兩嗅，叫道：「香得古怪！那是甚麼菜？可有點兒邪門。情形大大不對！」伸長了脖子，不住向廚房探頭探腦張望。郭靖見他一副迫不及待、心癢難搔的模樣，不禁暗暗好笑。

廚房裏香氣陣陣噴出，黃蓉卻始終沒露面。

洪七公搔耳摸腮，坐下站起，站起坐下，好不難熬，向郭靖道：「我就是這個饞嘴的臭脾氣，一想到吃，就甚麼也都忘了。」伸出那只剩四指的右掌，說道：「古人說：『食指大動』，眞是一點也不錯。我只要見到或聞到奇珍異味，右手食指就會跳個不住。有一次爲了貪吃，誤了一件大事，我一發狠，一刀將指頭給砍了……」郭靖「啊」了一聲，洪七公嘆道：「指頭是砍了，饞嘴的性兒卻砍不了。」

說到這裏，黃蓉笑盈盈的托了一隻木盤出來，放在桌上，盤中三碗白米飯，一隻酒杯，另有兩大碗菜肴。郭靖只覺得香氣撲鼻，說不出的舒服受用，一碗是炙牛肉條，只不過肉香濃郁，尙不見有何特異，另一碗是碧綠的清湯中浮著數十顆殷紅的櫻桃，又飄著七八片粉紅色花瓣，底下襯著嫩筍丁子，紅白綠三色輝映，鮮豔奪目，湯中泛出荷葉清香，想來這清湯是以荷葉熬成。

黃蓉在酒杯裏斟了酒，放在洪七公前面，笑道：「七公，您嚐嚐我的手藝兒怎樣？」洪七公那裏還等她說第二句，也不飲酒，抓起筷子便挾了兩條牛肉條，送入口中，只覺滿嘴鮮美，絕非尋常牛肉，每咀嚼一下，便有一次不同滋味，或膏腴嫩滑，或甘脆爽口，諸味紛呈，變幻多端，直如武學高手招式之層出不窮，人所莫測。洪七公驚喜交集，細看之下，原來每條牛肉都由四條小肉條拼成。

洪七公閉了眼辨別滋味，道：「嗯，一條是羊羔坐臀，一條是小豬耳朵，一條是小牛腰子，還有一條……還有一條……」黃蓉抿嘴笑道：「猜得出算你厲害……」她一言甫畢，洪七公叫道：「是獐腿肉加兔肉揉在一起。」黃蓉拍手讚道：「好本事，好本事。」郭靖聽得呆了，心想：「一碗炙牛肉條竟要這麼費事，也虧他辨得出五般不同的肉味。」

洪七公道：「肉只五種，但豬羊混咬是一般滋味，獐牛同嚼又是另一般滋味，一共有幾般變化，我可算不出了。」黃蓉微笑道：「倘若次序的變化不計，那麼只有二十五變，合五五梅花之數，又因肉條形如笛子，因此這道菜有個名目，叫做『玉笛誰家聽落梅』。這『誰家』兩字，也有考人一考的意思。七公你考中了，是吃客中的狀元。」

洪七公大叫：「了不起！」也不知是讚這道菜的名目，還是讚自己辨味的本領，拿起匙羹舀了兩顆櫻桃，笑道：「這碗荷葉筍尖櫻桃湯好看得緊，有點捨不得吃。」在口中一辨味，「啊」的叫了一聲，奇道：「咦？」又吃了兩顆，又是「啊」的一聲。荷葉之清、筍尖之鮮、櫻桃之甜，那不必說了，櫻桃核已經剜出，另嵌別物，卻嚐不出是甚麼東西。洪七公沉吟道：「這櫻桃之中，嵌的是甚麼物事？」閉了眼睛，口中慢慢辨味，喃喃的道：「是雀兒肉！不是鷓鴣，便是斑鳩，對了，是斑鳩！」睜開眼來，見黃蓉正豎起了大拇指，不由得甚是得意，笑道：「這碗荷葉筍尖櫻桃斑鳩湯，又有個甚麼古怪名目？」

黃蓉微笑道：「老爺子，你還少說了一樣。」洪七公「咦」的一聲，向湯中瞧去，說道：「嗯，還有些花瓣兒。」黃蓉道：「對啦，這湯的名目，從這五樣作料上去想便是了。」洪七公道：「要我打啞謎可不成，好娃娃，你快說了吧。」黃蓉道：「我提你一下，只消從《詩經》上去想就得了。」洪七公連連搖手，道：「不成，不成。書本上的玩意兒，老叫化一竅不通。」

黃蓉笑道：「這如花容顏，櫻桃小嘴，便是美人了，是不是？」洪七公道：「啊，原來是美人湯。」黃蓉搖頭道：「竹解心虛，乃是君子。蓮花又是花中君子。因此這竹筍丁兒和荷葉，說的是君子。」洪七公道：「哦，原來是美人君子湯。」黃蓉繼續搖頭，笑道：「那麼這班鳩呢？《詩經》第一篇是：『關關雎鳩，在河之洲，窈窕淑女，君子好逑』。因此這湯叫作『好逑湯』。」

洪七公哈哈大笑，說道：「有這麼希奇古怪的好湯，便得有這麼個希奇古怪的名目，很好，很好，你這希奇古怪的女娃娃，也不知是那個希奇古怪的老子生出來的。這湯的滋味可眞不錯。十多年前我在皇帝大內御廚吃到的櫻桃湯，滋味可遠遠不及這一碗了。」黃蓉笑道：「御廚有甚麼好菜，您說給我聽聽，好讓我學著做了孝敬您。」

洪七公不住口的吃牛條，喝鮮湯，連酒也來不及喝，一張嘴那裏有半分空暇回答她問話，直到兩隻碗中都只賸下十之一二，這才說道：「御廚的好東西當然多啦，不過沒一樣及得上這兩味。嗯，有一味鴛鴦五珍膾是極好的，我可不知如何做法。」

郭靖問道：「是皇帝請你去吃的麼？」洪七公呵呵笑道：「不錯，皇帝請的，不過皇帝自己不知道罷啦。我在御廚房的樑上躲了三個月，皇帝吃的菜每一道我先給他嚐一嚐，吃得好就整盤拿來，不好麼，就讓皇帝小子自己吃去。御廚房的人疑神疑鬼，都說出了狐狸大仙啦。」郭靖和黃蓉都想：「這人饞是饞極，膽子和本領可也眞大極。」

洪七公笑道：「娃娃，你媳婦兒煮菜的手藝天下第一，你這一生可享定了福。他媽的，我年輕時怎沒撞見這麼好本事的姑娘？」言下似乎深以爲憾。

黃蓉微微一笑，與郭靖就著殘菜吃了飯。她只吃一碗也就飽了。郭靖卻吃了四大碗，菜好菜壞，他也不怎麼分辨得出。洪七公搖頭歎息，說道：「牛嚼牡丹，可惜，可惜。」黃蓉抿嘴輕笑。郭靖心想：「牛愛吃牡丹花嗎？蒙古牛是很多，可沒牡丹，我自然沒見過牛吃牡丹。卻不知爲甚麼要說『可惜，可惜』？」

洪七公摸摸肚子，說道：「兩個娃娃都會武藝，我早瞧出來啦。女娃娃花盡心機，整了這樣好的菜給我吃，定是不安好心，讓我非教你們幾手不可。好罷，吃了這樣好東西，不教幾手也眞說不過去。來來來，跟我走。」負了葫蘆，提了竹杖，起身便走。

郭靖和黃蓉跟著他來到鎭外一座松林之中。洪七公問郭靖道：「你想學甚麼？」郭靖心想：「武學如此之廣，我想學甚麼，難道你就能教甚麼？」正自尋思，黃蓉道：「七公，他功夫不及我，常常生氣，他最想勝過我。」郭靖道：「我幾時生氣……」黃蓉向他使了個眼色，郭靖就不言語了。洪七公笑道：「我瞧他手腳沉穩，內功根基不差啊，怎會不及你，來，你們兩個娃娃打一打。」

黃蓉走出數步，叫道：「靖哥哥，來。」郭靖尙自遲疑，黃蓉道：「你不顯顯本事，他老人家怎生個教法？」郭靖心想不錯，向洪七公道：「晚輩功夫不成，您老人家請多指點。」洪七公道：「稍稍指點一下不妨，多指點可划不來。」郭靖一怔，黃蓉叫道：「看招！」搶近身揮掌便打。郭靖起手招架，黃蓉變招奇速，早已收掌飛腿，攻他下盤。洪七公叫道：「好，女娃子，眞有你的。」

黃蓉低聲道：「用心當眞的打。」郭靖提起精神，使開南希仁所授的南山掌法，雙掌翻合，虎虎生風。黃蓉竄高縱低，用心抵禦，拆解了半晌，突然變招，使出父親黃藥師自創的「桃華落英掌」來。這套掌法是黃藥師觀賞桃花島中桃花落英繽紛而創制，出招變化多端，還講究姿式之美。她雙臂揮動，四方八面都是掌影，或五虛一實，或八虛一實，直似桃林中狂風忽起、萬花齊落，妙在手足飄逸，宛若翩翩起舞，但她一來功力尚淺，二來心存顧惜，未能出掌凌厲如劍。郭靖眼花繚亂，那裏還守得住門戶，不提防啪啪啪啪，左肩右肩、前胸後背，接連中了四掌，黃蓉全未使力，郭靖自也不覺疼痛。黃蓉一笑躍開。郭靖讚道：「蓉兒，眞好掌法！」

洪七公冷冷的道：「你爹爹這般大本事，又何必要我來教這儍小子武功？」黃蓉吃了一驚，心想：「這路桃華落英掌法是爹爹自創，爹爹說從沒用來跟人動過手，七公怎麼會識得？」問道：「七公，您識得我爹爹？」

洪七公道：「當然，他是『東邪』，我是『北丐』。我跟他打過的架難道還少了？」黃蓉心想：「他跟爹爹打了架，居然沒給爹爹打死打傷，此人本領確然不小，難怪『北丐』可與『東邪』並稱。」又問：「您老怎麼又識得我？」

洪七公道：「你照照鏡子去，你的眼睛鼻子不像你爹爹麼？本來我也還想不起，只不過覺得你面相好熟而已，當然，你爹爹不及你美貌，黃老邪要是成了美少年，可要天下大亂了。但你的武功卻明明白白的露了底啦。桃花島武學家數，老叫化怎會不識？我雖沒見過這路掌法，可是天下也只有你這鬼靈精的爹爹才想得出。嘿嘿，你那兩味菜又是甚麼『玉笛誰家聽落梅』，甚麼『好逑湯』，定是你爹爹給安的名目了。」

黃蓉笑道：「你老人家料事如神。你說我爹爹很厲害，是不是？」洪七公冷冷的道：「他當然厲害，可也不見得是天下第一。」黃蓉拍手道：「那麼定是您第一啦。」

洪七公道：「那也未必。那是很多年之前了，我們東邪、西毒、南帝、北丐、中神通五人在華山絕頂比武論劍，比了七天七夜，終究是中神通最了得，我們四人服他是天下第一。」黃蓉道：「中神通是誰呀？」

洪七公道：「你爹爹沒跟你說過麼？」黃蓉道：「我爹爹只稍稍說了點兒，我再問下去，他就不肯說了。我爹爹說，武林中壞事多，好事少，女孩兒家聽了無益，因此他很少跟我說。後來我爹爹罵我，不喜歡我，我偷偷逃出來啦。以後他永遠不要我了。」說到這裏，低下頭來，神色悽然。

洪七公罵道：「這老妖怪，眞邪門。」黃蓉惱道：「你別罵我爹爹。」洪七公呵呵笑道：「可惜人家嫌叫化子窮，沒人肯嫁我，否則生了你這麼個乖女兒，我可捨不得趕你走。」黃蓉笑道：「那當然！你趕我走了，誰給你燒菜吃？」

洪七公嘆了口氣，道：「不錯，不錯。」沒來由的空自爲自己吃福未臻十全而生惆悵，頓了一頓，說道：「中神通是全眞敎敎主王重陽，他歸天之後，到底誰是天下第一，那就難說得很了。」

黃蓉道：「全真教？嗯，有一個姓丘、一個姓王，還有一個姓馬的，都是牛鼻子道士，我瞧他們也稀鬆平常，跟人家動手，三招兩式，便中毒受傷。」洪七公道：「是嗎？那都是王重陽的徒弟了。聽說他七個弟子中丘處機武功最強，但終究還不及他們師叔周伯通。」黃蓉聽了周伯通的名字微微一驚，開口想說話，卻又忍住。

郭靖一直在旁聽兩人談論，這時插口道：「是，馬道長說過他們有個師叔，但沒提到這位前輩道長的名號。」洪七公道：「周伯通不是道士，是俗家人，他武功是王重陽親自傳授的。嘿，你這楞傢伙笨頭笨腦，你岳父聰明絕頂，恐怕不見得喜歡你罷？」郭靖從沒想到自己的「岳父」是誰，登時結結巴巴的答不上來。黃蓉微笑道：「我爹爹沒見過他。您老要是肯指點他一下，我爹爹瞧在你老面上，就會喜歡他啦。」

洪七公罵道：「小鬼頭兒，爹爹的功夫沒學到一成，他的鬼心眼兒可就學了個十足十。我不喜歡人家拍馬屁、戴高帽，老叫化從來不收徒弟，這種傻不楞的小子誰要？只有你，才當他寶貝兒似的，挖空心思，磨著我教你傻女婿的武功。嘿嘿，老叫化才不上這當呢！」

黃蓉低下了頭，不由得紅暈滿臉。她於學武並不專心，自己有這樣武功高強的爹爹，也沒好好跟著學，怎會打主意去學洪七公的功夫？但眼見郭靖武藝不高，他那六個師父又口口聲聲罵自己為「小妖女」，恰好碰上了洪七公這樣一位高人，只盼他肯傳授郭靖些功夫，那麼郭靖以後見了六位師父和丘處機一班臭道士，也用不著耗子見貓那樣怕得厲害。不料洪七公饞嘴貪吃，似乎胡裏胡塗，心中卻著實明白，竟識破了她私心。只聽他嘮嘮叨叨的罵了一陣，站起身來，揚長而去。

隔了很久，郭靖才道：「蓉兒，這位老前輩的脾氣有點與眾不同。」黃蓉聽得頭頂樹葉微響，料來洪七公已繞過松樹，竄到了樹上，便道：「他老人家可是個大大的好人，他本事比我爹爹高得多。」郭靖奇道：「他又沒顯功夫，你怎知道？」黃蓉道：「我聽爹爹說過的。」郭靖道：「怎麼說？」黃蓉道：「爹爹說，當今武功能勝過他的，就只九指神丐洪七公一人，可惜他行蹤無定，不能常跟他在一起切磋武功。」

洪七公走遠之後，果然施展絕頂輕功，從樹林後繞回，縱在樹上，竊聽他兩人談話，想查知這二人是否黃藥師派來偷學他的武功，聽得黃蓉如此轉述她父親的言語，不禁暗自得意：「黃藥師嘴上向來不肯服我，豈知心裏對我倒挺佩服。」

他怎知這全是黃蓉揑造出來的，只聽她又道：「我爹爹的功夫我也沒學到甚麼，只怪我從前愛玩，不肯用功。現下好容易見到洪老前輩，要是他肯指點一二，豈不是更加勝過我爹爹親授？那知我口沒遮攔，說錯了話，惹惱了他老人家。」說著嗚嗚咽咽的哭將起來，她起初本是假哭，郭靖柔聲細語的安慰幾句，她想起母親早逝，父親遠離，竟弄假成眞，悲悲切切的哭得傷心。洪七公聽了，不禁大起知己之感。

黃蓉哭了一會，抽抽噎噎的道：「我聽爹爹說過，洪老前輩有一套武功，當眞是天下無雙、古今獨步，甚至全眞教的王重陽也忌憚三分，叫做……叫做……咦，我怎麼想不起來啦，明明剛才我還記得的，我想求他教你，這套拳法叫做……叫做……」其實她那裏知道，全是信口胡吹。洪七公在樹頂上聽她苦苦思索，實在忍不住了，喝道：「叫做『降龍十八掌』！」說著一躍而下。

郭靖和黃蓉都大吃一驚，退開幾步。只不過兩人齊驚，一個是眞，一個是假。

黃蓉道：「啊，七公，你怎麼飛到了樹上？是降龍十八掌，一點不錯，我怎麼想不起？爹爹常常提起的，說他生平最佩服的武功便是降龍十八掌。」

洪七公甚是開心，說道：「原來你爹爹還肯說眞話，我只道王重陽死了之後，他便自以爲天下第一了呢？」向郭靖道：「你根柢並不比這女娃娃差，輸就輸在拳法不及。女娃娃，你回客店去。」黃蓉知道他要傳授郭靖掌法，歡歡喜喜的去了。

洪七公向郭靖正色道：「你跪下立個誓，如不得我允許，不可將我傳你的功夫轉授旁人，連你那鬼靈精的小媳婦兒也在內。」

郭靖心下爲難：「倘若蓉兒要我轉授，我怎能拒卻？」說道：「七公，我不要學啦，讓她功夫比我強就是。」洪七公奇道：「幹麼？」郭靖道：「倘若她要我教，我不教是對不起她，教了是對不起您。」洪七公呵呵笑道：「傻小子心眼兒不錯，當眞說一是一，說二是二。這樣罷，我教你一招『亢龍有悔』。我想那黃藥師自負得緊，就算他心裏羨慕，也不能沒出息到來偷學我的看家本領。再說，他功夫的路子跟我全然不同，我不能學他的武功，他也學不了我的掌法。」說著左腿微屈，右臂內彎，右掌劃了個圓圈，呼的一聲，向外推去，手掌掃到面前一棵松樹，喀喇一響，松樹應手斷折。

郭靖吃了一驚，眞想不到他這一推之中，居然有這麼剛猛強勁的力道。

洪七公道：「這棵樹是死的，如果是活人，當然會退讓閃避。學這一招，難就難在要對方退無可退，讓無可讓，你一招出去，喀喇一下，敵人就像松樹一樣完蛋大吉。」把姿式演了兩遍，又把內勁外鑠之法、發招收勢之道，如何運氣出勁，仔仔細細解釋了一通。要點是在強力外鑠之餘，必須收力，難處不在發而在收。

郭靖資質魯鈍，內功卻已有根柢，學這般招式簡明而勁力精深的武功，最是合式，便即凝神學練，兩個多時辰之後，已得大要。

洪七公道：「那女娃娃的掌法虛招多過實招數倍，你跟了她亂轉，非著她道兒不可，再快也快不過她。你想這許多虛招之後，這一掌定是眞的了，她偏偏仍是假的，下一招眼看是假的了，她卻出你不意給你來下眞的。」郭靖連連點頭。洪七公道：「因此你要破她這路掌法，唯一的法門就是壓根兒不理會她眞假虛實，待她掌來，眞的也好，假的也罷，你只給她來一招『亢龍有悔』。她見你這一招厲害，非回掌招架不可，那就破了。」

郭靖問道：「以後怎樣？」洪七公臉一沉道：「以後怎樣？傻小子，她有多大本事，能擋得住我教你的這一招？」郭靖甚是擔心，說道：「她擋不住，豈不要打傷了她？」洪七公搖頭歎息，說道：「我這掌力要是能發不能收，不能輕重剛柔隨心所欲，怎稱得上是天下掌法無雙的『降龍十八掌』？」郭靖唯唯稱是，心中打定了主意：「我若不是學到能發能收的地步，可決不能跟蓉兒試招。」洪七公道：「你不信嗎？這就試試吧！」

郭靖拉開式子，挑了一棵特別細小的松樹，學著洪七公的姿勢，對準樹幹，呼的就是一掌。那松樹晃了幾晃，並不斷折。洪七公罵道：「傻小子，你搖松樹幹甚麼？捉松鼠麼？撿松果麼？」郭靖給他說得滿臉通紅，訕訕而笑。

洪七公道：「我對你說過：要教對方退無可退，讓無可讓。你剛才這一掌，勁道不弱，可是松樹一搖，就把你的勁力化解了。你先學打得松樹不動，然後再能一掌斷樹。」郭靖大悟，歡然道：「那要著勁奇快，使對方來不及抵擋。」

洪七公白眼道：「可不是麼？那還用說？你滿頭大汗的練了這麼久，原來連這點粗淺道理還剛想通。可眞笨得到了姥姥家。」又道：「這一招叫作『亢龍有悔』，掌法的精要不在『亢』字而在『悔』字。倘若只求剛猛迅捷，亢奮凌厲，只要有幾百斤蠻力，誰都會使了。這招又怎能教黃藥師佩服？『亢龍有悔，盈不可久』，因此有發必須有收。打出去的力道有十分，留在自身的力道卻還有二十分。那一天你領會到了這『悔』的味道，這一招就算是學會了三成。好比陳年美酒，上口不辣，後勁卻醇厚無比，那便在於這個『悔』字。天下甚麼事情，凡是到了極頂，接下去便是衰退，我這降龍十八掌，根源於《易經》的道理。易經講究的是『泰極否來，否極泰來』。『亢龍有悔』的道理，乃是還沒到頂，便預留退步。這才是有勝無敗的武功。武功有勝無敗，夠厲害了吧？就算眞的要敗，那也不妨，咱們留下的後勁還是深厚得很。」

洪七公見他臉上神色似懂非懂，說道：「這『降龍十八掌』的道理，深奧得很。當年我恩師教我之時，我還以爲出掌越強越好，拚命發力，給恩師重重打了幾個耳光，說道：『這掌法的精義，剛好跟蠻牛撞牆的道理相反。一招發出去，就算有幾千斤、一萬斤的力道，終究有使盡之時，敵人如是高手，就在你力道使盡的一瞬間，突然反擊，你一萬斤的力道已經使盡了，賸下來的連幾兩幾錢也沒有，他只消使三斤力氣，就打垮了你的一萬斤力道。』這招亢龍有悔，是降龍十八掌的根本，只要懂了這招，餘下十七招就並不爲難了。『亢』是極威猛、極神氣、極高極強的意思，一條神龍飛得老高，張牙舞爪，厲害之極，可是就在這時，牠的威勢已到了頂點，此後就只有退、不能進了。這個『悔』字，是要知道『剛強之後，必有衰弱』。一艘大船，當順風順水之時，扯足了順風帆向前飛駛，很容易觸礁翻船。做人做事，都須留有餘地才好。我見你忠厚老實，肯為人著想，這才教你這招功夫。這一掌不是用來恃強欺人，而是用來全身保命。」

郭靖聽了大喜，不由得眉開眼笑，說道：「但求人家不打死我，那就很好了，我不想打死人家！」

洪七公點頭，拍拍他肩頭，說道：「好小子，你不想壓倒人，不想打死對方，本心這樣想，正是學我這路功夫的材料。笨一點不打緊，心地要好，這才是要點的所在。你天性不想打死人，出招之時自然而然留有餘力，這就是『悔』字訣。咱們這『降龍十八掌』，講究的是『敵人愈強我更強』，所以叫作『降龍』，稱它為『伏虎』，亦無不可。最難的地方，在於既以強力出擊，仍然留有餘力。不過倘若一味留力，沒有力道發出去，那也不行。」

洪七公說了許多，心想這些深奧的道理，當年恩師雖然指點了，自己也要在許多年之後才能真正領會到。郭靖這人看來並不聰明，渾渾噩噩，於世事所知不多，一個年輕小伙子決無可能便即明白這項大道理，說道：「這掌法的道理，用於為人做事，也是一般。你現下不明白，也不打緊。我教你讀幾段書，你先背了出來，以後慢慢體會便了。

「第一段：『先天而天弗違，後天而奉天時。』天，就是自然，所謂『先天』，是對方行動中還沒有出現破綻，我們要先瞧了出來。這招『亢龍有悔』，要料敵機先，擊向他即將露出來的破綻。如果他已經露出破綻，那就良機莫失，更當攻其弱點。我們的武學道理，跟道家不同。道家《老子》說：『用兵有言：吾不敢爲主而爲客，不敢進寸而退尺。』主張不可搶先進攻，一味退守，以柔克剛，我們是當剛則剛，應柔則柔。

「第二段話：『「亢」之爲言也，知進而不知退，知存而不知亡，知得而不知喪，其唯聖人乎？知進退存亡而不失其正者，其唯聖人乎？』」

他慢慢一句句的讀了出來，教郭靖跟著唸讀，然後背熟，解釋說：「發招之時，要想到進，更要想到退；要知道自己活，也要知道自己會死；要知道這招能勝，也要知道這招能敗。能勝當然很好，勝不了不要緊，敗了也不要緊。總不會給人揿在地下痛揍，大叫：『饒命，饒命！』」郭靖聽得笑了起來。

郭靖將他的話牢牢記在心裏，以備日後慢慢思索。他學武的法門，向來便是「人家練一朝，我就練十天」，當下專心致志的學練掌法，著意於「收勁、留力」兩項，起初數十掌，松樹總是搖動，到後來勁力越使越大，樹幹卻越搖越微，自知功夫已有進境，心中甚喜，這時手掌邊緣已紅腫得十分厲害，他卻毫不鬆懈的苦練。

洪七公瞧了一會，便感厭悶，倒在地下呼呼大睡。

郭靖練到後來，意與神會，發勁收勢，漸漸能運用自如，丹田中吸一口氣，猛力出掌，立即收勁，自覺體內餘力不盡。那松樹竟紋絲不動。郭靖大喜，第二掌照式發招，但力在掌緣不發，只聽得格格數聲，那棵小松樹給他擊得彎折了下來。

忽聽黃蓉遠遠喝采：「好啊！」只見她手提食盒，緩步而來。

洪七公眼睛尚未睜開，已聞到食物的香氣，叫道：「好香，好香！」跳起身來，搶過食盒，揭開盒子，見盒裏一碗燻田雞腿，一隻八寶肥鴨，還有一堆雪白的銀絲捲。洪七公大聲歡呼，雙手左上右落，右上左落，抓了食物流水價送入口中，一面大嚼，一面讚妙，只是唇邊、齒間、舌上、喉頭，盡爲食物，那聽得淸楚在說些甚麼。吃到後來，田雞腿與八寶鴨都已皮肉不剩，才想起郭靖還未吃過，有些歉仄，叫道：「來來來，銀絲捲滋味不壞。」實在不好意思，加上一句：「簡直比鴨子還好吃。」

黃蓉噗哧一笑，說道：「七公，我最拿手的菜你還沒吃到呢。」洪七公又驚又喜，忙問：「甚麼菜？甚麼菜？」黃蓉道：「一時也說不盡，比如說炒白菜哪，蒸豆腐哪，燉鷄蛋哪，煨蘿蔔啦，白切肉哪。」

洪七公品味之精，世間希有，深知眞正的烹調高手，愈是在最平常的菜肴之中，愈能顯出奇妙功夫，這道理與武學一般，能在平淡之中現神奇，才說得上是大宗匠的手段，聽她這麼一說，不禁又驚又喜，滿臉是討好祈求的神色，說道：「好，好！我早說你這女娃娃好。我給你買白菜豆腐去，好不好？」黃蓉笑道：「那倒不用，你買的也不合我心意。」洪七公笑道：「對，對，別人買的怎能合用呢？」

黃蓉道：「剛才我見他一掌擊折松樹，本事已比我好啦。」洪七公搖頭道：「功夫不行，不行，須得一掌把樹擊得齊齊截斷。打得這樣彎彎斜斜的，那算甚麼屁本事？這棵松樹細得像根筷子，不，簡直像根牙籤，功夫還差勁得很。」黃蓉道：「可是他這一掌打來，我已抵擋不住啦。都是你不好，他將來欺侮起我來，我怎麼辦啊？」郭靖忙插口道：「我決不欺侮你。」

洪七公這時正努力討好黃蓉，雖聽她強辭奪理，只得順著她道：「依你說怎樣？」黃蓉道：「你教我一門本事，要勝過他的。你教會我之後，就給你煮菜去。」洪七公道：「好！他只學了一招，勝他何難？我教你一套『逍遙遊』。」一言方畢，人已躍起，大袖飛舞，東縱西躍，身法輕靈之極。

黃蓉心中默默暗記，等洪七公一套拳法使畢，她已會了一半。再經他點撥教導之後，不到兩個時辰，一套六六三十六招的「逍遙遊」已全數學會。最後她與洪七公同時發招，兩人並肩而立，一個左起，一個右始，迴旋往復，真似一隻玉燕、一隻大鷹翩翩飛舞一般。三十六招使完，兩人同時落地，相視而笑，郭靖大聲叫好。

洪七公對郭靖道：「這女娃娃聰明勝你百倍。」郭靖搔頭道：「這許許多多招式變化，她怎麼這一忽兒就學會了，卻又不會忘記？我剛記得第二招，第一招卻又忘了。」洪七公呵呵大笑，說道：「這路『逍遙遊』，你是不能學的，就算拚小命記住了，使出來也半點沒逍遙的味兒，愁眉苦臉，笨手笨腳的，變成了『苦惱爬』。」郭靖笑道：「可不是嗎？」洪七公道：「這路『逍遙遊』，是我少年時練的功夫，爲了湊合女娃子原來武功路子，才抖出來教她，其實跟我眼下武學的門道已經不合。這十多年來，我沒使過一次。」言下之意，顯是說「逍遙遊」的威力遠不如「降龍十八掌」。

黃蓉聽了卻反而歡喜，說道：「七公，我又勝過了他，他心中準不樂意，你再教他幾招罷。」她自己學招只是作引子，旨在讓洪七公多傳郭靖武藝，她自己眞要學武，儘有父親這樣的大明師在，一輩子也學之不盡。洪七公道：「這傻小子笨得緊，我剛才教的這一招他還沒學會，貪多嚼不爛，只要你多燒好菜給我吃，準能如你心願。」黃蓉微笑道：「好，我買菜去了。」洪七公呵呵大笑，回轉店房。郭靖自在松林中苦練，直至天黑方罷。

當晚黃蓉果然炒了一碗白菜、蒸了一盆豆腐給洪七公吃。白菜只揀菜心，用鷄油加鴨掌末生炒，也還罷了，那豆腐卻非同小可，先將一隻火腿剖開，挖了廿四個圓孔，將豆腐削成廿四個小球分別放入孔內，紮住火腿再蒸，等到蒸熟，火腿的鮮味已全到了豆腐之中，火腿棄去不食。洪七公一嚐，自然大爲傾倒。這味蒸豆腐也有個唐詩的名目，叫作「二十四橋明月夜」，要不是黃蓉有家傳「蘭花拂穴手」的功夫，十指靈巧輕柔，運勁若有若無，那嫩豆腐觸手即爛，如何能將之削成廿四個小圓球？這功夫的精細艱難，實不亞於米粒刻字、彫橄欖核為舟，但如切為方塊，易是易了，世上又怎有方塊形的明月？

郭靖與黃蓉這些日來隨興所之，恣意漫遊，在客店中往往同住一房，但與洪七公在一起，便各自分住。洪七公奇道：「你們倆不是小夫妻麼？怎地不一房睡？」黃蓉一直跟他嬉皮笑臉的胡鬧，這時不禁紅暈雙頰，嗔道：「七公，你再亂說，明兒不燒菜給你吃啦。」洪七公奇道：「怎麼？我說錯啦？」隨即笑道：「我老胡塗啦。你明明是閨女打扮，不是小媳婦兒。你小兩口兒是私訂終身，還沒經過父母之命，媒妁之言，沒拜過天地。那不用擔心，我老叫化來做大媒。你爹爹要是不答允，老叫化再跟他鬥上七天七夜，沒了沒完，纏得他非答允不可。」

黃蓉本早在為此事擔心，怕爹爹不喜郭靖，聽了此言，不禁心花怒放，敲釘轉腳的連聲道謝，加倍用心的給他燒菜。

次日天方微明，郭靖已起身到松林中去練「降龍十八掌」中那一招「亢龍有悔」，練了二十餘次，出了一身大汗，正暗喜頗有進境，忽聽林外有人說話。一人道：「師父，咱們這一程子趕路，怕有三十來里了罷？」另一人道：「你們的腳力確有點兒進步了。」郭靖聽得語音好熟，見林邊走出四個人來，當先一人白髮童顏，正是大對頭參仙老怪梁子翁。郭靖暗暗叫苦，回頭就跑。

梁子翁也已看清楚是他，喝道：「那裏走？」他身後三人是他徒弟，見師父追敵，立時分散，三面兜截上來。郭靖心想：「只要走出松林，奔近客店，就無妨了。」飛步奔跑。梁子翁的大弟子截住了他退路，喝道：「小賊，跪下了！」施展師傳關外大力擒拿手法，當胸抓來。郭靖見他全力出抓，胸腹盡露，便左腿微屈，右臂內彎，右掌劃了個圓圈，呼的一聲，向外推去，正是初學乍練的一招「亢龍有悔」。那人反抓回臂，要擋他這一掌，喀喇一聲，手臂已斷，身子直飛出六七尺之外，暈了過去。郭靖在這一招中留了大半成力道，料不到竟仍有偌大威力，一呆之下，拔腳又奔。

梁子翁又驚又怒，縱出林子，飛步繞在他前頭。郭靖剛出松林，見梁子翁已擋在身前，大驚之下，便即蹲腿彎臂、劃圈急推，仍是這招「亢龍有悔」。梁子翁不識此招，見來勢凌厲，難以硬擋，只得臥地打滾，讓了開去。郭靖當即狂奔。

梁子翁站起身來再追時，郭靖已奔到客店之外，大聲叫道：「蓉兒，蓉兒，不好了，要喝我血的惡人追來啦！」黃蓉探頭出來，見是梁子翁，心想：「怎麼這老怪到了這裏？他來得正好，我好試試新學的『逍遙遊』功夫。」叫道：「靖哥哥，別怕這老怪，你先動手，我來幫你，咱們給他吃點兒苦頭。」

郭靖心想：「蓉兒不知這老怪厲害，說得好不輕鬆自在。」他心念方動，梁子翁已撲到面前，見來勢猛烈，只得又是一招「亢龍有悔」，向前推出。梁子翁扭身擺腰，向旁竄開，但右臂已爲他掌緣帶到，熱辣辣的甚是疼痛，暗暗驚異，只隔得數月，這小子的武功竟精進如此，必是服用蟒蛇寶血之功，越想越惱，縱身又上。其實那蟒蛇寶血雖有驅蟲辟毒之效，卻並不能增強內力，郭靖武功大進，全因得了大高手洪七公指點之故。

郭靖仍然一招「亢龍有悔」，梁子翁又只得躍開，見他並無別樣厲害招術跟著進擊，忌憚之意去了幾分，罵道：「傻小子，就只會這一招麼？」郭靖果然中計，叫道：「我單只這一招，你就招架不住。」說著上前再是一掌。梁子翁旁躍閃開，縱身攻向他身後。郭靖回過頭來，待再攻出這一招時，梁子翁已閃到他身後，出拳襲擊。三招一過，郭靖只能顧前，不能顧後，來不及轉身推出這招「亢龍有悔」，累得手忙腳亂。

黃蓉見他要敗，叫道：「靖哥哥，我來對付他。」飛身而出，落在兩人之間，左掌右足，同時發出。梁子翁縮身撥拳，還了兩招。郭靖退開兩步，旁觀兩人相鬥。黃蓉雖學了「逍遙遊」的奇妙掌法，但新學未熟，而功力畢竟相差太遠，如不是仗著身穿軟蝟甲，早已中拳受傷，不等三十六路「逍遙遊」拳法使完，已然不支。梁子翁的兩個徒弟扶著受了傷的大師兄在旁觀戰，見師父漸漸得手，不住吶喊助威。

郭靖正要上前夾擊，忽聽得洪七公隔窗叫道：「他下一招是『惡狗攔路』！」

黃蓉一怔，見梁子翁雙腿擺成馬步，雙手握拳平揮，正是一招「惡虎攔路」，不禁好笑，心道：「原來七公把『惡虎攔路』叫做『惡狗攔路』，但怎麼他能先行料到？」只聽得洪七公又叫：「下一招是『臭蛇取水』！」黃蓉知道必是「青龍取水」，這一招是伸拳前攻，後心露出空隙，洪七公語聲甫歇，她已繞到梁子翁身後。梁子翁一招使出，果然是「青龍取水」，但給黃蓉先得形勢，反客爲主，直攻他後心，若不是他武功深湛，危中變招，離地尺餘的平飛出去，後心已然中拳。

他腳尖點地站起，驚怒交集，向著窗口喝道：「何方高人，怎不露面？」窗內卻寂然無聲，心中詫異之極：「怎麼此人竟能料到我的拳路？」

黃蓉既有大高手在後撐腰，有恃無恐，反而攻了上去。梁子翁連施殺手，黃蓉情勢又危。洪七公叫道：「別怕，他要『爛屁股猴子上樹』！」黃蓉噗哧一笑，雙拳高舉，猛擊下來。梁子翁這招「靈猿上樹」只使了一半，本待高躍之後凌空下擊，但給黃蓉制了機先，眼見敵拳當頭而落，若繼續上躍，豈非自行將腦門湊到她拳頭上去？只得立時變招。臨敵之際，自己招術全讓對方先行識破，本來不用三招兩式，便有性命之憂，幸而他武功比黃蓉高出甚多，危急時能設法解救，才沒受傷。再拆數招，托地跳出圈子，叫道：「老兄再不露面，莫怪我對這女娃娃無情了。」拳法斗變，猶如驟風暴雨般擊出，上招未完，下招已至，黃蓉固無法抵禦，洪七公也已來不及先行叫破。

郭靖見黃蓉拳法錯亂，東閃西躲，當下搶步上前，發出「亢龍有悔」，向梁子翁打去。梁子翁右足點地，向後飛出。黃蓉道：「靖哥哥，再給他三下。」說著轉身入店。

郭靖擺好勢子，只等梁子翁攻近身來，不理他是何招術，總是半途中給他一招「亢龍有悔」。梁子翁又好氣，又好笑，暗罵：「這傻小子來來去去就是這麼一招。」但儘管傻小子只會這麼一招，說甚麼也多不了一招，老怪物就也奈何他不得。兩人相隔丈餘，一時互相僵住。

梁子翁罵道：「傻小子，小心著！」忽地縱身撲上。郭靖依樣葫蘆，發掌推出。不料梁子翁半空扭身，右手一揚，三枚子午透骨釘突分上中下三路打來。郭靖急忙閃避，梁子翁已乘勢搶上，手勢如電，已扭住他後頸。郭靖大駭，回肘向他胸口撞去，不料手肘所著處一團綿軟，猶如撞入了棉花堆裏。

梁子翁正要猛下殺手，只聽得黃蓉大聲呼叱：「老怪，你瞧這是甚麼？」梁子翁知她狡獪，右手拿住了郭靖「肩井穴」，令他動彈不得，這才轉頭，只見她手裏拿著一根碧綠猶如翡翠般的竹棒，緩步上來。梁子翁心頭大震，說道：「洪……洪幫主……」黃蓉喝道：「還不放手？」梁子翁初時聽得洪七公把他將用未使的招數先行喝破，本已驚疑不定，卻一時想不到是他，突然見到他的綠竹棒出現，才想起窗後語音，果然便是生平最害怕之人的說話，不由得魂飛天外，忙鬆手放開郭靖。

黃蓉雙手持棒走近，喝道：「七公說道，他老人家既已出聲，你好大膽子，還敢在這裏撒野，問你憑了甚麼？」梁子翁雙膝跪倒，說道：「小人實不知洪幫主駕到。小人便有天大膽子，也不敢得罪洪幫主。」

黃蓉暗暗詫異：「這人本領如此厲害，怎麼一聽到七公的名頭就怕成這個樣子？怎麼又叫他作洪幫主？」不動聲色，喝問：「你該當何罪？」梁子翁道：「請姑娘對洪幫主美言幾句，只說梁子翁知罪了，求洪幫主饒命。」黃蓉道：「美言一句，倒也不妨，美言幾句，卻划不來。你以後可永遠不得再跟咱兩人爲難。」梁子翁道：「小人以前無知，多有冒犯，務請兩位海涵。以後自然再也不敢了。」

黃蓉甚爲得意，微微一笑，拉著郭靖的手，回進客店。見洪七公面前放了四大盆菜，左手舉杯，右手持箸，正吃得津津有味。黃蓉笑道：「七公，他跪著動也不敢動。」洪七公道：「你去打他一頓出出氣吧，他決不敢還手。」

郭靖隔窗見梁子翁直挺挺的跪著，三名弟子跪在他身後，很是狼狽，心中不忍，說道：「七公，就饒了他吧。」洪七公罵道：「沒出息的東西，人家打你，你抵擋不了。老子救了你，你又要饒人。這算甚麼？」郭靖無言可對。洪七公轉念笑道：「好，好，好！得饒人處且饒人，這正是亢龍有悔的根本道理！」

黃蓉笑道：「我去打發。」拿了竹棒，走到客店之外，見梁子翁恭恭敬敬的跪著，滿臉惶恐。黃蓉罵道：「洪七公說你爲非作歹，今日非宰了你不可，幸虧我那郭家哥哥好心，爲你求了半天情，七公才答允饒你。」說著舉起竹棒，啪的一聲，在他屁股上擊了一記，喝道：「去罷！」

梁子翁向著窗子叫道：「洪幫主，我要見見您老人家，謝過不殺之恩。」店中寂然無聲。梁子翁仍跪著不敢起身。過了片刻，郭靖邁步出來，搖手悄聲道：「七公睡著啦，快別吵他。」梁子翁這才站起，向郭靖與黃蓉恨恨的瞧了幾眼，帶著徒弟走了。

黃蓉開心之極，走回店房，果見洪七公伏在桌上打鼾，當下拉住他的肩膀一陣搖晃，叫道：「七公，七公，你這根寶貝竹棒兒有這麼大的法力，你也沒用，不如給了我罷？」洪七公抬起頭來，打個呵欠，又伸懶腰，笑道：「你說得好輕鬆自在！這是你公公的吃飯傢伙。叫化子沒打狗棒，那還成？」

黃蓉纏著不依，說道：「你這麼高的功夫，人家只聽到你的聲音，便都怕了你，何必還要這根竹棒兒？」洪七公呵呵笑道：「傻丫頭，你快給七公弄點好菜，我慢慢說給你聽。」黃蓉依言到廚房去整治了三色小菜。

洪七公右手持杯，左手拿著一隻火腿腳爪慢慢啃著，說道：「常言道：物以類聚，人以羣分。有錢的財主是一幫，搶人錢財的綠林盜賊是一幫，我們乞討殘羹冷飯的叫化子也是一幫……」黃蓉拍手叫道：「我知道啦，我知道啦。那梁老怪叫你作『洪幫主』，原來你是乞兒幫的幫主。」

洪七公道：「正是。我們要飯的受人欺，給狗咬，不結成一夥，還有活命的份兒麼？只你爹爹這等大人物，獨往獨來，沒人敢惹，這才不用成羣結隊。北邊的百姓眼下暫且歸金國管，南邊的百姓歸大宋皇帝管，可是天下的叫化兒啊……」黃蓉搶著道：「不論南北，都歸你老人家管。」洪七公笑著點點頭，說道：「正是。這根竹棒自唐末傳到今日，已有好幾百年，世世代代由丐幫的幫主執掌，就好像皇帝小子的玉璽、做官的金印一般。」

黃蓉伸了伸舌頭，道：「虧得你沒給我。」洪七公笑問：「怎麼？」黃蓉道：「要是天下的小叫化都找著我，討不到飯，捉不到蛇，都要我管他們的事，那可有多糟糕？」洪七公嘆道：「你的話一點兒也不錯。我只愛吃，不愛管事，這丐幫幫主當起來著實麻煩，可是又找不到託付之人，只好就這麼將就著對付了。」

黃蓉道：「因此那梁老怪才怕得你這麼厲害，要是天下的叫化子都跟他為難，可真不好受。每個叫化子在身上捉一個虱子放在他頸頸裏，癢也癢死了他。」洪七公和郭靖哈哈大笑。笑了一陣，洪七公道：「他怕我，倒不是為了這個。」黃蓉忙問：「那為了甚麼？」洪七公道：「約莫二十年前，他正在幹一件壞事，給我撞見啦。」黃蓉問道：「甚麼壞事？」洪七公躊躇道：「這老怪信了甚麼採陰補陽的邪說，找了許多處女來，破了他們的身子，說可以長生不老。」黃蓉問道：「怎麼破了處女身子？」

黃蓉之母在生產她時因難產而死，她自小由父親養大。黃藥師因陳玄風、梅超風叛師私逃，一怒而將其餘徒弟震斷腿骨，驅逐出島。桃花島上就只賸下幾名啞僕，雖有幾名婢女，黃藥師卻不許她們隨便開口說話，否則重責隨之。黃蓉從來沒聽年長女子說過男女之事，她與郭靖情意相投，但覺和他在一起時心中說不出的喜悅甜美，只要和他分開片刻，就感寂寞難受。她只知男女結爲夫妻就永不分離，是以心中早把郭靖看作丈夫，但夫妻間的閨房之事，卻並無所知。

她這麼一問，洪七公倒難以回答。黃蓉又問：「破了處女的身子，是殺了她們嗎？」洪七公道：「不是。一個女子受了這般欺侮，有時比給他殺了還要苦惱，有人說『失節事大，餓死事小』，就是這個意思了。」黃蓉茫然不解，問道：「是用刀子割去耳朵鼻子麼？」洪七公笑罵：「呸！也不是。傻丫頭，你回家問媽媽去。」黃蓉道：「我媽媽早死啦。」洪七公「啊」了一聲，道：「你將來和這傻小子洞房花燭之時，總會懂得了。」黃蓉這才明白這是男女間的羞恥之事，又問：「你撞見梁老怪正在幹這壞事，後來怎樣？」

洪七公見她不追問那件事，如釋重負，呼了一口氣道：「那我自然要管哪。這傢伙給我拿住了，狠狠打了一頓，拔下了他滿頭白髮，逼著他把那些姑娘們送還家去，還要他立下重誓，以後不得再有這等惡行，要是再給我撞見，叫他求生不能，求死不得。聽說這些年來他倒也沒敢再犯，是以今日饒了他性命。他奶奶的，他頭髮長起了沒有？」黃蓉格的一聲笑，說道：「又長起啦！滿頭頭髮硬生生給你拔個乾淨，可眞夠他痛的了。」

三人吃過了飯。黃蓉道：「七公，現下你就算把竹棒給我，我也不敢要啦，不過我們總不能一輩子跟你在一起。下次再碰見那姓梁的，他說：『小丫頭，前次你仗著洪幫主的勢，用竹棒打我，今日我可要報仇啦。我拔光了你頭髮！』那我們怎麼辦？先前靖哥哥跟這老怪動手，來來去去就只一招『亢龍有悔』，威力無窮，果然不錯，可不太寒蠢了些麼？那老怪心裏定說：『洪幫主武功確然深不可測，教給人家的卻爲數有限。』」

洪七公笑道：「你危言聳聽，又出言激我，只不過要我再教你們兩人功夫。你乖乖的多燒些好菜，七公總不會讓你們吃虧。」黃蓉大喜，拉著洪七公又去松林。

洪七公把「降龍十八掌」中的第二招「飛龍在天」教了郭靖。這一招躍起半空，居高下擊，威力奇大，郭靖花了三天工夫，方才學會。在這三天之中，洪七公又多嚐了十幾味珍饈美饌，黃蓉卻沒再磨他教甚麼功夫，只須他肯儘量傳授郭靖，便已心滿意足。

如此一月有餘，洪七公已將「降龍十八掌」中的十五掌傳給了郭靖，自「亢龍有悔」一直傳到了「見龍在田」。

這降龍十八掌可說是外門武學中的巔峯絕詣，當眞是無堅不摧、無固不破。雖招數有限，但每一招均具絕大威力。北宋年間，丐幫幫主蕭峯以此邀鬥天下英雄，極少有人能擋得他三招兩式，氣蓋當世，羣豪束手。當時共有「降龍廿八掌」，後經蕭峯及他義弟虛竹子刪繁就簡，取精用宏，改爲降龍十八掌，掌力更厚。這掌法傳到洪七公手上，在華山絕頂與王重陽、黃藥師等人論劍時施展出來，王重陽等盡皆稱道。他本想只傳兩三招掌法給郭靖，已足可保身，那知黃蓉烹調的功夫實在高明，奇珍妙味，每日裏層出不窮，令他無法捨之而去，日復一日，竟傳授了十五招之多。郭靖雖悟性不高，但只要學到一點一滴，就日夜窮鑽苦練，把這十五掌掌法學得頗爲到家，只火候尙遠爲不足而已，一個多月之間，武功前後已判若兩人。

這日洪七公吃了早點，嘆道：「兩個娃娃，咱三人已相聚了一個多月，這就該分手啦。」黃蓉道：「啊，不成，我還有很多小菜沒燒給您老人家吃呢。」洪七公道：「天下沒不散的筵席，卻有吃不完的菜餚。老叫化不收徒兒，一生從沒教過人三天以上武功，這一次一教教了三十多天，再教下去，唉，可乖乖不得了。」黃蓉道：「怎麼啊？」洪七公道：「我的看家本領要給你們學全啦。」黃蓉道：「好人做到底，你把十八路掌法全傳了他，豈不甚美？」洪七公啐道：「呸，你小兩口子就美得不得了，老叫化可不美啦。」

黃蓉心中著急，轉念頭要使個甚麼計策，讓他把餘下三招教全了郭靖，那知洪七公負起葫蘆，再不說第二句話，竟自揚長而去。

郭靖忙追上去，洪七公身法好快，一瞬眼已不見了蹤影。郭靖追到松林，大叫道：「七公，七公！」黃蓉也隨後追來，跟著大叫。

只見松林邊人影一晃，洪七公走了過來，罵道：「你們兩個臭娃娃，儘纏著我幹甚麼？要想我再教，那可難上加難。」郭靖道：「您老教了這許多，弟子已心滿意足，那敢再貪，只是未曾叩謝您老恩德。」說著跪了下去，砰砰砰砰的連磕了幾個響頭。

洪七公臉色一變，喝道：「且住。我教你武功，那是吃了她的小菜，付的價錢，咱們可沒師徒名分。」一條的跪下，向郭靖磕下頭去。

郭靖大駭，忙又跪下還禮。洪七公手一伸，已點中他脅下穴道。郭靖雙膝微曲，動彈不得。洪七公向著他再磕了四個頭，這才解開他穴道，說道：「記著，可別說你向我磕過頭，是我弟子。」郭靖這才知他脾氣古怪，不敢再說。

黃蓉嘆道：「七公，你待我們這樣好，現下又要分別了。我本想將來見到你，再燒小菜請你吃，只怕……只怕……唉，這件事未必能夠如願。」洪七公問道：「為甚麼？」黃蓉道：「要跟我們為難的對頭很多，除了那參仙老怪之外，還有不少壞傢伙。總有一天，我兩個會死在人家手下。」洪七公微笑道：「死就死好了，誰不死呢？」

黃蓉搖頭道：「死倒不打緊。我最怕他們捉住了我，知道我曾跟你學過武藝，又曾燒菜給你吃，逼著我把甚麼『暗香浮動月黃昏』、『江月何時初照人』那些希奇古怪的好菜，一味味的煮給他們吃，那些都是你沒品嘗過的，豈不墮了你老人家的威名。」

洪七公明知她是以言語相激，但想到有人逼著她燒菜，而有些極奇絕妙的滋味自己居然從未嘗過，忍不住大爲生氣，問道：「那些傢伙是誰？」黃蓉道：「有一個是鬼門龍王沙通天，他的吃相再也難看不過。吃起來口沫橫飛，我那些好小菜中全給他濺了唾沫，你說討不討厭！」洪七公搖頭道：「沙通天有啥屁用？郭靖這傻小子再練得一兩年就勝過他了，不用怕。」黃蓉又說了靈智上人、彭連虎兩人的姓名，洪七公都說：「有啥屁用？」待黃蓉說到白駝山少主歐陽克時，洪七公微微一怔，詳詢此人出手和身法的模樣，聽黃蓉說後，點頭道：「果然是他！」

黃蓉見他神色嚴重，道：「這人很厲害嗎？」洪七公道：「歐陽克有啥屁用？他叔叔老毒物這才厲害。」黃蓉道：「老毒物？他再厲害，總厲害不過你老人家。」

洪七公不語，沉思良久，說道：「本來也差不多，可是過了這二十年……二十年了，他用功比我勤，不像老叫化這般好吃懶練。嘿嘿，不過眞要勝過老叫化，卻也沒這麼容易。」黃蓉道：「那一定勝不過你老人家。」

洪七公搖頭道：「這也未必，大家走著瞧吧。好，老毒物歐陽鋒的姪兒既要跟你們為難，咱們可不能太大意了。老叫化再吃你半個月的小菜。咱們把話說在前頭，這半個月之中，只要有一味菜吃了兩次，老叫化拍拍屁股就走。而且燒的小菜，定須是你至高無上的拿手絕招，那麼將來就算有壞蛋抓了你去，吃到的菜肴也勝不了老叫化所吃過的，那倒不妨。」

黃蓉大喜，有心要顯本事，所煮的菜肴固絕無重複，連麵食米飯也極逞智巧，沒一餐相同，鍋貼、燒賣、蒸餃、水餃、餛飩、菜飯、炒飯、湯飯、年糕、花捲、米粉、豆絲、乾絲、粉皮、蔥油餅、韮菜包，花樣變幻無窮。洪七公也打疊精神，指點郭黃兩人臨敵應變、防身保命之道，但「降龍十八掌」那餘下的三招卻也沒再傳授。郭靖於降龍十五掌固然領會更多，而自江南六怪所學的武藝招術，也憑空增加了不少威力。洪七公於三十五歲之前武功甚雜，所知的拳法掌法著實不少，這時儘揀些希奇古怪的拳腳來教黃蓉，其實也只是跟她逗趣，雖花樣百出，說到克敵制勝的威力卻遠不及那老老實實的十五招「降龍十八掌」了。黃蓉也只圖個好玩，並不當眞用心去學。

一日傍晚，郭靖在松林中習練掌法。黃蓉撿拾松仁，說道要加上竹筍與鹹梅，做一味別出心裁的小菜，名目已然有了，叫作「歲寒三友」，如只加鷄湯，則是「松鶴延齡」。洪七公只聽得不住吞饞涎，突然轉身，輕輕「噫」的一聲，俯身在草叢中一撈，兩根手指挾住一條兩尺來長的青蛇提了起來。黃蓉剛叫得一聲：「蛇！」洪七公左掌在她肩頭輕輕一推，將她推出數尺之外。

草叢簌簌響動，又有幾條蛇竄出，洪七公竹杖連揮，每一下都打在蛇頭七寸之中，杖到立斃。黃蓉正喝得一聲采，突然身後悄沒聲的兩條蛇竄了上來，咬中了她背心。

洪七公知道這種青蛇身子雖然不大，但劇毒無比，一驚之下，剛待設法替她解毒，只聽得嗤嗤之聲不絕，眼前十餘丈處千頭攢動，羣蛇大至。洪七公左手抓住黃蓉腰帶，右手拉著郭靖的手，急步奔出松林，來到客店之前，俯頭看黃蓉時卻臉色如常，心中又驚又喜，忙問：「覺得怎樣？」

黃蓉笑道：「沒事。」郭靖見兩條蛇仍緊緊咬在她身上，驚惶中忙伸手去扯。洪七公待要喝阻，叫他小心，郭靖情急關心，已拉住蛇尾扯了下來，見蛇頭上鮮血淋漓，已然死了。洪七公一怔，隨即會意：「不錯，你老子的軟蝟甲當然給了你。」原來兩條蛇都咬中了軟蝟甲上的刺尖，破頭而死。

郭靖伸手去扯另一條蛇時，松林中已有幾條蛇鑽了出來。洪七公從懷裏掏出一大塊黃藥餅，放入口中猛嚼，只見數百條青蛇從林中蜿蜒而出，後面絡繹不絕，不知尚有多少。郭靖道：「七公，咱們快走。」

洪七公不答，取下背上葫蘆，拔開塞子喝了一大口酒，與口中嚼碎的藥混和了，一張口，一道藥酒如箭般射了出去。他將頭自左至右一揮，那道藥酒在三人面前畫了一條弧線。遊在最先的青蛇聞到藥酒氣息，登時暈倒，木然不動，後面的青蛇再也不敢過來，擠作一團。但後面的蛇仍然不斷從松林中湧出，前面的卻轉而後退，蛇陣登時大亂。

黃蓉拍手叫好。忽聽得松林中幾下怪聲呼嘯，三個白衣男子奔出林來，手中都拿著一根兩丈來長的木桿，嘴裏呼喝，用木桿在蛇陣中撥動，就如牧童放牧牛羊一般。黃蓉起初覺得好玩，後來見眼前盡是蠕蠕而動的青蛇，不禁嘔心，喉頭發毛，張口欲嘔。

洪七公「嗯」了一聲，伸竹杖在地下挑起一條青蛇，左手食中二指鉗住蛇頭，右手小指甲在蛇腹上一劃，蛇腹洞穿，取出一枚青色的蛇膽，說道：「快吞下去，別咬破了，苦得很。」黃蓉依言吞下，片刻間胸口便即舒服，轉頭問郭靖道：「靖哥哥，你頭暈麼？」郭靖搖搖頭。原來他服過大蟒蛇的藥血，百毒不侵，松林中青蛇雖多，卻只追咬洪七公與黃蓉兩人，聞到郭靖身上氣息，避之惟恐不及。

黃蓉道：「七公，這些蛇是有人養的。」洪七公點了點頭，滿臉怒容的望著那三個白衣男子。這三人見洪七公取蛇膽給黃蓉吃，也惱怒異常，將蛇陣稍行整理，搶步上前。一人厲聲喝罵：「你們三隻野鬼，不要性命了麼？」黃蓉接口罵道：「對啦，你們三隻野鬼，不要性命了麼？」洪七公甚喜，輕拍她肩膀，讚她罵得好。

那三人大怒，中間那臉色焦黃的中年男子挺起長桿，縱身向黃蓉刺來，桿勢帶風，勁力倒也不弱。洪七公伸出竹杖往他桿上搭去，長桿來勢立停。那人吃了一驚，雙手向後急拉。洪七公手一抖，喝道：「去罷！」那人登時向後摔出，仰天一交，跌入蛇陣之中，壓死了十多條青蛇。幸而他服有異藥，衆蛇不敢咬他，否則那裏還有命在？餘下兩人大驚，倒退數步，齊問：「怎樣？」那人想要躍起身來，豈知這一交跌得甚是厲害，全身酸痛，只躍起一半，重又跌落，又壓死了十餘條毒蛇。旁邊那白淨面皮的漢子伸出長桿，讓他扶住，方始拉起。這樣一來，這三人那敢再動手，一齊退回去站入蛇羣之中。那適才跌交的人叫道：「你是甚麼人？有種的留下萬兒來。」

洪七公哈哈大笑，毫不理會。黃蓉叫道：「你們是甚麼人？怎麼趕了這許多毒蛇出來害人？」三人互相望了一眼，正要答話，忽見松林中一個白衣書生緩步而出，手搖摺扇，逕行穿過蛇羣，走上前來。郭靖與黃蓉認得他是白駝山少主歐陽克，見他在蛇羣之中行走自若，羣蛇紛紛讓道，均感詫異。那三人迎上前去，低聲說了幾句，說話之時，眼光不住向洪七公望來，顯是在說剛才之事。

歐陽克臉上閃過一絲訝異之色，隨即寧定，點了點頭，上前施禮，說道：「三名下人無知，冒犯了老前輩，在下這裏謝過。」轉頭向黃蓉微笑道：「原來姑娘也在這裏，我可找得你好苦。」黃蓉那裏睬他，向洪七公道：「七公，這人是個大壞蛋，你老好好治他一治。」洪七公微微點頭，向歐陽克正色道：「牧蛇有地界、有時候，有規矩、有門道。那有大白天裏牧蛇的道理？你們這般胡作非為，想幹甚麼？」

歐陽克道：「這些蛇兒遠道而來，餓得急了，不能再依常規行事。」洪七公道：「你們已傷了多少人？」歐陽克道：「我們都在曠野中牧放，也沒傷了幾人。」洪七公雙目盯住了他臉，哼了一聲，說道：「也沒傷了幾人！你姓歐陽是不是？」歐陽克道：「是啊，原來這位姑娘已跟你說了。你老貴姓？」黃蓉搶著道：「這位老前輩的名號也不用對你說，說出來只怕嚇壞了你。」歐陽克受了她挺撞，居然並不生氣，笑瞇瞇的對她斜目而睨。洪七公道：「你是歐陽鋒的兒子，是不是？」

歐陽克尚未回答，三個趕蛇的男子齊聲怒喝：「老叫化沒上沒下，膽敢呼叫我們老山主的名號！」洪七公笑道：「別人叫不得，我就偏偏叫得。」那三人張口還待喝罵，洪七公竹杖在地下一點，身子躍起，如大鳥般撲向前去，只聽得啪啪啪三聲，那三人已每個吃了一記清脆響亮的耳光。洪七公不等身子落地，竹杖又是一點，躍了回來。

黃蓉叫道：「這樣好本事，七公你還沒教我呢？」只見那三人一齊捧住了下頦，做聲不得，原來洪七公在打他們嘴巴之時，順手用分筋錯骨手卸脫了他們下頦關節。

歐陽克暗暗心驚，對洪七公道：「前輩識得家叔麼？」洪七公道：「啊，你是歐陽鋒的姪兒。我有二十年沒見你家老毒物了，他還沒死麼？」歐陽克甚是氣惱，但剛才見他出手，武功之高，自己萬萬不敵，他又說識得自己叔父，必是前輩高人，便道：「家叔常說，他朋友們還沒死盡死絕，他老人家不敢先行歸天呢。」洪七公仰天打個哈哈，說道：「好小子，你倒會繞彎兒罵人。你帶了這批寶貝到這裏來幹甚麼？」說著向羣蛇一指。

歐陽克道：「晚輩向在西域，這次來到中原，旅途寂寞，沿途便招些蛇兒來玩玩。」黃蓉道：「當面撒謊！你有這許多女人陪你，還寂寞甚麼？」歐陽克張開摺扇，搧了兩搧，雙眼凝視著她，微笑吟道：「悠悠我心，豈無他人？唯君之故，沉吟至今！」黃蓉向他做個鬼臉，笑道：「我不用你討好，更加不用你思念。」歐陽克見到她這般可喜模樣，神魂飄蕩，一時說不出話來。

洪七公喝道：「你叔姪在西域橫行霸道，沒人管你。來到中原也想如此，別做你的清秋大夢。瞧在你叔父面上，今日不來跟你一般見識，快給我滾罷。」

歐陽克給他這般疾言厲色的訓了一頓，想要回嘴動手，自知不是對手，就此乖乖走開，卻心有不甘，說道：「晚輩就此告辭。前輩這幾年中要是不生重病，不遇上甚麼災難，請到白駝山舍下來盤桓盤桓如何？」

洪七公笑道：「憑你這小子也配向我叫陣？老叫化從來不跟人訂甚麼約會。你叔父不怕我，我也不怕你叔父。我們二十年前早就好好較量過，大家半斤八兩，不用再打。」突然臉一沉，喝道：「還不給我走得遠遠的！」

歐陽克又是一驚：「叔叔的武功我還學不到三成，此人這話看來不假，可別招惱了他，鬧個灰頭土臉。」當下不再作聲，將三名白衣男子的下頦分別推入了臼，眼睛向黃蓉一瞟，轉身退入松林。三名白衣男子怪聲呼嘯，驅趕青蛇，只是下頦疼痛，發出來的嘯聲不免夾上了些「咿咿啊啊」，模糊不清。羣蛇倒也似乎仍然聽得明白，轉頭扭動前行，猶如一片細浪，湧入松林，片刻間退得乾乾淨淨，只留下滿地亮晶晶的黏液。

黃蓉道：「七公，我從沒見過這許多蛇，是他們養的麼？」洪七公不即回答，從葫蘆裏骨嘟骨嘟的喝了幾口酒，用衣袖在額頭抹了一下汗，呼了口長氣，連說：「好險！好險！」郭靖和黃蓉齊問：「怎麼？」

洪七公道：「這些毒蛇雖然暫時給我阻攔了一下，要是眞的攻將過來，這幾千條毒蛇猶似潮水一般，又那裏阻擋得住？幸好這幾個傢伙年輕不懂事，不知道老叫化的底細，給我一下子就嚇倒了。倘若老毒物親身來到，你們兩個娃娃可就慘了。」郭靖道：「咱們擋不住，逃啊。」洪七公笑道：「老叫化雖不怕他，可是你們兩個娃娃想逃，又怎逃得出老毒物的手掌？」黃蓉道：「那人的叔叔是誰？這等厲害。」

洪七公道：「哈，他不厲害？『東邪、西毒、南帝、北丐、中神通』，你爹爹是東邪，那歐陽鋒便是西毒了。武功天下第一的王眞人已經逝世，剩下我們四個，大家彼此彼此。你爹爹厲害不厲害？我老叫化的本事也不小罷？」

黃蓉「嗯」了一聲，心下暗自琢磨，過了一會，說道：「我爹爹好好的，幹麼稱他『東邪』？這個外號，我不喜歡。」洪七公笑道：「你爹爹自己可挺喜歡呢。他這人古靈精怪，旁門左道，非孔非聖，辱罵朝廷，難道不是邪麼？其實他特立獨行，對有權有勢之人從不瞧在眼內，老叫化向來尊敬他的爲人。不過講到武功，全眞教大大方方，確是正宗，這個我老叫化是心服口服的。」向郭靖道：「你學過全眞派的內功，是不是？」

郭靖道：「馬鈺馬道長傳過弟子兩年。」洪七公道：「這就是了，否則你短短一個多月，怎能把我的『降龍十八掌』練到這樣的功夫。」

黃蓉又問：「那麼『南帝』是誰？」洪七公道：「南帝，自然是皇帝。」郭靖與黃蓉都感詫異。黃蓉道：「臨安的大宋皇帝？」洪七公哈哈大笑，說道：「臨安那皇帝小子的功力，剛夠端起一隻金飯碗吃飯，兩隻碗便端不起了。不是大宋皇帝！那位『南帝』功夫之強，你爹爹和我都忌他三分，南火剋西金，他更是老毒物歐陽鋒的剋星。」

郭靖與黃蓉聽得都不大了然，又見洪七公忽然呆呆出神，也就不敢多問。

洪七公望著天空，皺眉思索了好一陣，似乎心中有個極大難題，過了一會，轉身入店。只聽得嗤的一聲，他衣袖爲門旁一隻小鐵釘掛住，撕破了一道大縫，黃蓉叫道：「啊！」洪七公卻茫如未覺。黃蓉道：「我給你補。」去向客店老闆娘借了針線，要來給他縫補衣袖上的裂口。

洪七公仍在出神，見黃蓉手中持針走近，突然一怔，夾手將針奪過，奔出門外。郭靖與黃蓉都感奇怪，跟著追出，只見他右手一揮，微光閃動，縫針已激射而出。

黃蓉的目光順著那針去路望落，只見縫針插在地下，已釘住了一隻蚱蜢，不由得拍手叫好。洪七公臉現喜色，說道：「行了，就是這樣。」郭靖與黃蓉怔怔的望著他。洪七公道：「歐陽鋒那老毒物素來喜愛飼養毒蛇毒蟲，這一大羣厲害的青蛇他都能指揮如意，可眞不容易，必是使用藥物。」頓了一頓，說道：「我瞧這歐陽小子不是好東西，見了他叔父必要挑撥是非，咱倆老朋友再碰上，老叫化非有一件剋制毒蛇的東西不可。」黃蓉拍手道：「你要用針將毒蛇一條條釘在地下。」洪七公白了她一眼，微笑道：「你這女娃娃眞鬼靈精，人家說了上句，你就知道下句。」

黃蓉道：「你不是有藥麼？和了酒噴出去，那些毒蛇就不敢過來。」洪七公道：「這只能擋得一時。我要練一練『滿天花雨』的手法，瞧瞧這功夫用在鋼針上怎樣。幾千條毒蛇湧將過來，老叫化一條條的來釘，待得盡數釘死，十天半月的耗將下來，老叫化可也餓死了。」郭黃二人一齊大笑。黃蓉道：「毒蛇切去了有毒的頭，可以作蛇羹，加上鷄湯、菊花瓣兒、檸檬葉子，味道不錯。」洪七公連連點頭，左手食指大動。黃蓉道：「我給你買針去。」說著奔向市鎮。洪七公搖頭嘆道：「靖兒，你怎不教她把聰明伶俐分一點兒給你？」郭靖道：「聰明伶俐？分不來的。」

過了一頓飯功夫，黃蓉從市鎮回來，在菜籃裏拿出兩大包衣針來，笑道：「這鎮上的縫衣針都給我搜清光啦，明兒這兒的男人都得給他們媳婦兒嘮叨個死。」郭靖道：「怎麼？」黃蓉道：「罵他們沒用啊！怎麼到鎮上連一口針也買不到。」洪七公哈哈大笑，說道：「究竟還是老叫化聰明，不娶媳婦兒，免得受娘兒們折磨。來，來，來，咱們練功夫去。你這兩個娃娃，不是想要老叫化傳授這套暗器手法，能有這麼起勁麼？」黃蓉一笑，跟在他身後。

郭靖卻道：「七公，我不學啦。」洪七公奇道：「幹麼？」郭靖道：「你老人家教了我這許多功夫，我一時也練不了啦。」洪七公一怔，隨即會意，知他不肯貪多，自己已說過不能再教武功，這時遇上一件突兀之事而不得不教，那麼承受之人不免顯得有點兒因勢順會、乘機得利，點了點頭，對黃蓉道：「咱們練去。」郭靖自在後山練他新學的降龍十五掌，愈自研習，愈覺掌法中變化精微，似乎永遠體會不盡。

又過了十來天，黃蓉已學得了「滿天花雨擲金針」的竅要，一手揮出，十多枚衣針能同時中人要害，只是一手暗器要分打數人的功夫，還未能學會。

她手頭材料現成，乘機做了炒蛇片、煨蛇段、清燉蛇羹幾味菜請洪七公嘗新。有一味「紅燒全蛇」，把一條蛇做得縮頭縮腦，身子盤曲，蛇頭鑽在身子底下。黃蓉說：

「這條蛇大丈夫能屈能伸，這味菜叫做『亢龍有悔』！」洪七公和郭靖哈哈大笑。

這一日洪七公一把縫衣針擲出，盡數釘在身前兩丈外地下，心下得意，仰天大笑，笑到中途突然止歇，抬起了頭，呆呆思索，自言自語：「老毒物練這蛇陣是何用意？」

黃蓉道：「他武功既已這樣高強，要對付旁人，也用不著甚麼蛇陣了。」洪七公點頭道：「不錯，那自是用來對付東邪、南帝、和老叫化的。丐幫和全眞教都人多勢衆，南帝是帝皇之尊，手下官兵侍衛不計其數。你爹爹學問廣博，奇門遁甲，變化莫測，仗著地勢之便，一人抵得數百人。那老毒物單打獨鬥，不輸於當世任何一人，但如大夥兒一擁齊上，老毒物孤家寡人，便不行了。」黃蓉道：「因此上他便養些毒物來作幫手。」

洪七公嘆道：「我們叫化子捉蛇養蛇，本來也是吃飯本事，捉得十七八條蛇兒，騙騙有錢的小姐少爺已經不容易了。那知道老毒物一趕竟便趕得幾千條，委實了不起。蓉兒，這門功夫花上老毒物無數時光心血，他可不是拿來玩兒的。」黃蓉道：「他這般處心積慮，自然不懷好意，幸好他姪兒不爭氣，爲了賣弄本事，先洩了底。」洪七公點頭道：「不錯，這歐陽小子浮躁輕佻，不成氣候。這些毒蛇，當然不能萬里迢迢的從西域趕來，定是在左近山中收集的。那歐陽小子除了賣弄本事，多半另有圖謀。」黃蓉道：「那一定不是好事。幸得這樣，讓咱們見到了，你老人家便預備下對付蛇陣的法子，將來不致給老毒物打個措手不及。」

洪七公沉吟道：「但如他纏住了我，教我騰不出手來擲針，卻趕了這數千條毒蛇圍將上來，那怎麼辦？」黃蓉想了片刻，也覺沒有法子，說道：「那你老人家只好三十六著了！」洪七公笑道：「呸，沒出息！撒腿轉身，拔步便跑，那算是甚麼法子？」

隔了一會，黃蓉忽道：「這可想到了，我倒眞的有個好法兒。」洪七公喜道：「甚麼法子？」黃蓉道：「你老人家只消時時把我們二人帶在身邊。遇上老毒物之時，你跟老毒物打，靖哥哥跟他姪兒打，我就將縫衣針一把又一把的擲出去殺蛇。只不過靖哥哥只學了『降龍十八缺三掌』，多半打不過那個笑嘻嘻的壞蛋。」洪七公瞪眼道：「你才是笑嘻嘻的小壞蛋，一心只想爲你的靖哥哥騙我那三掌。憑郭靖這小子的人品心地，我傳齊他十八掌本來也沒甚麼。可是這麼一來，他豈不是成了老叫化的弟子？這人資質太笨，老叫化有了這樣的笨弟子，給人笑話，面上無光！」

黃蓉嘻嘻一笑，說道：「我買菜去啦！」知道這次是再也留洪七公不住了，與他分手在即，在市鎭上加意選購菜料，要特別精心的做幾味美餚來報答。她左手提了菜籃，緩步回店，右手不住向空虛擲，練習「滿天花雨」的手法。

將到客店，忽聽得鸞鈴聲響，大路上一匹青驄馬急馳而來，一個素裝女子騎在馬上，奔到店前，下馬進屋。黃蓉一看，正是楊鐵心的義女穆念慈，想起此女與郭靖有婚姻之約，站在路旁不禁出神，尋思：「這姑娘有甚麼好？靖哥哥的六個師父和全眞派牛鼻子道士卻都逼他娶她爲妻。」越想越惱，心道：「我去打她一頓出口氣。」

提了菜籃走進客店，見穆念慈坐在一張方桌之旁，滿懷愁容，店伴正在問她要吃甚麼。穆念慈道：「你給煮一碗麵條，切四兩熟牛肉。」店伴答應著去了。黃蓉接口道：「熟牛肉有甚麼好吃？」

穆念慈抬頭見到黃蓉，不禁一怔，認得她便是在中都與郭靖一同出走的姑娘，忙站起身來，招呼道：「妹妹也到了這裏？請坐罷。」黃蓉道：「那些臭道士啦、矮胖子啦、髒書生啦，也都來了麼？」穆念慈道：「不，是我一個人，沒跟丘道長他們在一起。」

黃蓉對丘處機等本也頗爲忌憚，聽得只有她一人，登時喜形於色，笑咪咪的上下打量，見她足登小靴，身上穿孝，鬢邊插了一朵白絨花，臉容比上次相見時已大爲清減，但一副楚楚可憐的神態，更見俏麗，又見她腰間插著柄短劍，心念一動：「這是靖哥哥的父親與她父親給他們訂親之物。」說道：「姊姊，你那短劍請借給我看看。」

這短劍是包惜弱臨死時從身邊取出來的遺物，楊鐵心夫婦雙雙逝世，短劍就歸了穆念慈。她眼見黃蓉神色詭異，本待不與，但黃蓉伸出了手走到跟前，無法推托，只得解下短劍，連鞘遞過。

黃蓉接過後先看劍柄，見劍柄上刻著「郭靖」兩字，心中一凜：「這是靖哥哥的，怎能給她？」拔出鞘來，寒氣撲面，暗讚一聲：「好劍！」還劍入鞘，往懷中一放，道：「我去還給靖哥哥。」

穆念慈怔道：「甚麼？」黃蓉道：「短劍柄上刻著『郭靖』兩字，自然是他的東西，我拿去還給他。」穆念慈怒道：「這是我父母唯一的遺物，怎能給你？快還我。」說著站起身來。黃蓉叫道：「有本事就來拿！」說著便奔出店門。她知洪七公在前面松林睡覺，郭靖在後面山坳裏練掌，便向左奔去。穆念慈心中焦急，只怕她一騎上紅馬，再也追趕不上，大聲呼喚，飛步追來。

黃蓉繞了幾個彎，來到一排高高的槐樹之下，眼望四下無人，停了腳步，笑道：「你贏了我，馬上就還你。咱們來比劃比劃，不是比武招親，是比武奪劍。」

穆念慈臉上一紅，說道：「妹妹，你別開玩笑。我見這短劍如見義父，你拿去幹麼？」黃蓉臉一沉，喝道：「誰是你妹妹？」身法如風，突然欺到穆念慈身旁，颼的就是一掌。穆念慈閃身欲躲，可是黃蓉家傳「桃華落英掌」變化精妙，啪啪兩下，脅下一陣劇痛，已遭擊中。穆念慈大怒，向左竄出，回身飛掌打來，卻也迅猛之極。黃蓉叫道：「這是『逍遙遊』拳法，有甚麼希奇？」

穆念慈聽她叫破，不由得一驚，暗想：「這是洪七公當年傳我的獨門武功，她又怎知道？」見黃蓉左掌迴擊，右拳直攻，三記招數全是「逍遙遊」拳路，更加驚訝，一躍縱出數步，叫道：「且住。這拳法是誰傳你的？」黃蓉笑道：「是我自己想出來的。這種粗淺功夫，有甚希罕？」語音甫畢，又是「逍遙遊」中的兩招「沿門托缽」和「見人伸手」，連綿而上。

穆念慈心中愈驚，以一招「四海遨遊」避過，問道：「你識得洪七公麼？」黃蓉笑道：「他是我的老朋友，當然識得。你使他教你的本事，我只使我自己的功夫，看我勝不勝得你。」她咭咭咯咯的連笑帶說，出手越來越快，已不再是「逍遙遊」拳法。

黃蓉的武藝是父親親授，原本就遠勝穆念慈，這次又經洪七公指點，更為精進，穆念慈怎抵擋得住？這時要想捨卻短劍而轉身逃開，也已不能，見對方左掌忽起，如一柄長劍般橫削而來，掌風虎虎，極為鋒銳，忙側身閃避，忽覺後頸一痲，已讓黃蓉使「蘭花拂穴手」拂中了後頸椎骨的「大椎穴」，這是人身手足三陽督脈之會，登時手足酸軟。黃蓉踏上半步，伸手又在她右腰下「志室穴」戳去，穆念慈立時栽倒。

黃蓉拔出短劍，嗤嗤嗤嗤，向她左右臉蛋邊連刺十餘下，每一下都從頰邊擦過，間不逾寸。穆念慈閉目待死，只感臉上冷氣森森，卻不覺痛，睜開眼來，見一劍戳將下來，眼前青光一閃，短劍鋒刃已從耳旁滑過，大怒喝道：「你要殺便殺，何必戲弄？」黃蓉道：「我跟你無仇無怨，幹麼要殺你？你只須依了我立個誓，這便放你。」

穆念慈雖然不敵，一口氣卻無論如何不肯輸了，厲聲喝道：「你有種就把姑娘殺了，想要我出言哀求，乘早別做夢。」黃蓉嘆道：「這般美貌的一位大姑娘，年紀輕輕就死，實在可惜。」穆念慈閉住雙眼，給她個充耳不聞。

隔了一會，黃蓉輕聲道：「靖哥哥是眞心同我好的，你就是嫁了給他，他也不會喜歡你。」穆念慈睜開眼來，問道：「你說甚麼？」黃蓉道：「你不肯立誓也罷，反正他不會娶你，我知道的。」穆念慈奇道：「誰眞心同你好？你說我要嫁誰？」黃蓉道：「靖哥哥啊，郭靖。」穆念慈道：「啊，是他。你要我立甚麼誓？」黃蓉道：「我要你立個重誓，不管怎樣，總是不嫁他。」穆念慈微微一笑，道：「你就把刀子架在我脖子裏，我也不能嫁他。」

黃蓉大喜，問道：「當眞？為甚麼啊？」穆念慈道：「我義父雖有遺命，要將我許配給郭世兄，其實……其實……」放低了聲音說道：「義父臨終之時，神智胡塗了，他忘了早已將我許配給旁人了啊。」

黃蓉喜道：「啊，眞對不住，我錯怪了你。」忙為她解開穴道，並給她按摩手足上麻木之處，頗為殷勤，又問：「姊姊，你已許配給了誰？」

穆念慈紅暈雙頰，輕聲道：「這人你也見過的。」黃蓉側了頭想了一陣，道：「我見過的？那裏還有甚麼男子，配得上姊姊你這般人材？」穆念慈笑道：「天下男子之中，就只你的靖哥哥一個最好了？」

黃蓉笑問：「姊姊，你不肯嫁他，是嫌他太笨麼？」穆念慈道：「郭世兄那裏笨了？他天性淳厚，俠義爲懷，我是佩服得緊的。他對我爹爹、對我都很好。當日他爲了我的事而打抱不平，不顧自己性命，我實在感激得很。這等男子，原是世間少有。」

黃蓉心裏又急了，忙問：「怎麼你說就是刀子架在脖子裏，也不能嫁他？」

穆念慈見她問得天眞，又一往情深，握住了她手，緩緩說道：「妹子，你心中已有了郭世兄，將來就算遇到比他人品再好千倍萬倍的人，也不能再移愛旁人，是不是？」黃蓉點頭道：「那自然，不過不會有比他更好的人。」穆念慈笑道：「郭世兄要是聽到你這般誇他，心中可不知有多歡喜了……那天爹爹帶了我在中都比武招親，有人打勝了我……」黃蓉搶著道：「啊，我知道啦，你的心上人是小王爺完顏康。」

穆念慈道：「他是王爺也好，是乞兒也好，我心中總是有了他。他是好人也罷，壞蛋也罷，我總是他的人了。」她這幾句話說得很輕，語氣卻十分堅決。黃蓉點點頭，細細體會她這幾句話，只覺自己對郭靖的心思也是如此，穆念慈便如是代自己說出了心中的話一般。兩人雙手互握，並肩坐在槐樹之下，霎時間只覺心意相通，十分投機。

黃蓉想了一下，將短劍還給她，道：「姊姊，還你。」穆念慈不接，道：「這是你靖哥哥的，該歸你所有。短劍上刻著郭世兄的名字，我每天……每天帶在身邊，那也不好。」黃蓉大喜，將短劍放入懷中，說道：「姊姊，你眞好。」要待回送她一件甚麼貴重的禮物，一時卻想不起來，問道：「姊姊，你一人南來有甚麼事？可要妹子幫你麼？」

穆念慈臉上一紅，低頭輕聲道：「也沒甚麼大要緊事。」黃蓉道：「那麼我帶你見七公去。」穆念慈喜道：「七公在這裏？」

黃蓉點點頭，牽了她手站起，忽聽頭頂樹枝微微一響，跌下一片樹皮，一個人影從一棵棵槐樹頂上連續躍過，轉眼不見，瞧背影正是洪七公。

黃蓉拾起樹皮一看，上面用針劃著幾行字：「兩個女娃這樣很好。蓉兒再敢胡鬧，七公打你老大耳括子。」下面沒署名，只劃了個葫蘆。黃蓉知是七公所書，不由得臉上一紅，心想剛才我打倒穆姊姊要她立誓，可都讓七公瞧見啦，將樹皮遞給穆念慈看。

兩人來到松林，果已不見洪七公的蹤影。郭靖卻已回到店內。他見穆念慈忽與黃蓉攜手而來，大感詫異，忙問：「穆世姊，你見到了我六位師父麼？」穆念慈道：「我與六位尊師一起從中都南下，回到山東，分手後就沒再見過。」郭靖問道：「我師父們都好罷？」穆念慈微笑道：「郭世兄放心，他們還沒給你氣死。」

郭靖很是不安，心想幾位師父定然氣得厲害，登時茶飯無心，呆呆出神。穆念慈卻向黃蓉詢問怎樣遇到洪七公的事。

黃蓉一一說了。穆念慈嘆道：「妹子你就這麼好福氣，跟他老人家聚了這麼久，我想再見他一面也不可得。」黃蓉安慰她道：「他暗中護著你呢，剛才要是我眞的傷你，他老人家難道會不出手救你麼？」穆念慈點頭稱是。

郭靖奇道：「蓉兒，甚麼你真的傷了穆世姊？」黃蓉忙道：「這個可不能說。」穆念慈笑道：「她怕……怕我……」說到這裏，卻也有點害羞。

黃蓉伸手到她腋下呵癢，笑道：「你敢不敢說？」穆念慈伸了伸舌頭，搖頭道：「我怎麼敢？要不要我立個誓？」黃蓉啐了她一口，想起剛才逼她立誓不嫁郭靖之事，不禁暈紅了雙頰。郭靖見她兩人相互間神情親密，也感高興。

吃過飯後，三人到松林中散步閒談，黃蓉問起穆念慈怎樣得洪七公傳授武藝。穆念慈道：「那時候我年紀還小，有一日跟了爹爹去到汴梁。我們住在客店裏，我在店門口玩兒，見到兩個乞丐躺在地下，身上給人砍得血淋淋的，很是可怕。大家都嫌髒，沒人肯理他們……」黃蓉接口道：「啊，是啦，你一定好心，給他們治傷。」

穆念慈道：「我也不會治甚麼傷，只是見著可憐，扶他們到我和爹爹的房裏，給他們洗乾淨創口，用布包好。後來爹爹從外面回來，說我這樣幹很好，還嘆了幾口氣，說他從前的妻子也是這般好心腸。爹給了他們幾兩銀子養傷，他們謝了去了。過了幾個月，我們到了信陽州，忽然又遇到那兩個乞丐，那時他們傷勢已全好啦，引我到一所破廟去，見到了洪七公老人家。他誇獎我幾句，教了我那套逍遙遊拳法，教了三天教會了。第四天上我再上那破廟去，他老人家已經走啦，以後就始終沒見到他過。」

黃蓉道：「七公教的本事，他老人家不許我們另傳別人。我爹爹教的武功，姊姊你要是願學，咱們就在這裏躭十天半月，我教給你幾套。」她既知穆念慈決意不嫁郭靖，壓在心頭的一塊大石登時落地，覺得這位穆姊姊眞是大大好人，又得她贈送短劍，只盼能對她有所報答。穆念慈道：「多謝妹子好意，只是現下我有一件急事要辦，抽不出空，將來嘛，妹子就算不說教我，我也是會來求你的。」黃蓉本想問她有甚麼急事，但瞧她神色，顯是既不欲人知，也不願多談，便住口不問，心想：「她模樣兒溫文靦覥，心中的主意可拿得眞定。她不願說的事，問不出來的。」

午後未時前後，穆念慈匆匆出店，傍晚方回。黃蓉見她臉有喜色，只當不知。用過晚飯之後，二女同室而居。黃蓉先上了炕，偷眼看她以手支頤，在燈下呆呆出神，似是滿腹心事，於是閉上了眼，假裝睡著。過了一陣，見她從隨身的小包裹中取出一塊東西來，輕輕在嘴邊親了親，拿在手裏怔怔的瞧著，滿臉溫柔神色。黃蓉從她背後望去，見是一塊繡帕模樣的緞子，上面用彩線繡著甚麼花樣。突然間穆念慈急速轉身，揮繡帕在空中一揚，黃蓉嚇得連忙閉眼，心中突突亂跳。

只聽得房中微微風響，她眼睜一線，見穆念慈在炕前迴旋來去，虛擬出招，繡帕卻已套在臂上，卻是半截撕下來的衣袖。她斗然而悟：「那日她與小王爺比武，這是從他錦袍上扯下的。」見穆念慈嘴角邊帶著微笑，想是在回思當日的情景，時而輕輕踢出一腳，隔了片刻又打出一拳，有時又眉毛上揚、衣袖輕拂，儼然是完顏康那副又輕薄又傲慢的神氣。她這般陶醉了好一陣子，走向炕邊。

黃蓉雙目緊閉，知道她是在凝望著自己，過了一會，只聽得她嘆道：「你好美啊！」突然轉身，開了房門，衣襟帶風，已越牆而出。

黃蓉好奇心起，急忙跟出，見她向西疾奔，便展開輕功在後跟隨。她武功在穆念慈之上，不多時便已追上，相距十餘丈時放慢腳步，防為她發覺。見她直奔市鎮，入鎮後躍上屋頂，四下張望，隨即撲向南首一座高樓。

黃蓉日日上鎮買菜，知是當地首富戴家的宅第，心想：「多半穆姊姊沒銀子使了，來找些零錢。」轉念甫畢，兩人已一前一後來到戴宅之旁。

黃蓉見那宅第門口好生明亮，大門前掛著兩盞大紅燈籠，燈籠上寫著「大金國欽使」五個扁扁的金字，燈籠下四名金兵手持腰刀，守在門口。她曾多次經過這所宅第，卻從未見過這般情狀，心想：「她要盜大金國欽使的金銀，那可好得很啊，待她先拿，我也來跟著順手發財。」跟著穆念慈繞到後院，一齊靜候片刻，又跟著她躍進牆去，裏面是座花園，見她在花木假山之間躲躲閃閃的向前尋路，便亦步亦趨的跟隨在後。見東邊廂房中透出燭光，紙窗上映出一個男子的黑影，似在房中踱來踱去。

穆念慈緩緩走近，雙目盯住這黑影，凝立不動。過了良久，房中那人仍在來回踱步，穆念慈也仍呆望黑影出神。

黃蓉可不耐煩了，暗道：「穆姊姊做事這般不爽快，闖進去點了他穴道便是，多瞧他幹麼？」繞到廂房的另一面，心道：「我給她代勞罷，將這人點倒之後自己躲了起來，叫她大吃一驚。」正待揭窗而入，忽聽得廂房門呀的一聲開了，一人走進房去，說道：「稟報大人，剛才驛馬送來稟帖，南朝迎接欽使的段指揮使明後天就到。」裏面那人點點頭，「嗯」了一聲，稟告的人出去了。

黃蓉心道：「原來房裏這人便是金國欽使，那麼穆姊姊必另有圖謀，倒不是爲了盜銀劫物，我可不能魯莽了。」用手指甲沾了點唾沫，在最低一格的窗紙上沾濕一痕，刺破一條細縫，湊右眼往內一張，大出意料之外，裏面那男子錦袍繡帶，正是小王爺完顏康。他手中拿著一條黑黝黝之物，不住撫摸，來回走動，眼望屋頂，似是滿腹心事，等他走近燭火時，黃蓉看得清楚，他手中握著的是一截鐵槍的槍頭，槍尖已起鐵鏽，槍頭下連著尺來長的折斷槍桿。

黃蓉不知這斷槍頭是他生父楊鐵心的遺物，只道與穆念慈有關，暗暗好笑：「你兩人一個揮舞衣袖出神，一個撫摸槍頭相思，難道咫尺之間，竟便相隔如天涯？」不由得咯的一聲，笑了出來。

完顏康立時驚覺，手一揮，搧滅了燭光，喝問：「是誰？」

這時黃蓉已搶到穆念慈身後，雙手成圈，左掌自外向右，右掌自上而下，一抄一帶，雖使力甚輕，但雙手都落在穆念慈要穴所在，登時使她動彈不得，這是七十二把擒拿手中的逆拿之法，穆念慈待要抵禦，已自不及。黃蓉笑道：「姊姊別慌，我送你見心上人去。」

完顏康打開房門，正要搶出，只聽一個女子聲音笑道：「是你心上人來啦，快接著。」完顏康問道：「甚麼？」一個溫香柔軟的身體已抱在手裏，剛呆一呆，頭先說話的那女子已躍上牆頭，笑道：「姊姊，你怎麼謝我？」只聽得銀鈴般的笑聲逐漸遠去，懷中的女子也已掙扎下地。

完顏康大惑不解，只怕她傷害自己，急退幾步，問道：「是誰？」穆念慈低聲道：「你還記得我麼？」完顏康依稀認得她聲音，驚道：「是……是穆姑娘？」穆念慈道：「不錯，是我。」完顏康道：「還有誰跟你同來？」穆念慈道：「剛才是我那個淘氣的小朋友，我不知她竟偷偷的跟了來。」

完顏康走進房中，點亮了燭火，道：「請進來。」穆念慈低頭進房，挨在一張椅子上坐了，垂頭不語，心中突突亂跳。

完顏康在燭光下見到她一副又驚又喜的神色，臉上白裏泛紅，少女羞態十分可愛，不禁怦然心動，柔聲道：「你深夜來找我有甚麼事？」穆念慈低頭不答。完顏康想起親生父母的慘死，對她油然而生憐惜之念，輕聲道：「你爹爹已亡故了，你以後便住在我家罷，我會當你親妹子一般看待。」穆念慈低著頭道：「我是爹爹的義女，不是他親生的……」

完顏康恍然而悟：「她是對我說，我們兩人之間並無骨肉關連。」伸手去握住她的右手，微微一笑。穆念慈滿臉通紅，輕輕一掙沒掙脫，也就任他握著，頭卻垂得更低了。完顏康心中一蕩，伸出左臂去摟住了她的肩膀，在她耳邊低聲道：「這是我第三次抱妳啦。第一次在比武場中，第二次剛才在房門外頭。只有現今這一次，才只咱倆在一起，沒第三個人在旁。」穆念慈「嗯」了一聲，心裏甜美舒暢，實是生平第一遭經歷。

完顏康聞到她的幽幽少女香氣，又感到她身子微顫，也不覺心魂俱醉，過了一會，低聲道：「你怎會找到我的？」

穆念慈道：「我從京裏一直跟你到這裏，晚晚都望著你窗上的影子，就是不敢……」

完顏康聽她深情如斯，大為感動，低下頭去，在她臉頰上吻了一吻，嘴唇所觸之處，猶如火燙，登時情熱如沸，緊緊摟住了她，深深長吻，過了良久，方才放開。

穆念慈低聲道：「我沒爹沒娘，你別……別拋棄我。」完顏康將她摟在懷裏，緩緩撫摸著她的秀髮，說道：「你放心！我永遠是你的人，你永遠是我的人，好不好？」穆念慈滿心歡悅，抬起頭來，仰望著完顏康的雙目，點了點頭。

完顏康見她雙頰暈紅，眼波流動，那裏還把持得住，吐一口氣，吹滅了燭火，抱起她走向床邊，橫放在床，左手摟住了，右手就去解她衣帶。

穆念慈本已如醉如痴，這時他火熱的手撫摸到自己肌膚，驀地驚覺，用力掙脫了他的懷抱，滾到裏床，低聲道：「不，不能這樣。」完顏康又抱住了她，道：「我一定會娶你，將來如我負心，教我亂刀分屍，不得好死。」穆念慈伸手按住他嘴，道：「別立誓，我信得你。」完顏康緊緊摟住了她，顫聲道：「那麼你就依我。」穆念慈央求道：「別……別……」完顏康情熱如火，強去解她衣帶。

穆念慈雙手向外格出，使上了五成眞力。完顏康那料到她會在這當兒使出武功，雙手登時給她格開。穆念慈躍下地來，搶過桌上的鐵槍槍頭，對準了自己胸膛，垂淚道：「你再逼我，我就死在你面前。」

完顏康滿腔情欲立時化爲冰冷，說道：「有話好好的說，何必這樣？」

穆念慈道：「我雖是個飄泊江湖的貧家女子，可不是低三下四、不知自愛之人。你如眞心愛我，須當敬我重我。我此生決無別念，就是鋼刀架頸，也決意跟定了你。將來……將來如有洞房花燭之日，自然……自能如你所願。但今日你若想輕賤於我，有死而已。」這幾句話雖說得極低，但斬釘截鐵，沒絲毫猶疑。

完顏康暗暗起敬，說道：「妹子你別生氣，是我的不是。」當即下床，點亮了燭火。

穆念慈聽他認錯，心腸當即軟了，說道：「我在臨安府牛家村我義父的故居等你，隨你甚麼時候……央媒前來。」頓了一頓，低聲道：「你一世不來，我等你一輩子罷啦。」

完顏康對她又敬又愛，忙道：「妹子不必多疑，我公事了結之後，自當儘快前來親迎。此生此世，決不相負。」

穆念慈嫣然一笑，轉身出門。完顏康叫道：「妹子別走，咱們再說一會話兒。」穆念慈回頭揮了揮手，足不停步的走了。

完顏康目送她越牆而出，怔怔出神，但見風拂樹梢，數星在天，回進房來，鐵槍上淚水未乾，枕衾間溫香猶在，回想適才之事，眞似一夢。見被上遺有幾莖秀髮，是她先前掙扎時落下來的，完顏康撿了起來，放入了荷包。他初時與她比武，原係一時輕薄好事，絕無締姻之念，那知她竟從京裏一路跟隨自己，每晚在窗外瞧著自己影子，如此款款深情，不由得大爲所感，而她持身淸白，更是令人生敬，不由得一時微笑，一時歎息，在燈下反覆思念，顚倒不已。

太湖羣盜的船隊與官船漸漸駛近，一會兒叫罵聲、呼叱聲、兵刃相交聲、人身落水聲，不斷從遠處隱隱傳來。又過一會，官船火起，烈燄沖天，映得湖水都紅了。

第十三回　五湖廢人

黃蓉回到客店安睡，自覺做了一件好事，大為得意，一宵甜睡，次晨對郭靖說了。郭靖本為這事出過許多力氣，當日和完顏康打得頭破血流，便是硬要他和穆念慈成親，這時聽得他二人兩情和諧，也甚高興，更歡喜的是，丘處機與江南六怪從今而後，再也不能逼迫自己娶穆念慈為妻了。至於華箏的親事，反正自己並不預備和她結親，覺得也不必向黃蓉說起，心中放下了一塊大石，登時精神大旺。兩人在客店中談談講講，吃過中飯，穆念慈仍未回來。黃蓉笑道：「不用等她了，咱們去罷。」回房換了男裝。

兩人到市鎮去買了一匹馬代步，繞到那戴家宅第門前，見門前「大金國欽使」的燈籠等物已自撤去，想是完顏康已經啓程，穆念慈自也和他同去了。

兩人沿途遊山玩水，沿著運河南下，這一日來到宜興。那是天下聞名的陶都，青山綠水之間掩映著一堆堆紫砂陶坯。

更向東行，不久到了太湖邊上。那太湖襟帶三州，東南之水皆歸於此，周行五百里，古稱五湖。郭靖從未見過如此大水，與黃蓉攜手立在湖邊，只見長天遠波，放眼皆碧，七十二峯蒼翠，挺立於三萬六千頃波濤之中，不禁仰天大叫，極感喜樂。

黃蓉道：「咱們到湖裏玩去。」找到湖畔一個漁村，將馬匹寄放在漁家，借了一條小船，盪槳划入湖中。離岸漸遠，四望空闊，眞是莫知天地之在湖海，湖海之在天地。

黃蓉的衣襟頭髮在風中微微擺動，笑道：「從前范大夫載西施泛於五湖，眞是聰明，老死在這裏，豈不強於做那勞什子的官麼？」郭靖不知范大夫的典故，道：「蓉兒，你講這故事給我聽。」黃蓉將范蠡怎麼助越王勾踐報仇復國、怎樣功成身退而與西施歸隱於太湖的故事說了，又述說伍子胥與文種卻如何分別為吳王、越王所殺。

郭靖聽得發了獃，出了一會神，說道：「范蠡當然聰明，但像伍子胥與文種那樣，到死還是為國盡忠，那是更加不易了。」黃蓉微笑道：「不錯，這叫做『國有道，不變塞焉，強者矯；國無道，至死不變，強者矯。』」郭靖問道：「這兩句話是甚麼意思？」黃蓉道：「國家政局清明，你做了大官，但不變從前的操守；國家朝政腐敗，你寧可殺身成仁，也不肯虧了氣節，這才是響噹噹的好男兒大丈夫。」郭靖連連點頭，道：「蓉兒，你怎想得出這麼好的道理出來？」黃蓉笑道：「啊喲，我想得出，那不成了聖人？

這是孔夫子的話。我小時候爹爹教我讀的。我爹爹便是『國無道，至死不變』。那本來是『強者矯』，可是人家反說他是『老邪』。」郭靖嘆道：「有許許多多事情我老是想不通，要是多讀些書，知道聖人說過的道理，一定就會明白啦。」

黃蓉道：「那也不盡然。我爹爹常說，大聖人的話，有的對極，有許多不通。我見爹爹讀書之時，常說：『不對，不對，胡說八道，豈有此理！』有時說：『大聖人，放狗屁！』只因為他罵大聖人放狗屁，又說皇帝是王八蛋，人家便叫他『東邪』。難道大聖人和皇帝一定是對的嗎？」郭靖點頭道：「碰到甚麼，自己該得想想，到底對是不對。」

黃蓉又道：「我花了不少時候去讀書，這當兒卻在懊悔呢，我若不是樣樣都想學，磨著爹爹教我讀書畫畫、奇門算數諸般玩意兒，要是一直專心學武，那咱們還怕甚麼梅超風、梁老怪呢？不過也不要緊，靖哥哥，你學會了七公的『降龍十八缺三掌』之後，也不怕那梁老怪了。」郭靖搖頭道：「我自己想想，多半還是不成。」黃蓉笑道：「可惜七公說走便走，否則的話，我把他的打狗棒兒偷偷藏了起來，要他教了你那餘下的三掌，才把棒兒還他。」郭靖忙道：「使不得，使不得。我能學得這十五掌，早已心滿意足，怎能跟七公他老人家這般胡鬧？」

兩人談談說說，不再划槳，任由小舟隨風飄行，不覺已離岸十餘里，只見數十丈外一葉扁舟停在湖中，一個漁人坐在船頭垂釣，船尾有個小童。黃蓉指著那漁舟道：「煙波浩淼，一竿獨釣，眞像是一幅水墨山水一般。」郭靖問道：「甚麼叫水墨山水？」黃蓉道：「那便是只用黑墨，不著顏色的圖畫。」郭靖放眼但見山青水綠，天藍雲蒼，夕陽橙黃，晚霞桃紅，就只沒黑墨般的顏色，搖了搖頭，茫然不解其所指。

黃蓉與郭靖說了一陣子話，回過頭來，見那漁人仍端端正正的坐在船頭，釣竿釣絲都紋絲不動。黃蓉笑道：「這人耐心倒好。」

一陣輕風吹來，水波泊泊泊的打在船頭，黃蓉隨手盪槳，唱起歌來：

「放船千里凌波去，略爲吳山留顧。雲屯水府，濤隨神女，九江東注。北客翩然，壯心偏感，年華將暮。念伊嵩舊隱，巢由故友，南柯夢，遽如許！」

唱到後來，聲音漸轉淒切。她唱完後，對郭靖道：「這是朱希眞所作的〈水龍吟〉上半闋，爹爹常常唱的，因此我記得。」

郭靖見她眼中隱隱似有淚光，正要她解說歌中之意，忽然湖上飄來一陣蒼涼的歌聲，曲調和黃蓉所唱的一模一樣，正是這首〈水龍吟〉的下半闋：

「回首妖氛未掃，問人間英雄何處？奇謀報國，可憐無用，塵昏白羽。鐵鎖橫江，錦帆衝浪，孫郎良苦。但愁敲桂棹，悲吟梁父，淚流如雨。」

遠遠望去，唱歌的正是那個垂釣漁父。歌聲激昂排宕，甚有氣概。

郭靖也不懂二人唱些甚麼，只覺倒也都很好聽。黃蓉聽著歌聲，卻呆呆出神。郭靖問道：「怎麼？」黃蓉道：「這是我爹爹平日常唱的曲子，抒寫一個老年人江上泛舟，想到半壁江山爲敵人所侵佔，情懷悲痛。想不到湖上的一個漁翁竟也會唱。咱們瞧瞧去。」兩人划槳過去，只見那漁人也收了釣竿，將船划來。

兩船相距數丈時，那漁人朗聲道：「湖上喜遇佳客，請過來共飲一杯如何？」黃蓉聽他吐屬風雅，更暗暗稱奇，答道：「只怕打擾長者。」那漁人笑道：「嘉賓難逢，大湖之上，萍水邂逅，更足暢人胸懷，快請過來。」數槳一扳，兩船已經靠近。

黃蓉與郭靖將小船繫在漁舟船尾，然後跨上漁舟船頭，與那漁人作揖見禮。那漁人坐著還禮，說道：「請坐。在下腿上有病，不能起立，請兩位恕罪。」郭靖與黃蓉齊道：「不必客氣。」兩人在漁舟中坐下，打量那漁翁時，見他四十不到年紀，臉色枯瘦，似乎身患重病，身材甚高，坐著比郭靖高出了半個頭。船尾一個小童在煽爐煮酒。

黃蓉說道：「這位哥哥姓郭。晚輩姓黃，一時興起，在湖中放肆高歌，未免有擾長者雅興了。」那漁人笑道：「得聆清音，胸間塵俗頓消。在下姓陸。兩位小哥今日可是初次來太湖遊覽嗎？」郭靖道：「正是。」那漁人命小童取出下酒菜餚，斟酒勸客。四碟小菜雖不及黃蓉所製，味道也殊不俗，酒杯菜碟並皆精潔，宛然是豪門巨室之物。

三人對飲了兩杯。那漁人道：「適才小哥所歌的那首〈水龍吟〉情致鬱勃，實是絕妙好詞。小哥年紀輕輕，居然能領會詞中深意，也眞難得。」黃蓉聽他說話老氣橫秋，微微一笑，說道：「宋室南渡之後，詞人墨客，無一不有家國之悲。」那漁人點頭稱是。黃蓉道：「張于湖的〈六洲歌頭〉中言道：『聞道中原，遺老常南望。翠葆霓旌。使行人到此，忠憤氣填膺，有淚如傾。』也正是這個意思呢。」那漁人拍几高唱：「使行人到此，忠憤氣填膺，有淚如傾。」連斟三杯酒，杯杯飲乾。

兩人談起詩詞，甚是投機。其實黃蓉小小年紀，又有甚麼家國之悲？至於詞中深意，更難以體會，只不過從前聽父親說過，這時便搬述出來，言語中見解精到，頗具雅量高致，那漁人不住擊桌讚賞。郭靖在一旁聽著，全然不知所云。見那漁人佩服黃蓉，自是歡喜。又談了一會，眼見暮靄蒼蒼，湖上煙霧更濃。

那漁人道：「舍下就在湖濱，不揣冒昧，想請兩位去盤桓數日。」黃蓉道：「靖哥哥，怎樣？」郭靖還未回答，那漁人道：「寒舍附近頗有峯巒之勝，兩位反正是遊山玩水，務請勿卻。」郭靖見他說得誠懇，便道：「蓉兒，那麼咱們就打擾陸先生了。」那漁人大喜，命僮兒划船回去。

到得湖岸，郭靖道：「我們先去還了船，還有兩匹坐騎寄在那邊。」那漁人微笑道：「這裏一帶朋友都識得在下，這些事讓他去辦就是。」說著向那僮兒一指。郭靖道：「小可坐騎性子很劣，還是小可親自去牽的好。」那漁人道：「既是如此，在下在寒舍恭候大駕。」說罷划槳盪水，一葉扁舟消失在垂柳深處。

那僮兒跟著郭靖黃蓉去還船取馬，行了里許，向湖畔一家人家取了一艘大船，牽了馬匹入船，請郭黃二人都上船坐了。六名壯健船夫搖櫓扳槳，在湖中行了數里，來到一個水洲之前，在青石砌的碼頭上停泊。上得岸來，只見前面樓閣紓連，竟是好大一座莊院，過了一道大石橋，來到莊前。郭黃兩人對望了一眼，想不到這漁人所居竟是這般宏偉的巨宅。

兩人未到門口，一個十八九歲的後生過來相迎，身後跟著五六名從僕。那後生道：「家父命小姪在此恭候多時。」郭黃二人拱手謙謝，見他身穿熟羅長袍，面目與那漁人依稀相似，只是背厚膀寬，軀體壯健。郭靖道：「請教陸兄大號。」那後生道：「小姪賤字冠英，請兩位直斥名字就是。」黃蓉道：「這那裏敢當？」三人說著話走進內廳。

郭靖與黃蓉見莊內陳設華美，彫樑畫棟，極窮巧思，比諸北方質樸雄大的莊院另是一番氣象。黃蓉一路看著莊中的道路布置，臉上微現詫異。

過了三進庭院，來到後廳，只聽那漁人隔著屏風叫道：「快請進，快請進。」陸冠英道：「家父腿上不便，在東書房恭候。」三人轉過屏風，見書房門大開，那漁人坐在房內榻上。這時他已不作漁人打扮，穿著儒生衣巾，手裏拿著一柄潔白的鵝毛扇，笑吟吟的拱手。郭黃二人入內坐下，陸冠英卻不敢坐，站在一旁。

黃蓉見書房中琳瑯滿目，全是詩書典籍，几上桌上擺著許多銅器玉器，看來皆爲古物，壁上掛著一幅水墨畫，畫的是一個中年書生在月明之夜中庭佇立，手按劍柄，仰天長吁，神情寂寞。左上角題著一首詞：

「昨夜寒蛩不住鳴。驚回千里夢，已三更。起來獨自遶階行。人悄悄，簾外月朧明。白首為功名。舊山松竹老，阻歸程。欲將心事付瑤箏，知音少，絃斷有誰聽？」

這詞黃蓉曾由父親教過，知道是岳飛所作的〈小重山〉，又見下款寫著「五湖廢人病中塗鴉」八字，想來這「五湖廢人」必是那莊主的別號了。但見書法與圖畫中的筆致波磔森森，如劍如戟，豈但力透紙背，直欲破紙飛出一般。

陸莊主見黃蓉細觀圖畫，問道：「老弟，這幅畫怎樣，請你品題品題。」黃蓉道：「小可斗膽亂說，莊主別怪。」陸莊主道：「老弟但說不妨。」黃蓉道：「莊主這幅圖畫，寫出了岳武穆作這首〈小重山〉詞時壯志難伸、彷徨無計的心情。只不過岳武穆雄心壯志，乃是為國為民，『白首為功名』這一句話，或許是避嫌養晦之意。當年朝中君臣都想跟金人議和，岳飛力持不可，只可惜少人聽他的。『知音少，絃斷有誰聽？』這兩句，據說是指此事而言，那是一番無可奈何的心情，卻不是公然要和朝廷作對。莊主作畫寫字之時，卻似是一腔憤激，滿腔委曲，筆力固然雄健之極，但鋒芒畢露，像是要跟大仇人拚個你死我活一般，只恐與岳武穆憂國傷時的原意略有不合。小可曾聽人說，書畫筆墨倘若過求有力，少了圓渾蘊藉之意，或許尚未能說是極高的境界。」

陸莊主聽了這番話，一聲長嘆，神色淒然，半晌不語。

黃蓉見他神情有異，心想：「我這番話可說得直率了，只怕已得罪了他。但爹爹教這首〈小重山〉和書畫之道時，確是這般解說的。」便道：「小可年幼無知，胡言亂道，還請莊主恕罪。」陸莊主一怔，隨即臉露喜色，歡然道：「黃老弟說那裏話來？我這番心情，今日才給你看破，老弟眞可說得是我生平第一知己。至於筆墨過於劍拔弩張，更是我改不過來的大毛病。承老弟指教，甚是，甚是。」回頭對兒子道：「快命人整治酒席。」郭靖與黃蓉連忙辭謝，道：「不必費神。」陸冠英早出房去了。

陸莊主道：「老弟鑒賞如此之精，想是家學淵源，令尊必是名宿大儒了，不知名諱如何稱呼。」黃蓉道：「小可懂得甚麼，蒙莊主如此稱許。家父在鄉村設帳授徒，沒沒無名。」陸莊主嘆道：「才人不遇，古今同慨。」

酒筵極盡豐盛，酒後回書房小坐，又談片刻，陸莊主道：「這裏張公、善卷二洞，乃天下奇景，二位不妨在敝處小住數日，慢慢觀賞。天已不早，兩位要休息了罷？」

郭靖與黃蓉站起身來告辭。黃蓉正要出房，猛一抬頭，忽見書房門楣之上釘著八片鐵片，排作八卦形狀，卻又不似尋常的八卦那麼排得整齊，疏疏落落，歪斜不稱。她心下一驚，當下不動聲色，隨著莊丁來到客房之中。

客房中陳設精雅，兩床相對，枕衾雅潔。莊丁送上香茗後，說道：「二位爺台要甚麼，一拉床邊這繩鈴，我們就會過來。二位晚上千萬別出去。」說罷退了出去，輕輕掩上了門。

黃蓉低聲問道：「你瞧這地方有甚麼蹊蹺？他幹麼叫咱們晚上千萬別出去？」郭靖道：「這莊子好大，莊裏的路繞來繞去，也許是怕咱們迷了路。」黃蓉微笑道：「這莊子可造得古怪。你瞧這陸莊主是何等樣人物？」郭靖道：「是個退隱的大官罷？」黃蓉搖頭道：「這人必定會武，而且還是高手，你見到了他書房中的鐵八卦麼？」郭靖道：「鐵八卦？那是甚麼？」黃蓉道：「那是用來練劈空掌的傢伙。爹爹教過我這套掌法，我嫌氣悶，練不到一個月便擱下了，真想不到又在這裏見到。」

郭靖道：「這陸莊主對咱們決無歹意，他既不說，咱們只當不知就是。」黃蓉點頭一笑，揮掌向著燭台虛劈，嗤的一聲，燭火應手而滅。

郭靖低讚一聲：「好掌法！」問道：「這就是劈空掌麼？」黃蓉笑道：「我就只練到這樣，玩玩還可以，要打人可全無用處。」

睡到半夜，忽然遠處傳來嗚嗚之聲，郭靖和黃蓉都驚醒了，側耳聽去，似是有人在吹海螺，過了一陣，嗚嗚之聲又響了起來，此起彼和，並非一人，吹螺之人相距甚遠，顯是在招呼應答。黃蓉低聲道：「瞧瞧去。」郭靖道：「別出去惹事罷。」黃蓉道：

「誰說惹事了？我是說瞧瞧去。」

兩人輕輕推開窗子，向外望去，庭院中許多人打著燈籠，還有好些人來來去去，不知忙些甚麼。黃蓉抬起頭來，見屋頂上黑黝黝的有三四人蹲在那裏，燈籠移動時亮光一閃，這些人手中的兵刃射出光來。等了一陣，衆人都向莊外走去，黃蓉好奇心起，拉著郭靖繞到西窗邊，見窗外無人，便輕輕躍出，屋頂之人並未知覺。

黃蓉向郭靖打個手勢，反向後行，莊中道路東轉西繞，曲曲折折，尤奇的是轉彎處的欄干亭榭全然一模一樣，幾下一轉，那裏還分辨得出東西南北？黃蓉卻如到了自己家裏，毫不遲疑的疾走，有時眼前明明無路，她在假山裏一鑽，花叢旁一繞，竟又轉到了迴廊之中。有時似已到了盡頭，那知屏風背面、大樹後邊另有幽境。當路大開的月洞門她偏偏不走，卻去推開牆上一扇全無形跡可尋的門戶。

郭靖愈走愈奇，低聲問道：「蓉兒，這莊子的道路眞古怪，你怎認得？」黃蓉打手勢叫他噤聲，又轉了七八個彎，來到後院的圍牆邊。黃蓉察看地勢，扳著手指默默算了幾遍，在地下踏著腳步數步子，郭靖聽她低聲唸著：「震一、屯三、頤五、復七、坤……」更不懂是甚麼意思。黃蓉邊數邊行，數到一處停了腳步，說道：「只有這裏可出去，另外地方全有機關。」一說著便躍上牆頭，郭靖跟著她躍出牆去。黃蓉才道：「這莊子是按著伏羲六十四卦方位造的。這些奇門八卦之術，我爹爹最是拿手。陸莊主難得倒旁人，可難不了我。」言下甚是得意。

兩人攀上莊後小丘，向東望去，只見一行人高舉燈籠火把，走向湖邊。黃蓉拉了拉郭靖的衣袖，兩人展開輕功追去。奔到臨近，伏在一塊岩石之後。湖濱泊著一排漁船，人衆絡繹上船，上船後便即熄去燈火。兩人待最後一批人上了船，岸上全黑，才悄悄躍出，落在一艘最大的篷船後梢，於拔篙開船聲中躍上篷頂，在竹篷隙孔中向下望去，艙內一人居中而坐，赫然便是少莊主陸冠英。

衆船搖出里許，湖中海螺之聲又嗚嗚傳來，大篷船上一人走到船首，也吹起海螺。再搖出數里，湖面上一排排的全是小船，放眼望去，舟似蟻聚，不計其數，猶如一張大綠紙上濺滿墨點一般。大篷船首那人海螺長吹三聲，大船拋下了錨泊在湖心，十餘艘小船飛也似的從四方過來。郭靖與黃蓉心下納罕，不知是否將有一場廝殺，低頭瞧那陸冠英卻神定氣閒，不似便要臨敵應戰的模樣。

過不多時，各船靠近。每艘船上有人先後過來，或一二人、或三四人不等。各人進入大船船艙，都向陸冠英行禮後坐下，對他執禮甚恭，座位次序似早已排定，有的先到反坐在後，有的後至卻坐在上首。只一盞茶功夫，諸人坐定。這些人神情粗豪，舉止剽悍，雖作漁人打扮，但看來個個身負武功，決非尋常以打魚爲生的漁夫。

陸冠英舉手說道：「張大哥，你探聽得怎樣了？」座中一個瘦小的漢子站起身來，說道：「回稟少莊主，金國欽使預定今晚連夜過湖，段指揮使再過一個多時辰就到。這次他以迎接金國欽使爲名，一路搜刮，是以來得遲了。」陸冠英道：「他搜刮到了多少？」那漢子道：「每一州縣都有報效，他麾下兵卒還在鄉間劫掠，我見他落船時衆親隨抬著二十多箱財物，看來都很沉重。」陸冠英道：「他帶了多少兵馬？」那漢子道：「馬軍二千。過湖的都是步軍，因船隻不夠，落船的約莫一千名左右。」陸冠英向衆人道：「各位哥哥，大家說怎樣？」諸人齊聲道：「願聽少莊主號令。」

陸冠英雙手向懷裏一抱，說道：「這些民脂民膏，不義之財，打從太湖裏來，不取有違天道。咱們盡數取來，一半俵散給湖濱貧民，另一半各寨分了。」衆人轟然叫好。

郭靖與黃蓉這才明白，這羣人都是太湖的盜首，看來這陸冠英還是各寨的總頭領。

陸冠英道：「事不宜遲，馬上動手。張大哥，你帶五條小船，再去哨探。」那瘦子接令出艙。陸冠英跟著分派，誰打先鋒、誰作接應、誰率領水鬼去鑽破敵船船底、誰取財物、誰擒拿軍官，安排得井井有條。郭靖與黃蓉暗暗稱奇，適才與他共席時見他斯文有禮，談吐儒雅，便是個養尊處優的世家子弟，那知竟能領袖羣豪，指揮若定。

陸冠英吩咐已畢，各人正要出去分頭幹事，座中一人站起身來，冷冷的道：「咱們做這沒本錢買賣的，吃吃富商大賈，也就夠啦。這般跟官家大動干戈，咱們在湖裏還躭得下去麼？大金國欽使更加得罪不得。」

郭靖和黃蓉聽這聲音好熟，凝目看時，原來便是沙通天的弟子，黃河四鬼中的奪魄鞭馬青雄，不知如何他竟也混在這裏。

陸冠英臉上變色，尚未回答，羣盜中已有三四人同聲呼叱。陸冠英道：「馬大哥初來，不知這裏規矩，既然大家齊心要幹，咱們就鬧了個全軍覆沒，那也死而無悔。」

馬青雄道：「好啦，你幹你們的，我可不搞這鍋混水。」轉身就要走出船艙。

兩名漢子攔在艙口，喝道：「馬大哥，你斬過鷄頭立過誓，大夥兒有福同享，有難同當！」馬青雄雙手揮出，罵道：「滾開！」那兩人登時跌在一邊。他正要鑽出艙門，突覺背後一股掌風襲來，當即偏身讓過，左手已從靴筒裏拔出一柄匕首，反手向後戳去。陸冠英左手疾伸，將他左臂格在外門，踏步進掌。馬青雄右手撩開，左手匕首跟著遞出。兩人在窄隘的船艙中貼身而搏。

郭靖當日在蒙古土山之上曾與馬青雄相鬥，初見陸冠英出手，料想他不易取勝，豈知只看得數招，但見陸冠英著著爭先，竟大佔上風，心下詫異：「怎地這姓馬的忽然不濟了？啊，是了，那日在蒙古是他們黃河四鬼合力打我一個，此刻他四面是敵，自然膽怯。」殊不知眞正原因，卻在於他得洪七公指點教導，幾近兩月，天下武學絕藝的「降龍十八掌」固然學會了十五掌，而這些時日中洪七公隨口點撥、順手比劃，無一而非上乘武功中的精義，盡爲江南七怪生平從所未窺的境界。郭靖聽了記在心中，雖所領悟的不過十之一二，但不知不覺之間武功已突飛猛進，此刻修爲，已殊不遜於六位師父，再來看馬青雄的武功，自覺頗不足道。

只見兩人再拆數招，陸冠英左拳斗出，砰的一聲，結結實實打在馬青雄胸口。馬青雄一個踉蹌，向後便倒。他身後兩名漢子雙刀齊下，馬青雄立時斃命。那兩名漢子提起他屍身投入湖中。

陸冠英道：「衆家哥哥，大夥兒奮勇當先。」羣盜轟然答應，各自回船。片刻之間衆舟千槳齊盪，並肩東行。陸冠英的大船在後壓陣。

行了一陣，遠遠望見數十艘大船上燈火照耀，向西駛來。郭靖與黃蓉心想：「這些大船，便是那段指揮使的官船了。」兩人悄悄爬上桅桿，坐在橫桁之上，隱身帆後。只聽得小船上海螺吹起。兩邊船隊漸漸接近，一會兒叫罵聲、呼叱聲、兵刃相交聲、人身落水聲，從遠處隱隱傳來。又過一會，官船起火，烈燄沖天，映得湖水都紅了。

郭黃知道羣盜已經得手，果見幾艘小舟急駛而至，呼道：「官兵全軍覆沒，兵馬指揮使已經擒到。」陸冠英大喜，走到船頭，叫道：「通知衆家寨主，大夥兒再辛苦一下，擒拿金國欽使去罷！」報信的小盜歡然答應，飛舟前去傳令。

郭靖和黃蓉同時伸出手來，相互一捏，均想：「那金國欽使便是完顏康了，不知他如何應付。」只聽得各處船上海螺聲此起彼和，羣船掉過頭來，扯起風帆。其時方當仲夏，東風正急，羣船風帆飽張，向西疾駛。

陸冠英所坐的大船原本在後，這時反而領先。郭靖與黃蓉坐在橫桁之上，陣陣涼風自背吹來，放眼望去，繁星在天，薄霧籠湖，甚是暢快，眞想縱聲一歌，只見後面的輕舟快艇又一艘艘的搶到大船之前。

舟行約莫一個時辰，天色漸亮，兩艘快艇如飛而來，艇首一人手中青旗招展，大呼：「已見到了金國的船隻！賀寨主領先攻打。」陸冠英站在船首，叫道：「好。」過不多時，又有一艘小艇駛回，報道：「金國那狗欽使手爪子好硬，賀寨主受傷，彭、董兩位寨主正在夾擊。」不多時，兩名嘍囉扶著受傷暈去的賀寨主上大船來。陸冠英正待察看賀寨主傷勢，兩艘小艇又分別將彭、董兩位受傷的寨主送到，並說西洞庭的郭頭領給金國欽使長槍搠死，跌入了湖中。陸冠英大怒，喝道：「金狗兇狠，我去殺他。」

郭靖與黃蓉覺得完顏康爲虎作倀，殺傷同胞甚是不該，卻又躭心他寡不敵衆，給太湖羣盜殺死，穆念慈不免終身遺恨。黃蓉在郭靖耳邊悄聲道：「救他不救？」郭靖微一沉吟，道：「救他性命，但要他悔改。」黃蓉點點頭。見陸冠英縱身躍入一艘小艇，喝道：「上去！」黃蓉向郭靖道：「咱們搶小艇。」

兩人正待縱身躍向旁邊一艘小艇，猛聽得前面羣盜齊聲高呼，縱目望去，那金國欽使所率船隊一艘艘的正慢慢沉下，想是給潛水的水鬼鑿穿了船底。青旗招展中，兩艘快艇趕到稟報：「金狗落了水，已抓到啦！」陸冠英大喜，躍回大船。

過不多時，海螺齊鳴，快艇將金國的欽使、衛兵、隨從等陸續押上大船。郭靖與黃蓉見完顏康手腳都已受縛，兩眼緊閉，想是喝飽了水，但胸口起伏，仍在呼吸。

這時天已大明，日光自東射來，水波晃動，猶如萬道金蛇在船邊飛舞一般。陸冠英傳出號令：「各寨寨主齊赴歸雲莊，開宴慶功。衆頭領率部回寨，聽候俵分贓銀，論功領賞。」羣盜歡聲雷動。大小船隻向四方分散，漸漸隱入煙霧之中。

湖上羣鷗來去，白帆點點，青峯悄立，綠波盪漾，又回復了一片寧靜。

待得船隊回莊，郭黃二人等陸冠英與羣盜離船，這才乘人不覺，飛身上岸。羣盜大勝之餘，個個興高采烈，那想得到桅桿上一直有人躲著偷窺。黃蓉相準了地位，仍與郭靖從莊後圍牆跳進，回入臥房。

這時服侍他們的莊丁已到房前來看了幾次，只道他們先一日遊玩辛苦，在房裏大睡懶覺。郭靖打開房門，兩名莊丁上前請安，送上早點，道：「莊主在書房相候，請兩位用過早點，過去坐坐。」兩人吃了些麵點湯包，隨著莊丁來到書房。

陸莊主笑道：「湖邊風大，夜裏波濤拍岸，擾人清夢，兩位可睡得好嗎？」郭靖不慣撒謊，爲他一問，登時窘住。黃蓉道：「夜裏只聽得嗚嗚嗚的吹法螺，想是和尚道士做法事放獃口。」

陸莊主一笑，不提此事，說道：「在下收藏了一些書畫，想兩位老弟法眼鑒定。」黃蓉道：「當得拜觀。莊主所藏，定是精品。」陸莊主令書僮取出書畫，黃蓉一件件的賞玩。驀地裏門外傳來一陣吆喝，幾個人腳步聲響，聽聲音是一人在逃，後面數人在追。一人喝道：「你進了歸雲莊，要想逃走，那就難如登天！」突然書房門砰的一聲爲人推開，一人全身濕淋淋的闖了進來，正是完顏康。

黃蓉一拉郭靖衫角，低聲道：「看書畫，別瞧他。」兩人背轉身子，低頭看畫。

完顏康不識水性，船沉落湖，空有一身武藝，只吃得幾口水，便已暈去，等到醒來，手足已給縛住。解到莊上，陸冠英喝令押上來審問。完顏康見一直架在後頸的鋼刀已然移開，當即暗運內勁，手指抓住身上綁縛的繩索，大喝一聲，以「摧心掌」勁力立時將繩索撕斷了。衆人齊吃一驚，搶上前去擒拿，給他雙手揮擊，打翻了兩個。完顏康奪路便走，歸雲莊中房屋道路皆按奇門八卦而建，若無本莊之人引路，又非識得奇門生剋之變，休想闖得出去。完顏康慌不擇路，竟撞進了陸莊主的書房。

陸冠英雖見他掙脫綁縛，知他決然逃不出去，也不在意，只一路追趕，及見他闖進書房，怕他傷及父親，急忙搶前，攔在父親所坐榻前。後面太湖諸寨的寨主都擋在門口。

完顏康不意逃入了絕地，戟指向陸冠英罵道：「賊強盜，你們行使詭計，鑿沉船隻，也不怕江湖上好漢笑話？」陸冠英哈哈一笑，說道：「你是金國王子，跟我們綠林豪傑提甚麼『江湖』二字？」完顏康道：「我在燕京時久聞江南豪客大名，只道當眞都是光明磊落的好男子，今日一見，卻原來……嘿嘿，可叫作浪得虛名！」陸冠英怒道：「怎樣？」完顏康道：「只不過是一批倚多爲勝的小人而已！」陸冠英冷笑道：「要是單打獨鬥勝了你，那你便死而無怨？」

完顏康適才這話本是激將之計，正要引他說出這句話來，立時接口：「歸雲莊上只要有人憑眞功夫勝得了我，我束手就縛，要殺要剮，再無第二句話。卻不知是那一位賜教？」說著眼光向衆人一掃，雙手負在背後，嘿嘿冷笑，神態倨傲。

一言方畢，早惱了太湖莫釐峯上的金頭鰲石寨主，怒喝：「老子揍你這番邦賊廝鳥！」搶入書房，雙拳「鐘鼓齊鳴」，往完顏康太陽穴打到。完顏康身子微側，敵拳擊空，右手反探，抓住了他後心，內勁吐處，把他肥肥一個身軀向門口人叢中丟出。

陸冠英見他出手迅辣，心中暗驚，知道各寨主無人能敵，叫道：「果然好俊功夫，讓我來討教幾招。咱們到外面廳上去吧。」見對方大是勁敵，生怕劇鬥之際，拳風掌力帶到父親與客人身上，三人不會武功，可莫受了誤傷。

完顏康道：「比武較量到處都是一樣，就在這裏何妨？寨主請賜招罷！」言下之意竟是：「不過三招兩式，就打倒了你，何必費事另換地方？」陸冠英心中暗怒，說道：

「好，你是客，請進招罷。」完顏康左掌虛探，右手就往陸冠英胸口抓去，開門見山，一出手就以九陰白骨爪攻敵要害。陸冠英胸口微縮，竟不退避，右拳直擊對方橫臂手肘，左手二指疾伸，取敵雙目。

完顏康見他來勢好快，心頭倒也一震，斜退半步，手腕疾翻，擒拿手拿敵手臂。陸冠英扭腰左轉，兩手迴兜，虎口相對，正是「懷中抱月」之勢。完顏康見他出手了得，不敢輕敵，打疊起精神，使出丘處機所傳的全眞派拳法。

陸冠英是臨安府雲棲寺枯木大師的得意弟子，精通仙霞門外家拳法，那是河南嵩山少林寺的旁支，所學也是武學正宗，這時遭逢強敵，自是小心在意。他見完顏康手爪功夫厲害，決不讓他手爪碰到自己身子，雙手嚴守門戶，只見有隙可乘，立即使腳攻敵。外家技擊有言道：「拳打三分，腳踢七分。」又道：「手是兩扇門，全憑腳踢人。」陸冠英所學是外家功夫，腿上功夫自極厲害，兩人鬥到酣處，書房中人影飛舞，拳腳越來越快。郭靖與黃蓉不想讓完顏康認出，退在書架之旁，側身觀戰。

完顏康久鬥不下，心中焦躁，暗道：「再耗下去，時刻長了，就算勝了他，要是再有人出來邀鬥，我那裏還有力氣對付？」他武功原比陸冠英高出甚多，只因淹入湖中，喝了一肚子水，委頓之下，力氣不加，兼之身陷重圍，初次遇險，不免心怯，這才讓陸冠英拆了數十招，待得精神漸振，手上加緊，砰的一聲，陸冠英肩頭中拳。他一個踉蹌，倒退幾步，見敵人乘勢進逼，斗然間飛起左腿，足心朝天，踢向完顏康心胸。這一招叫做「懷心腿」，出腿如電，極爲厲害。

完顏康想不到敵人落敗之餘，尚能出此絕招，待得伸手去格，胸口已給踢中。這「懷心腿」是陸冠英自幼苦練的絕技，練時用繩子縛住足踝，然後將繩繞過屋樑，逐日拉扯懸吊，臨敵時飛腿踢出，倏忽過頂，敵人實所難防。完顏康胸口劇痛，左手急彎，五根手指已插入陸冠英小腿，右掌往他胯上推去，喝道：「躺下！」陸冠英單腿站立，給他這麼猛推，直跌出去，撞向坐在榻上的陸莊主。

陸莊主左手伸出，托住他背心，輕輕放落，見兒子小腿上鮮血淋漓，從原來站立處直到榻前一排鮮血直滴過來，又驚又怒，喝問：「黑風雙煞是你甚麼人？」

他這一出手，衆人俱感驚詫。別說完顏康與衆寨主不知他身有武功，連他親生兒子陸冠英，也只道父親雙腿殘廢，自然不會武功，自己從小便見父親寄情於琴書之間，對他的作爲向來不聞不問，那知剛才護他這麼一托，出手竟沉穩之極。黃蓉昨晚見到了他門楣上的鐵八卦，對郭靖說過，只他兩人才不訝異。

完顏康聽陸莊主喝問，一呆之下，說道：「黑風雙煞是甚麼東西？」梅超風雖傳他武藝，但自己的來歷固未曾對他言明，連眞實姓名也不對他說，「黑風雙煞」的名頭，他自然更加不知了。

陸莊主怒道：「裝甚麼蒜？這陰毒的九陰白骨爪是誰傳你的？」完顏康道：「小爺沒空聽你囉唆，失陪啦！」轉身走向門口。衆寨主齊聲怒喝，挺起兵刃攔阻。完顏康連聲冷笑，回頭向陸冠英道：「你說話算不算數？」陸冠英臉色慘白，擺一擺手，說道：「太湖羣雄說一是一，衆位哥哥放他走罷。張大哥，你領他出去。」

衆寨主心中都不願意，但少莊主既然有令，卻也不能違抗。那張寨主喝道：「跟我走罷，諒你這小子自己也找不到路出去。」完顏康道：「我的從人衛兵呢？」陸冠英道：「一起放他們走。」完顏康大拇指一豎，說道：「好，果然是君子一言，快馬一鞭。衆寨主，咱們後會有期。」說著團團作揖，唱個無禮喏，滿臉得意之色。

他轉身正要走出書房，陸莊主忽道：「且慢！老夫不才，要領教你的九陰白骨爪。」完顏康停步笑道：「那好極啦。」陸冠英忙道：「爹，您老人家犯不著跟這小子一般見識。」陸莊主道：「不用擔心，他的九陰白骨爪還沒練得到家。」雙目盯著完顏康，緩緩說道：「我腿有殘疾，不能行走，你過來。」完顏康冷笑，卻不移步。

陸冠英腿上傷口劇痛，但決不肯讓父親與對方動手，縱身躍出房門，叫道：「這次是代我爹爹再請教幾招。」完顏康笑道：「好，咱倆再練練。」

陸莊主喝道：「英兒走開！」右手在榻邊按落，憑著手上之力，身子突然躍起，左掌向完顏康頂上猛劈下去。衆人驚呼聲中，完顏康舉手相格，腕上一緊，右腕已給揑住，眼前掌影閃動，敵人右掌又向肩頭擊到。完顏康萬料不到他擒拿法如此迅捷奇特，左手急忙招架，右手力掙，想掙脫他的擒拿。陸莊主足不著地，身子重量全然放在完顏康手腕之上，身在半空，右掌快如閃電，瞬息間連施五六下殺手。完顏康奮力抖甩，卻那裏甩得脫？飛腿去踢，卻又踢他不著。

衆人又驚又喜，望著兩人相鬥。見陸莊主又舉掌劈落，完顏康伸出五指，要戳他手掌，陸莊主手肘突然下沉，一個肘鎚，正中他「肩井穴」。完顏康半身酸麻，跟著左手手腕也已給他拿住，只聽得喀喀兩聲，雙手手腕關節已同時錯脫。陸莊主手法快極，左手在他腰裏一戳，右手在他肩上一捺，已借力躍回木榻，穩穩坐下。完顏康卻雙腿軟倒，再也站不起身。衆寨主只瞧得目瞪口呆，隔了半晌，才震天價喝起采來。

陸冠英搶步走到榻前，問道：「爹，您沒事吧？」陸莊主笑著搖搖頭，隨即臉色轉爲凝重，說道：「這金狗的師承來歷，得好好問他一問。」

兩名寨主拿了繩索將完顏康手足縛住。張寨主道：「在那姓段的兵馬指揮使行囊之中，搜出了幾副精鋼的腳鐐手銬，正好用來銬這小子，瞧他還掙不掙得斷。」衆人連聲叫好，有人飛步去取了來，將完顏康手腳都上了雙重鋼銬。

完顏康手腕劇痛，額上黃豆大的汗珠不住冒出來，但強行忍住，並不呻吟。陸莊主道：「拉他過來。」兩名頭領執住完顏康的手臂，將他拉到榻前。啪啪兩聲，陸莊主給他接好手腕關節，又在他尾脊骨與左胸穴道各點一指。完顏康疼痛漸止，心裏又憤怒，又驚訝，還未開言，陸冠英已命人將他押下監禁。衆寨寨主都退了出去。

陸莊主轉身對黃蓉與郭靖笑道：「跟少年人好勇鬥狠，有失斯文，倒教兩位笑話了。」黃蓉見他的掌法與點穴功夫全是自己家傳的一路，不禁疑心更盛，笑問：「那是甚麼人？他是不是偷了寶莊的東西，累得莊主生氣？」陸莊主呵呵大笑，道：「不錯，他們確是搶了大夥兒不少財物。來來來，咱們再看書畫，別讓這小賊掃了清興。」陸冠英退出書房，三人又再觀畫。陸莊主與黃蓉一幅幅的談論山水布局、人物神態，翎毛草蟲如何，花卉松石又如何。郭靖自全然不懂。

中飯過後，陸莊主命兩名莊丁陪同他們去遊覽張公、善卷二洞，那是天下勝景，洞中奇幻莫名，兩人遊到天色全黑，盡興而返。

晚上臨睡時，郭靖道：「蓉兒，怎麼辦？救不救他？」黃蓉道：「咱們在這兒且再住幾天，我還摸不準那陸莊主的底子。」郭靖道：「他武功跟你門戶很近啊。」黃蓉沉吟道：「奇就奇在這裏，莫非他識得梅超風？」兩人怕隔牆有耳，不敢多談。

睡到中夜，忽聽得瓦面上有聲輕響，接著地上擦的一聲。兩人都和衣而臥，聽得異聲，立即醒覺，同時從床上躍起，輕輕推窗外望，見一個黑影躲在一叢玫瑰之後。那人四下張望，然後躡足向東走去，瞧這般全神提防的模樣，似是闖進莊來的外人。黃蓉本來只道歸雲莊不過是太湖羣雄的總舵，但見了陸莊主的武功後，心知其中必定另有隱秘，決意要探個水落石出，向郭靖招了招手，翻出窗子，悄悄跟在那人身後。

跟得幾十步，星光下已看清那人是個女子，武功也非甚高，黃蓉加快腳步，逼近前去，那女子臉蛋微側，看清卻是穆念慈。黃蓉心中暗笑：「好啊，救意中人來啦。倒要瞧瞧你用甚麼手段。」穆念慈在園中東轉西走，不多時已迷失了方向。

黃蓉知道依這莊園的方位建置，監人的所在必在離上震下的「噬嗑」之位，《易經》曰：「噬嗑，亨，利用獄。」「象曰：雷電，噬嗑，先王以明罰敕法。」她父親黃藥師精研其理，閒時常與她講解指授。她想這莊園構築雖奇，其實明眼人一看便知，那及得上桃花島中陰陽變化、乾坤倒置的奧妙？在桃花島，禁人的所在反而在乾上兌下的「履」位，取其「履道坦坦，幽人貞吉」之義，更顯主人的氣派。黃蓉心想：「照你這樣走去，一百年也找不到他。」俯身在地下抓了把散泥，見穆念慈正走到歧路，躊躇不決，拈起一粒泥塊向左邊路上擲去，低沉了聲音道：「向這邊走。」閃身躲入旁邊花叢。

穆念慈大吃一驚，回頭看時，不見人影，當即提刀縱身過去。黃蓉與郭靖的輕身功夫高她甚遠，早已躲起，那能讓她找到？穆念慈正感彷徨，心想：「這人不知是好心壞心，反正我找不到路，姑且照他的指點試試。」便依指點向左，每到歧路，總有小粒泥塊擲明方向，曲曲折折走了好一陣子，忽聽得嗤的一聲，一粒泥塊遠遠飛去，撞在一間小屋窗上，眼前一花，兩個黑影從身邊閃過，倏忽不見。

穆念慈奔向小屋，見屋前兩名大漢倒在地下，眼睜睜望著自己，手中各執兵刃，卻動彈不得，顯已給人點了穴道。穆念慈心知暗中有高人相助，輕輕推門進去，側耳靜聽，室中果有呼吸之聲。她低聲叫道：「康哥，是你麼？」

完顏康早在看守人跌倒時驚醒，聽得是穆念慈的聲音，又驚又喜，忙道：「是我。」

穆念慈大喜，黑暗中辨聲走近，說道：「謝天謝地，果然你在這裏，那可好極了，咱們走罷。」完顏康道：「你可帶得有寶刀寶劍麼？」穆念慈道：「怎麼？」完顏康輕輕一動，手鐐腳銬上發出金鐵碰撞之聲。穆念慈上去一摸，心中大悔，恨恨的道：「那柄削鐵如泥的短劍，我不該給了黃家妹子。」黃蓉與郭靖躲在屋外竊聽兩人說話，她心中暗笑：「等你著急一會，我再把短劍給你。」

穆念慈甚是焦急，道：「我去盜鐵銬的鑰匙。」完顏康道：「你別去，莊內敵人厲害，你去犯險必然失手，無濟於事。」穆念慈道：「那麼我揹你出去。」完顏康道：「他們用鐵鍊將我鎖在柱上，揹不走的。」穆念慈急得流下淚來，嗚咽道：「那怎麼辦？」完顏康笑道：「你親親我罷。」穆念慈跺腳道：「人家急得要命，你還鬧著玩。」完顏康悄聲笑道：「誰鬧著玩了？這是正經大事啊。」穆念慈並不理他，苦思相救之計。完顏康道：「你怎知我在這裏？」穆念慈道：「我一路跟著你啊。」完顏康心中感動，道：「你靠在我身上，我跟你說。」穆念慈坐在地下草席上，偎倚在他懷中。

完顏康道：「我是大金國欽使，諒他們也不敢隨便傷我。只是我給羈留在此，卻要誤了父王囑咐的軍國大事，這便如何是好？妹子，你幫我去做一件事。」穆念慈道：「甚麼？」完顏康道：「你把我項頸裏那顆小金印解下來。」

穆念慈伸手到他頸中，摸著了小印，將繫印的絲帶解開。完顏康道：「這是大金國欽使之印，你拿了趕快到臨安府去，求見宋朝的史彌遠史丞相。」穆念慈道：「史丞相？我一個民間女子，史丞相怎肯接見？」

完顏康笑道：「他見了這金印，迎接你都還來不及呢。你對他說，我讓太湖盜賊劫持在這裏，不能親自去見他。我要他記住一件事：如有蒙古使者到臨安來，決不能相見，拿住了立即斬首。這是大金國聖上的密旨，務須遵辦。」穆念慈道：「那爲甚麼？」完顏康道：「這些軍國大事，說了你也不懂。只消把這幾句話去對史丞相說了，那就是給我辦了一件大事。要是蒙古的使者先到了臨安，跟宋朝君臣見了面，可對咱們大金國大大不利。」穆念慈惱道：「甚麼『咱們大金國』？我可是好好的大宋百姓。你若不說個清楚，我不能給你辦這件事。」完顏康微笑道：「難道你將來不是大金國的王妃？」

穆念慈霍地站起，說道：「我義父是你親生爹爹，你是好好的漢人。難道你是眞心要做甚麼大金國王爺？我只道……只道你……」完顏康道：「怎樣？」穆念慈道：「我一直當你是個智勇雙全的好男兒，當你假意在金國做小王爺，只不過等待機會，要給大宋幹辦大事。你，你眞的竟然想認賊作父麼？」

完顏康聽她語氣大變，喉頭哽住，顯是氣急萬分，當下默然不語。穆念慈又道：「大宋江山給金人佔了一大半去，咱們漢人給金人擄掠殘殺，欺壓拷打，難道你一點也不在意麼？你……你……」再也說不下去，把金印擲在地下，掩面便走。

完顏康顫聲叫道：「妹子，我錯啦，你回來。」穆念慈停步，回過頭道：「怎樣？」完顏康道：「等我脫難之後，我不再做甚麼勞什子的欽使，也不回到金國去了。我跟你到南邊隱居歸農，總好過成日心中難受。」

穆念慈嘆了口長氣，呆呆不語。她自與完顏康比武之後，一往情深，心中已認定他是個了不起的英雄豪傑。完顏康不肯認父，她料來必定另有深意；他出任金國欽使，她又代他設想，他定是要身居有爲之地，想幹一番轟轟烈烈的大事，爲大宋圖謀驅敵復國。豈知這一切全是女兒家的痴情妄想，這人那裏是甚麼英雄豪傑，直是個賣國求榮的無恥之徒。

她想到傷心之處，萬念俱灰。完顏康低聲道：「妹子，怎麼了？」穆念慈不答。完顏康道：「我媽說，你義父是我的親生父親。我還沒能問個淸楚，他們兩人就雙雙去世，我一直心頭嘀咕。這身世大事，總不能不明不白的就此定局。」穆念慈心下稍慰，暗想：「他還未明白自己身世，也不能太怪他了。」說道：「拿你金印去見史丞相之事，再也休提。我去找黃家妹子，取了短劍來救你。」

黃蓉本擬便將短劍還她，但聽了完顏康這番話，氣他為金國謀辦大事，心道：「我爹爹最恨金人，且讓他在這裏關幾天再說。」

完顏康卻問：「這莊裏的道路極爲古怪，你怎認得出？」穆念慈道：「幸得有兩位高人在暗中指點，卻不知是誰。他們始終不肯露面。」黃蓉心下暗笑：「我跟靖哥哥兩個，又是甚麼高人了？」完顏康沉吟片刻，說道：「妹子，下次你再來，怕會給莊中好手發覺。你如眞要救我，就去給我找一個人。」穆念慈慍道：「我可不去找甚麼死丞相、活丞相。」完顏康道：「不是丞相，是找我師父。」穆念慈「啊」了一聲。

完顏康道：「你拿我身邊這條腰帶去，在腰帶的金環上用刀尖刻上『完顏康有難，在太湖西畔歸雲莊』十三個字，到蘇州之北三十里的一座荒山之中，找到有九個死人骷髏頭疊在一起，疊的樣子是上一中三下五，就把這腰帶放在第一個骷髏頭之下。」

穆念慈愈聽愈奇，問道：「幹甚麼啊？」

完顏康道：「我師父雙眼已盲，她摸到金環上刻的字，就會前來救我。因此這些字要刻得深些。」穆念慈道：「你師父不是那位長春眞人丘道長麼？他眼睛怎會盲了？」

完顏康道：「不是這個姓丘的道人，是我另外一位師父。你放了腰帶之後，不可停留，須得立即離開。我師父脾氣古怪，如發覺骷髏頭之旁有人，說不定會傷害你。她武功極高，必能救我脫難。你只在蘇州玄妙觀前等我便了。」穆念慈道：「你得立個誓，決不能再認賊作父，賣國害民。」完顏康怫然不悅，說道：「我一切弄明白之後，自然會照良心行事。你這時逼我立誓，又有甚麼用？你不肯爲我去求救，也由得你。」

穆念慈道：「好！我去給你報信。」從他身上解下腰帶。

完顏康道：「妹子，你要走了？過來讓我親親。」穆念慈道：「不！」站起來走向門口。完顏康道：「只怕不等師父來救，他們先將我殺了，那我可永遠見不到你啦。」穆念慈心中一軟，嘆了口長氣，走近身去，偎在他懷中，讓他在臉上親了幾下，忽然斬釘截鐵的道：「將來要是你不做好人，我也沒法可想，只怨我命苦，惟有死在你面前。」

完顏康軟玉在懷，只盼和她溫存一番，說些親熱的言語，就此令她回心轉意，答允拿了金印去見史丞相，正覺她身子顫抖，呼吸漸促，顯是情動，萬不料她竟會說出這般決絕的話來，只一呆，穆念慈已站起身來，走出門去。

出來時黃蓉如前給她指路，穆念慈奔到圍牆之下，輕輕叫道：「前輩既不肯露面，小女子只得望空叩謝大德。」說罷跪在地下，磕了三個頭。只聽得一聲嬌笑，一個清脆的聲音說道：「啊喲，這可不敢當！」抬起頭來，繁星在天，花影遍地，那裏有半個人影？穆念慈好生奇怪，聽聲音依稀似是黃蓉，但想她怎麼會在此地，又怎識得莊中希奇古怪的道路？沿路思索，始終不得其解，走出離莊十餘里，在一棵大樹下打個盹兒，等到天明，乘了船過得太湖，來到蘇州。

那蘇州是東南繁華之地，當時叫作平江府。雖比不得京城臨安，卻也是錦繡盈城，花光滿路。南宋君臣苟安於江南半壁江山，早忘了北地百姓呻吟於金人鐵蹄下之苦。蘇杭本就富庶，有道是：「上有天堂，下有蘇杭。」其時淮河以南的財賦更盡集於此，是以蘇杭二州庭園之麗，人物之盛，天下諸城莫可與京。

穆念慈此時於這繁華景象自無心觀賞，找了個隱僻所在，先將完顏康囑咐的那十三個字在腰帶上細心刻好，撫摸腰帶，想起不久之前，這金帶還是圍在那人腰間，只盼他平安無恙，又再將這金帶圍到身上；更盼他深明大義，自己得與他締結鴛盟，親手將這帶子給他繫上。痴痴的想了一會，將腰帶繫在自己衣衫之內，忍不住心中一蕩：「這條帶子，便如是他的手臂，抱著我的腰一般。」霎時間紅暈滿臉，再也不敢多想。在一家麵館中匆匆吃了些麵點，見太陽偏西，逕向北郊，依著完顏康所說路徑去尋他師父。

愈走道路愈荒涼，眼見太陽沒入山後，遠處傳來一聲聲怪鳥鳴叫，不禁惴惴。她離開大道，向山後坳谷中找尋，直到天將全黑，始終不見完顏康所說那一堆骷髏骨的蹤跡。心下琢磨，且看附近有無人家，最好權且借宿一宵，明天早晨再找。奔上一個山丘，四下眺望，遙見西邊山旁有所屋宇，心中一喜，拔足奔去。

走到臨近，見是一座破廟，門楣上破匾寫著「土地廟」三字，輕輕推門，那門砰的一聲，向後便倒，地下灰土飛揚，原來那廟已久無人居。她走進殿去，只見土地公公和土地婆婆的神像上滿是蛛網塵垢。她按住供桌用力掀了兩下，桌子尚喜完好，找些草來拭抹乾淨，再將破門豎起，吃了些乾糧，把背上包裹當作枕頭，就在供桌上睡倒，心裏一靜，立刻想起完顏康的爲人，既自傷心，又感惋惜，不禁流下淚來，但念到他的柔情密意，心頭又不禁甜絲絲地，這般東思西想，柔腸百轉，直到天交二更方才睡著。

睡到半夜，矇矓中忽聽得廟外有一陣颼颼異聲，一凜之下，坐起身來，聲音更加響了。忙奔到門口向外望去，只嚇得心中怦怦亂跳，皓月之下，千百條青蛇蜿蜒東去，陣陣腥味從門縫中傳了進來。過了良久，青蛇才漸稀少，跟著腳步聲響，三個白衣男子手持長桿，押在蛇陣之後。她縮在門後不敢再看，生怕給他們發覺，耳聽得腳步聲過去，再在門縫中張望。此時蛇羣過盡，荒郊寂靜無聲，她如在夢寐，眞難相信適才親眼所見的情景竟是眞事。

緩緩推開破門，四下張望，朝著羣蛇去路走了幾步，已瞧不到那幾個白衣男子的背影，才稍寬心，正待回廟，忽見遠處岩石上月光照射處有堆白色物事，模樣甚是詭異。

她走近看時，低聲驚呼，正是一堆整整齊齊的骷髏頭，上一中三下五，不多不少，恰是九顆白骨骷髏頭。

她整日就在找尋這九個骷髏頭，然而在深夜之中驀地見到，形狀又如此可怖，不禁心中怦怦亂跳。慢慢走近，從懷中取出完顏康的腰帶，伸右手去拿最上面的那顆骷髏，手臂微微發抖，剛一摸到，五個手指恰好陷入骷髏頂上五個小孔，這一下全然出乎意料之外，就像骷髏張口咬住了她五指一般，伸手力甩，卻將骷髏頭帶了起來。她大叫一聲，轉身便逃，奔出三步，才想到全是自己驚惶，不禁失笑，將腰帶放在三顆骷髏之上，再將頂端一顆壓在帶上，心想：「他師父也真古怪，卻不知模樣又是怎生可怕？」放好之後，默祝：「但願師父你老人家拿到腰帶，立刻去將他救出，命他改邪歸正，從此做個好人。」心中正想著那身纏鐵索、手戴鐵銬、模樣英俊、言語動人的完顏康時，突覺肩頭有人輕輕一拍。她一驚非小，不敢回頭，右足急點，躍過了骷髏堆，雙掌護胸，這才轉身。她剛轉身，後面肩頭又有人輕輕一拍。

她接連五六次轉身，始終見不到背後人影，真不知是人是鬼，是妖是魔？她嚇得出了一身冷汗，不敢再動，顫聲叫道：「你是誰？」

身後有人俯頭過來在她頸上一嗅，笑道：「好香！你猜我是誰。」

穆念慈急轉身子，只見一人儒生打扮，手揮摺扇，神態瀟洒，正是在中都逼死她義父義母的兇手之一歐陽克。她驚怒交集，料知不敵，回身就奔。歐陽克卻已轉在她面前，張開雙臂，笑吟吟的等著，她只要再衝幾步，正好撞入他懷裏。穆念慈急收腳步，向左急奔，只逃出數丈，那人又已等在前面。她連換幾個方向，始終擺脫不開。

歐陽克見她花容失色，更是高興，明知伸手就可擒到，偏要盡情戲弄。穆念慈眼見勢危，從腰間拔出柳葉刀，唰唰兩刀，向他迎頭砍去。歐陽克笑道：「啊喲，別動粗！」身子微側，右手將她雙臂帶在外檔，左手倏地穿出，已摟住她纖腰。

穆念慈出手掙扎，只感虎口一痲，柳葉刀已給他奪去拋下，自己身子剛掙脫，立時又爲他雙手抱住。這一下就如黃蓉在完顏康欽使行轅外抱住她一般，對方雙手恰好扣住自己脈門，再也動彈不得。歐陽克笑得甚是輕薄，說道：「你拜我爲師，就馬上放你，再教你解脫這一招的法門，就只怕那時你反要我整日抱住你不放了。」穆念慈給他雙臂摟緊，他右手又在自己臉上輕輕撫摸，知他不懷好意，心中大急，不覺暈去。

過了一會悠悠醒轉，只感全身酸軟，有人緊緊摟住自己，迷糊之中，還道又已歸於完顏康的懷抱，不自禁的心頭一喜，睜開眼來，卻見抱著自己的竟仍是歐陽克。她又羞又急，掙扎著想要躍起，身子竟不能移動，張口想喊，才知嘴巴已給手帕縛住。只見他盤膝坐在地下，雙手摟住自己，臉上卻顯焦慮緊張之色，左右各坐著四名白衣女子，每人手中均執兵器，一齊凝視著岩石上那堆白骨骷髏，默不作聲。

穆念慈好生奇怪，不知他們在搗甚麼鬼，回頭一望，更嚇得魂飛天外，只見歐陽克身後伏著幾千條青蛇，蛇身不動，口中舌頭卻不住搖晃，月光下數千條分叉紅舌波盪起伏，化成一片舌海，煞是驚人。蛇羣中站著三名白衣男子，手持長桿，似乎均有所待，正是先前曾見到過的。她不敢多看，回過頭來，再看那九個骷髏和微微閃光的金環腰帶，突然驚悟：「啊，他們是在等他師父來臨。瞧這神情，顯然是布好了陣勢向他尋仇，要是他師父孤身到此，怎能抵敵？何況尚有這許多毒蛇。」

她十分焦急，只盼完顏康的師父不來，卻又盼他師父前來大顯神通，打敗這惡人而搭救自己。等了半個多時辰，月亮漸高，她見歐陽克時時抬頭望月，心想：「莫非他師父要等月至中天，這才出現麼？」眼見月亮升過松樹梢頭，晴空萬里，一碧如洗，四野蟲聲唧唧，偶然遠處傳來幾聲梟鳴，更無別般聲息。

歐陽克望望月亮，將穆念慈放在身旁一個女子懷裏，右手取出摺扇，眼睛盯住了山邊的轉角。穆念慈知道他們等候之人不久就要過來。靜寂之中，忽聽得遠處隱隱傳過來一聲尖銳慘厲的嘯聲，瞬時之間，嘯聲已到臨近，眼前人影晃動，一個頭披長髮的女人從山崖間轉了出來，她一過山崖，立時放慢腳步，似已察覺左近有人。正是鐵屍梅超風到了。

梅超風自得郭靖傳了幾句修習內功的秘訣之後，潛心研練，只一個月功夫，打通了

「長強穴」，兩腿已能行走如常，內功更大有進益。她想自己形跡已露，不便再在趙王府久居，乘著小王爺出任欽使，便隨伴南下。她每天子夜修練秘功，乘船諸多不便，因此自行每晚陸行，和完顏康約好在蘇州會齊。豈知完顏康落入太湖羣雄手中，更不知歐陽克爲了要報復殺姬裂衣之辱，更要奪她的九陰眞經，大集羣蛇，探到了她夜中必到之地，悄悄在此等候。

她剛轉過山崖，便聽到有數人呼吸之聲，立即停步傾聽，更聽出在數人之後尚有無數極爲詭奇的細微異聲。歐陽克見她驚覺，暗罵：「好厲害的瞎婆娘！」摺扇輕揮，站起身來，便欲撲上，勁力方透足尖，尚未使出，忽見崖後又轉出一人，他立時收勢，瞧那人時，見他身材高瘦，穿一件青色直綴，頭戴方巾，是個文士模樣，面貌卻看不清楚。

最奇的是那人走路絕少聲息，以梅超風那般高強武功，行路尚不免有沙沙之聲，而此人毫不著意的緩緩走來，身形飄忽，有如鬼魅，竟似行雲駕霧、足不沾地般聲息奇輕。那人向歐陽克等橫掃了一眼，站在梅超風身後。歐陽克細看他臉相，不覺打了個寒噤，他容貌怪異之極，除了兩顆眼珠微微轉動之外，一張臉孔竟與死人無異，完全木然不動，說他醜怪也並不醜怪，只冷到了極處、呆到了極處，令人一見之下，忍不住發抖。

歐陽克定了定神，見梅超風一步步逼近，知她一出手就兇狠無比，心想須得先發制人，左手打個手勢，三名驅蛇男子吹起哨子，驅趕羣蛇湧出。八名白衣女子端坐不動，身上均有伏蛇藥物，羣蛇不敢遊近，繞過八女，逕自向前。

梅超風聽到羣蛇遊動之聲，便知是無數蛇蟲，暗叫不妙，當即提氣躍出數丈。趕蛇的男子長桿連揮，成千條青蛇漫山遍野的散了開去。穆念慈凝目望去，見梅超風臉現驚惶之色，不禁代她著急，心想：「這個怪女人難道便是他師父嗎？」只見她忽地轉身，從腰間抽出一條爛銀也似的長鞭，舞了開來，護住全身，只一盞茶功夫，她前後左右均已爲毒蛇圍住。有幾條蛇給哨子聲逼催得急了，竄攻上去，給她鞭風帶到，立時彈出。

歐陽克縱聲叫道：「姓梅的妖婆子，我也不要你的性命，你把九陰眞經交出來，公子爺就放你走路。」他那日在趙王府中聽到九陰眞經在梅超風手中，貪念大起，心想說甚麼也要將眞經奪到，才不枉了來中原走這一遭。若能將叔父千方百計而無法取得的眞經雙手獻上，他老人家這份歡喜，可就不用說了。因此一直暗中在跟蹤梅超風，他爲人精細狡獪，梅超風又瞎了眼睛，全不知他跟蹤在後。

梅超風毫不理會，銀鞭舞得更加急了，月色溶溶之下，閃起了千條銀光。歐陽克叫道：「你有能耐就再舞一個時辰，我等到你天明，瞧你給是不給？」梅超風暗暗著急，籌思脫身之計，但側耳聽去，四下裏都是蛇聲，她這時已不敢邁步，只怕一動就踏上毒蛇，若給咬中了一口，那時縱有一身武功也無能爲力了。

歐陽克坐下地來，過了一會，洋洋得意的說道：「梅大姊，你這部經書本就是偷來的，二十年來該也琢磨得透啦，再死抱著這爛本子還有甚麼用？你借給我瞧瞧，咱們化敵爲友，既往不咎，豈不美哉？」梅超風道：「那麼你先撤開蛇陣。」歐陽克笑道：「你先把經本子抛出來。」這九陰眞經梅超風看得比自己性命還重，那肯交出？打定了主意：「只要我讓毒蛇咬中，立時將經文撕成碎片。」

穆念慈張口想叫：「你躍上樹去，毒蛇便咬你不到了！」苦於嘴巴爲手帕縛住，叫喊不出。梅超風卻不知左近就有幾棵高大的松樹，心想這般僵持下去，自己內力終須耗竭，伸手在懷中一掏，叫道：「好，你姑奶奶認栽啦，你來拿罷。」歐陽克道：「你抛出來。」梅超風叫道：「接著！」右手急揚。只聽得嗤嗤嗤幾聲細微的聲響，兩名白衣女子倒了下去。歐陽克危急中著地滾倒，避開了她的陰毒暗器，但也已嚇出了一身冷汗，又驚又怒，退後數步，叫道：「好妖婦，我要你死不成，活不得。」

梅超風發射「無形釘」，去如電閃，對方竟能避開，不禁暗佩他功夫了得，心中更加著急。歐陽克雙目盯住她的雙手，只要她銀鞭勁勢稍懈，便即驅蛇上前。梅超風身旁已有百餘條青蛇橫屍於地，但毒蛇萬千，怎能突圍？歐陽克忌憚她銀鞭凌厲，暗器陰毒，也不敢十分逼近。

又僵持了大半個時辰，月亮偏西，梅超風煩躁焦急，呼吸漸見粗重，長鞭舞動時已不如先前遒勁，當下將鞭圈逐步縮小，以節勁力。歐陽克暗喜，驅蛇向前，步步進逼，卻也怕她拚死不屈，臨死時毀去經書，全神貫注，只待在緊急關頭躍前搶經。耳聽蛇圈越圍越緊，梅超風伸手到懷裏摸住經書，神色慘然，低低咒罵：「我大仇未復，想不到今夜將性命送在這臭小子的一羣毒蛇口裏。」

突然之間，半空中如鳴琴，如擊玉，發了幾聲，接著悠悠揚揚，飄下一陣清亮柔和的洞簫聲。衆人都吃了一驚。歐陽克抬起頭來，只見那青衣怪人坐在一株高松之巓，手按玉簫，正在吹奏。歐陽克暗暗驚奇，自己目光向來極爲敏銳，在這月色如晝之際，他何時爬上樹巓竟全然未曾察覺，又見松樹頂梢在風中來回晃動，這人坐在上面卻平穩無比。自己從小就在叔父教導下苦練輕功，要似他這般端坐樹巓，只怕再練二十年也是不成，難道世上眞有鬼魅不成？

簫聲連綿不斷，歐陽克心頭一蕩，臉上不自禁的露出微笑，只感全身熱血沸騰，就只想手舞足蹈的亂動一番，方才舒服。他剛伸手踢足，立時驚覺，竭力鎭攝心神，只見驅蛇的三個男子和六名姬人都奔到樹下，圍著亂轉狂舞，舞到後來各人自撕衣服，抓搔頭臉，條條血痕的臉上卻露出獃笑，個個如痴如狂，似乎渾不知疼痛。

歐陽克大驚，從囊中摸出六枚餵毒銀梭，奮力往那人頭、胸、腹三路打去。銀梭射到那人身邊，他便輕描淡寫的以簫尾逐一撥落，他用簫擊開暗器時口唇未離簫邊，樂聲竟未有片刻停滯。但聽得簫聲流轉，歐陽克再也忍耐不住，扇子一張，就要翩翩起舞。

總算他功力精湛，心知只要伸手一舞，除非對方停了簫聲，否則便要舞到至死方休，心頭尚有一念清明，硬生生把伸出去揮扇舞蹈的手縮了回來，心念電轉：「快撕下衣襟，塞住耳朵，別聽他洞簫。」但簫聲實在美妙之極，雖然撕下了衣襟，竟然捨不得塞入耳中。他又驚又怕，登時全身冷汗，只見梅超風盤膝坐在地下，低頭行功，想是正在奮力抵禦簫聲的引誘。這時他姬人中有三個功力較差的早已跌倒在地，亂滾亂轉，不住手將自身衣服撕碎。穆念慈因給點中了穴道，動彈不得，雖聽到簫聲後心神蕩漾，好在手足不能自主，反安安靜靜的臥在地下，只是心煩意亂之極。

歐陽克雙頰飛紅，心頭滾熱，喉乾舌燥，知道再不當機立斷，今晚性命難保，一狠心，伸舌在齒間猛力咬落，乘著劇痛之際心神略分、簫聲的誘力稍減，立時發足狂奔，足不停步的逃出數里之外，再也聽不到絲毫簫聲，這才稍稍寬心，這時已精疲力盡，全身虛弱，恍若生了一場大病，心頭只想：「這怪人是誰？這怪人是誰？」

黃蓉與郭靖送走穆念慈後，自回房中安睡。次日白天在太湖之畔遊山玩水，晚上與陸莊主觀畫談文，倒也閒適自在。

郭靖知道穆念慈這一去，梅超風日內必到，她下手狠辣，歸雲莊上無人能敵，勢必多傷人眾，與黃蓉商議：「咱們還是把梅超風的事告知陸莊主，請他放了完顏康，免得莊上有人遭她毒手。」黃蓉搖頭道：「不好。完顏康這傢伙不是好東西，得讓他多吃幾天苦頭，這般輕易便放了，只怕他不肯悔改。」其實完顏康是否悔改，她本來半點也不在乎。在她內心深處，反覺這人既是丘處機與梅超風「兩大壞蛋」的徒兒，那也不必改作好人了，跟他不住鬥將下去，倒也好玩。不過他若不改，聽穆念慈口氣，決不能嫁他，穆念慈既無丈夫，旁人多管閒事，多半又會推給郭靖承受，那可糟了，因此完顏康還是以悔改的為妥。郭靖道：「梅超風來了怎麼辦？」黃蓉笑道：「七公教咱們的本事，正好在她身上試試。」郭靖知她脾氣如此，爭也無益，心想陸莊主對我們甚是禮敬，他莊上遭到危難之時，自當全力護持。

過了兩日，兩人不說要走，陸莊主也禮遇有加，只盼他們多住一時。

第三日早晨，陸莊主正與郭黃二人在書房中閒坐談論，陸冠英匆匆進來，神色有異。他身後隨著一名莊丁，手托木盤，盤中隆起有物，上用青布罩住。陸冠英道：「爹，剛才有人送了這個東西來。」揭開青布，赫然是個白骨骷髏頭，頭骨上五個指孔，正是梅超風的標記。郭靖與黃蓉知她早晚必來，見了並不在意。陸莊主卻面色大變，顫聲問道：「這……這是誰拿來的？」說著撐起身來。

陸冠英早知這骷髏頭來得古怪，但他藝高人膽大，又是太湖羣豪之主，也不把這般小事放在心上，忽見父親如此驚惶，竟嚇得面色蒼白，倒大出意料之外，忙道：「剛才有人放在盒子裏送來的。莊丁只道是尋常禮物，開發了賞錢，也沒細問。拿到帳房打開盒子，卻是這東西，去找那送禮的人，已走得不見了。爹，你說這中間有甚麼蹊蹺？」

陸莊主不答，伸手到骷髏頂上五個洞中一試，五根手指剛好插入。陸冠英驚道：「難道這五個洞兒是用手指戳的？指力這麼厲害？」陸莊主點了點頭，沉吟了一會，道：「你叫人收拾細軟，趕快護送你媽到無錫城裏北莊暫住。傳令各寨寨主，約束人衆，三天之內不許離開本寨半步，不論見歸雲莊有何動靜，或是火起，或是被圍，都不得來救。」陸冠英大奇，問道：「爹，幹甚麼呀？」

陸莊主慘然一笑，向郭靖與黃蓉道：「在下跟兩位萍水相逢，極是投緣，本盼多聚幾日，只是在下早年結下了兩個極厲害的冤家，眼下便要來尋仇。非是在下不肯多留兩位，實是歸雲莊大……大禍臨頭，要是在下僥倖逃得性命，將來尚有重見之日。不過……不過那也渺茫得很了。」說著苦笑搖頭，轉頭向書僮道：「取五十兩黃金來。」書僮出房去取。陸冠英不敢多問，照著父親的囑咐自去安排。

過不多時，書僮取來黃金，陸莊主雙手奉給郭靖，說道：「這位姑娘才貌雙全，與郭兄眞是天生佳偶。在下這一點點菲儀，聊爲他日兩位成婚的賀禮，請予笑納。」

黃蓉臉上飛紅，心道：「這人眼光好厲害，原來早已看出了我是女子。怎麼他知道我和靖哥哥還沒成親？」郭靖不善客套，只得謝了收下。

陸莊主拿起桌旁一個瓷瓶，倒出數十顆朱紅藥丸，放在綿紙上給郭黃二人一瞧，說道：「在下別無他長，昔日曾由恩師授得一些醫藥道理，這幾顆藥丸配製倒花了一點功夫，服後延年益壽。咱們相識一番，算是在下一點微末的敬意。」

藥丸倒出來時一股清香沁人心脾，黃蓉聞到氣息，就知是「九花玉露丸」。她曾相幫父親搜集九種花瓣上清晨的露水，知道調配這藥丸要湊天時季節，極費功夫，至於所用藥材多屬珍異，更不用說，這數十顆藥丸的人情可就大了，便道：「九花玉露丸調製不易，我們每人拜受兩顆，已極感盛情。」陸莊主微微一驚，問道：「姑娘怎識得這藥丸的名字？」黃蓉道：「小妹幼時身子單弱，曾由一位高僧賜過三顆，服了很是見效，因是得知。」

陸莊主將藥丸還放瓷瓶，牢牢旋緊瓶上蓋子，外面再用兩張錫紙包住，顯得十分珍視，慘然一笑，道：「兩位不必推卻，反正我留著也是無用。」黃蓉知他已存了必死之心，也不再說，當即收下，連聲道謝。陸莊主道：「這裏已備下船隻，請兩位即速過湖，路上不論遇上甚麼怪異動靜，千萬不可理會。」語氣極爲鄭重。

郭靖待要聲言留下相助，卻見黃蓉連使眼色，只得點頭答應。黃蓉道：「小妹冒昧，有一事請教。」陸莊主道：「姑娘請說。」黃蓉道：「莊主既知有厲害對頭要來尋仇，明知不敵，何不避他一避？常言道：君子不吃眼前虧。」陸莊主嘆了口氣道：「這兩人害得我好苦！我半身不遂，就是拜受這兩人之賜。這些年來，只因我行走不便，未能去尋他們算帳，今日他們自行趕上門來，不管怎樣，定當決死一拚。再說，他們對我師父忘恩負義，我自己的怨仇還在其次，師門大仇，決計不能罷休。我也沒盼望能勝得他兩人，只求拚個同歸於盡，也算是報答師父待我的恩義。」

黃蓉尋思：「他怎麼說是兩人？嗯，是了，他只道銅屍陳玄風尚在人間。不知他怎生跟這兩人結的仇？這是他的倒霉事，也不便細問。」

陸冠英走進房來，低聲道：「傳過令啦。不過張、顧、王、譚四位寨主說甚麼也不肯去，說道就是砍了他們腦袋，也要在歸雲莊留守。」

陸莊主嘆道：「難得他們如此義氣！你快送這兩位貴客走罷。」

黃蓉、郭靖和陸莊主行禮作別，陸冠英送出莊去。莊丁已將小紅馬和另一匹馬牽在船中。郭靖在黃蓉耳邊輕聲問道：「上船不上？」黃蓉也輕聲道：「去一程再回來。」

郭黃二人正要上船，黃蓉一瞥眼間，忽見湖濱遠處一人快步走來，頭上竟頂著一口大缸，模樣極爲詭異。這人足不停步的過來，郭靖與陸冠英也隨即見到。待他走近，見是個留著花白鬍子的老者，身穿黃葛短衫，右手揮著一把大蒲扇，輕飄飄的快步而行，那缸赫然是生鐵鑄成，看模樣總有數百斤重。那人走過陸冠英身旁，對衆人視若無睹，毫不理會的過去，走出數步，身子微擺，缸中忽然潑出些水來。原來缸中盛滿清水，那更得加上一二百斤重量了。他將這樣一口大鐵缸頂在頭上，竟行若無事，武功實在高得出奇。

陸冠英心頭一凜：「難道此人就是爹爹的對頭？」顧不得危險，發足跟去。

郭黃二人對望了一眼，也就跟在這人身後。郭靖曾聽六位師父說起當日在嘉興醉仙樓頭與丘處機比武之事，丘處機其時手托銅缸，見師父們用手比擬，顯然還不及這口鐵缸之大，難道眼前這人的武功尚在長春子丘處機之上？

那老者走出里許，來到一條小河之濱，四下都是亂墳。陸冠英心想：「這裏並無橋樑，瞧他是沿河東行呢還是向西？」他心念方動，跟著驚得呆了，只見那老者足不停步的從河面上走了過去，身形凝穩，河水只浸及小腿。他過了對岸，將大鐵缸放在山邊長草之中，飛身躍在水面，又一步步的走回。

黃蓉與郭靖都曾聽長輩談起各家各派的武功，別說從未聽過頭頂鐵缸行走水面，就是空身登萍渡水，那也只是故神其說而已，世上豈能真有這般武功？此刻親眼見到，對那老者欽佩無已。

那老者一捋白鬚，哈哈大笑，向陸冠英道：「閣下便是太湖羣雄之首的陸少莊主了？」陸冠英躬身道：「不敢，請教老伯尊姓大名？」他見此人比自己父親年紀略長，便叫他「老伯」。那老者向郭黃二人一指道：「還有兩個小哥，一起過來罷。」陸冠英回過頭來，見到郭黃跟在後面，微感驚訝。郭黃二人輕功了得，跟蹤時不發聲響，而陸冠英全神注視著老者，竟未察覺兩人在後。

郭黃二人拜倒，齊稱：「晚輩叩見老伯。」那老者呵呵笑道：「免了，免了。」向陸冠英道：「這裏不是說話之所，咱們找個地方坐坐。」

陸冠英心下琢磨：「不知此人到底是不是我爹爹對頭？」當即單刀直入，問道：「老伯可識得家父？」那老者道：「陸莊主麼？老夫倒未曾見過。」陸冠英見他似非說謊，又問：「家父今日收到一件奇怪禮物，老伯可知道麼？」那老者問道：「甚麼奇怪禮物？」陸冠英道：「是一個死人的骷髏頭，頭頂有五個洞孔。」那老者道：「這倒奇了，可是有人跟令尊鬧著玩麼？」

陸冠英心道：「此人武功深不可測，若要跟爹爹爲難，必然正大光明的找上門來，何必騙人撒謊？他既眞的不知，我何不邀他來莊，只要他肯出手相助，再有多厲害的對頭也不足懼了。」登時滿臉堆歡，說道：「若蒙老伯不棄，請到敝莊奉茶。」那老者微一沉吟道：「那也好。」陸冠英大喜，恭恭敬敬的請那老者先行。

那老者向郭靖一指道：「這兩個小哥也是貴莊的罷。」陸冠英道：「這兩位是家父的朋友。」那老者不再理會，昂然而行，郭黃二人跟隨在後。到得歸雲莊上，陸冠英請那老者在前廳坐下，飛奔入內報知父親。

過不多時，陸莊主坐在竹榻之上，由兩名家丁從內抬了出來，向那老者作揖行禮，說道：「小可不知高人駕臨，有失迎迓，罪過，罪過。」

那老者微一欠身，也不回禮，淡淡的道：「陸莊主不必多禮。」陸莊主道：「敢問老伯高姓大名。」老者道：「老夫姓裘，名叫千仞。」陸莊主驚道：「敢是江湖上人稱鐵掌水上飄的裘老前輩？」裘千仞微微一笑，道：「你倒好記性，還記得這個外號。老夫已有好多年沒在江湖上走動，只怕別人早忘記啦！」

「鐵掌水上飄」的名頭早年在江湖上非同小可。陸莊主知道此人是湖南鐵掌幫幫主，本來雄霸川湘，後來不知何故，忽然封劍歸隱，時日隔得久了，江湖後輩便都不知道他的名頭，見他突然這時候到來，好生驚疑，問道：「裘老前輩駕臨敝地，不知有何貴幹？若有用得著晚輩之處，當得效勞。」

裘千仞一捋鬍子，笑道：「也沒甚麼大不了的事，總是老夫心腸軟，塵緣未盡……嗯，我想借個安靜點兒的地方做會功夫，咱們晚間慢慢細說。」陸莊主見他神色間似無惡意，但總不放心，問道：「老前輩道上可曾撞到黑風雙煞麼？」裘千仞道：「黑風雙煞？這對惡鬼還沒死麼？」陸莊主聽了這兩句話心中大慰，說道：「英兒，請裘老前輩去我書房休息。」裘千仞向各人點點頭，隨了陸冠英走向後面。

陸莊主雖沒見過裘千仞的武功，但素仰他威名，知道當年東邪、西毒、南帝、北丐、中神通五人在華山絕頂論劍，也曾邀他到場，因他適有要事，未能赴約，但既受到邀請，自是武功卓絕的一流人物，縱不及王重陽等五人，諒亦相差不遠，有他在這裏，黑風雙煞是不能爲惡的了，向郭靖及黃蓉道：「兩位還沒走，眞好極了。這位裘老前輩武功極高，常人難望項背，天幸今日湊巧到來，我還忌憚甚麼對頭？待會兩位請在臥室中休息，只要別出房門，那就沒事。」

黃蓉微笑道：「我想瞧瞧熱鬧，成麼？」陸莊主沉吟道：「就怕對頭來的人多，在下照應不到，誤傷了兩位。好罷，待會兩位請坐在我身旁，不可遠離。有裘老前輩在此，鼠輩再多，又何足道哉！」黃蓉拍手笑道：「我就愛瞧人家打架。那天你打那個金國小王爺，眞好看極啦。」

陸莊主道：「這次來的是那個小王爺的師父，本事可比他大得多，因此我擔了心。」黃蓉道：「咦，你怎知道？」陸莊主道：「黃姑娘，武功上的事兒，你就不大明白啦。那金國小王爺以手指傷我英兒小腿，便是用手指在骷髏頭頂上戳五個洞孔的武功。」黃蓉道：「嗯，我明白啦。王獻之的字是王羲之教的，王羲之是跟衛夫人學的，衛夫人又是以鍾繇爲師，行家一瞧，就知道誰的書畫是那一家那一派。」陸莊主笑道：「姑娘聰明絕頂，一點便透。只是我這兩個對頭奸惡狠毒，比之於鍾王，卻有辱先賢了。」

黃蓉拉拉郭靖的手，說道：「咱們去瞧瞧那白鬍子在練甚麼功夫。」陸莊主驚道：「唉，使不得，別惹惱了他。」黃蓉笑道：「不要緊。」站起身便走。陸莊主坐在椅上，行動不得，甚是著急：「這姑娘好不頑皮，這那裏是偷看得的？」只得命莊丁抬起竹榻，趕向書房，要設法攔阻，只見郭黃二人已彎了腰，俯眼在紙窗上向裏張望。

黃蓉聽得莊丁的足步聲，急忙轉身搖手，示意不可聲張，同時連連向陸莊主招手，要他過來觀看。陸莊主生怕要是不去，這個小姑娘發起嬌嗔來，非驚動裘千仞不可，命莊丁放輕腳步，將自己扶過去，俯眼窗紙，在黃蓉弄破的小孔中向裏張望，不禁大奇，只見裘千仞盤膝而坐，雙目微閉，嘴裏正噴出一縷縷的煙霧，連續不斷。

陸莊主是武學名家弟子，早年隨師學藝之時，常聽師父說起各家各派的高深武學，卻從未聽說口中能噴煙霧的，不敢再瞧，一拉郭靖衣袖，要他別再偷看。郭靖尊重主人，同時也覺不該窺人隱秘，站直身子，牽了黃蓉的手，隨陸莊主來到內堂。

黃蓉笑道：「這白鬍子裝得老氣橫秋，其實我瞧年紀也不眞大，他好玩得緊，肚子裏生了柴燒火！」陸莊主道：「那你又不懂啦，這是一門厲害之極的內功。」黃蓉道：「難道他嘴裏能噴出火來燒死人麼？」這句話倒非假作痴呆，裘千仞這般古怪功夫，她確是極爲納罕。陸莊主道：「玩魔術、變戲法，確有吞刀吐火那一套，但那只是騙人一粲，噴火不能傷人。不過既能有如此精湛內功，想來摘花採葉都能傷人了。」黃蓉笑道：「摘花也能傷人？啊，碎挼花打人！」陸莊主微微一笑，說道：「姑娘好聰明。」

唐時有無名氏作小詞〈菩薩蠻〉道：「牡丹含露眞珠顆，美人折向庭前過。含笑問檀郎：『花強妾貌強？』檀郎故相惱，須道『花枝好。』一向發嬌嗔，碎挼花打人。」這首詞流傳很廣，後來出了一樁案子，一個惡婦把丈夫兩條腿打斷了，唐宣宗皇帝得知後，笑對宰相道：「這不是『碎挼花打人』麼？」黃蓉用的便是這個典故。

陸莊主見裘千仞如此功力，心下大慰，命陸冠英傳出令去，派人在湖面與各處道路上四下巡邏，見到行相奇特之人，便以禮相敬，請上莊來；又命人大開莊門，只待迎賓。

到得傍晚，歸雲莊大廳中點起數十支巨燭，照耀得白晝相似，中間開了一席酒席，陸冠英親自去請裘千仞出來坐在首席。郭靖與黃蓉坐了次席，陸莊主與陸冠英在下首相陪。陸莊主敬了酒後，不敢動問裘千仞的來意，只說些風土人情不相干的閒話。

酒過數巡，裘千仞道：「陸老弟，你們歸雲莊是太湖羣雄的首腦，你老弟武功自是不凡的了，可肯露一兩手，給老夫開開眼界麼？」陸莊主忙道：「晚輩這一點微末道行，如何敢在老前輩面前獻醜？恩師所傳的功夫，晚輩愚魯，所學本來不多，再加晚輩殘廢已久，更早擱下了。」裘千仞道：「尊師是那一位？說來老夫或許相識。」

陸莊主一聲長嘆，臉色慘然，過了良久，才道：「晚輩年輕時無知，未能好生侍奉恩師，復爲人所累，致不容於師門。言之可羞，亦復傷痛，且不敢有玷恩師淸譽。不說恩師名諱，還請前輩見諒。」陸冠英心想：「原來爹爹是給師父逐出的，因此他從不顯露會武，連我也不知他竟是武學高手。若不是那日那金狗逞兇傷我，只怕爹爹永遠不會出手。他一生之中，必定有一件極大的傷心恨事。」不禁甚是難受。

裘千仞道：「老弟春秋正富，領袖羣雄，何不乘此時機大大振作一番？出了當年這口惡氣，也好教你本派的前輩悔之莫及。」陸莊主道：「晚輩身有殘疾，無德無能，前輩的教誨雖是金石良言，晚輩卻力不從心。」裘千仞道：「老弟過謙了。老夫眼見有一條明路，卻不知老弟是否有意？」陸莊主道：「敢請老前輩指點迷津。」裘千仞微微一笑，只管吃菜，卻不接口。

陸莊主知道這人隱姓埋名十多年，這時突然在江南出現，必是有所為而來，他是前輩高人，不便直言探問，只好由他自說。

裘千仞道：「老弟既然不願見示師門，那也罷了。歸雲莊威名赫赫，主持者自然是名門弟子。」陸莊主微笑道：「歸雲莊的事，向來由小兒冠英料理。他是臨安府雲棲寺枯木大師的門下。」裘千仞道：「啊，枯木是仙霞派好手，那是少林派旁支，外家功夫也算是過得去的。少莊主露一手給老朽開開眼界如何？」陸莊主道：「難得裘老前輩肯加指點，那眞是孩兒的造化。」

陸冠英也盼望他指點幾手，心想這樣的高人曠世難逢，只要點撥我一招一式，那就終身受用不盡，走到廳中，躬身道：「請老前輩指點。」拉開架式，使出生平最得意的一套「羅漢伏虎拳」來，拳風虎虎，足影點點，果然名家弟子，武功有獨到之處，打得片刻，突然一聲大吼，恍若虎嘯，燭影搖晃，四座風生。衆莊丁寒戰股慄，相顧駭然。他打一拳，喝一聲，威風凜凜，宛然便似一頭大蟲。便在縱躍翻撲之際，突然左掌豎立，成如來佛掌之形。這套拳法中包含猛虎、羅漢雙形，猛虎剪撲之勢、羅漢搏擊之狀，同時在一套拳法中顯示出來。再打一陣，吼聲漸弱，羅漢拳法卻越來越緊，最後砰的一拳，擊在地下，著拳處的方磚立時碎裂。陸冠英托地躍起，左手擎天，右足踢斗，巍然獨立，儼如一尊羅漢佛像，更不稍有晃動。

郭靖與黃蓉大聲喝采，連叫：「好拳法！」陸冠英收勢回身，向裘千仞一揖歸座。裘千仞不置可否，只是微笑。陸莊主問道：「孩兒這套拳還可看得麼？」裘千仞道：「也還罷了。」陸莊主道：「不到之處，請老前輩點撥。」裘千仞道：「令郎的拳法用以強身健體，再好不過了，但說到制勝克敵，卻是無用。」陸莊主道：「要聽老前輩明敎，以開茅塞。」郭靖也好生不解，尋思：「少莊主的武功雖非極高，這套拳也算打得挺好了，怎麼能說『無用』？」

裘千仞站起身來，走到天井之中，歸座時手中已各握了一塊磚頭。只見他雙手也不怎麼用勁，卻聽得格格之聲不絕，兩塊磚頭已碎成小塊，再捏一陣，碎塊都成了粉末，簌簌簌的都掉在桌上。席上四人盡皆失色。

裘千仞將桌面上的磚粉掃入衣兜，走到天井裏抖在地下，微笑回座，說道：「少莊主一拳碎磚，當然也算不易。但你想，敵人又不是磚頭，豈能死板板的放在那裏不動？任由你伸拳去打？再說，敵人的內勁倘若強過了你，你這拳打在他身上，反彈出來，自己不免反受重傷。總須這般碎石成粉，拳腳打出去才有點用處。」陸冠英默然點頭。

裘千仞嘆道：「當今學武之人雖多，但眞正稱得上有點功夫的，也只寥寥這麼幾個而已。」黃蓉問道：「是那幾位？」裘千仞道：「武林中自來都稱東邪、西毒、南帝、北丐、中神通五人爲天下之最。講到功力深厚，確以中神通王重陽居首，另外四人嘛，也算各有獨到之處。但有長必有短，只要明白了各人的短處，攻隙擊弱，要制服他們卻也不難。」

此言一出，陸莊主、黃蓉、郭靖三人都大吃一驚。陸冠英未知這五人威名，反而並不如何訝異。黃蓉本來見了他頭頂鐵缸、踏水過河、口噴煙霧、手碎磚石四項絕技，甚爲佩服，這時聽他說到她爹爹時頗有輕視之意，不禁氣惱，笑吟吟的問道：「那麼老前輩將這五人一一打倒，揚名天下，豈不甚好？」

裘千仞道：「王重陽已經過世了。那一年華山論劍，我適逢幫中有事，不能赴會，以致天下武功第一的名頭給這道士得了去。當時五人爭一部九陰眞經，說好誰武功最高，經書就歸誰，比了七日七夜後，東邪、西毒、南帝、北丐盡皆服輸。後來王重陽逝世，又起波折。聽說那道人臨死之時，將經書交給了他師弟周伯通。東邪黃藥師趕上門去，周伯通不是他對手，給他搶了經去。這件事後來如何了結，就不知道了。」

黃蓉與郭靖均想：「原來中間竟有這許多周折。那經書卻又給黑風雙煞盜了去。」

黃蓉道：「既然你老人家武功第一，那部經書該歸您所有啊。」裘千仞道：「我也懶得跟人家爭了。那東邪、西毒、南帝、北丐四人都是半斤八兩，這些年來人人苦練，要爭這天下第一的名頭。二次華山論劍，熱鬧是有得看的。」黃蓉道：「還有二次華山論劍麼？」裘千仞道：「二十五年一次啊。老的要死，年輕的英雄要出來。算來過不了多久，又會有華山論劍，可是這些年中，武林中又有甚麼後起之秀？眼見相爭的還是我們這幾個舊人。唉，後繼無人，看來武學衰微，一代不如一代的了。」說著不住搖頭，甚爲感慨。

黃蓉道：「您老人家甚麼時候再上華山啊？要是您去，帶我們去瞧瞧熱鬧，好不？我最愛看人家打架。」裘千仞道：「嘿，孩子話！那豈是打架？我本是不想去的，一隻腳已踏進了棺材了，還爭這虛名幹甚麼？不過眼下有件大事，有關天下蒼生氣運，我如貪圖安逸，不出來登高一呼，免不得萬民遭劫，生靈塗炭，實是無窮之禍。」四人聽他說得厲害，忙問端的。

裘千仞道：「這是機密大事，郭黃二位小哥不是江湖上人物，還是不要預聞的好。」黃蓉笑道：「陸莊主是我好朋友，只要你對他說了，他可不會瞞我。」陸莊主暗罵這位姑娘好頑皮，但也不便當面不認。裘千仞道：「既然如此，我就向各位說了，但事成之前，可千萬不能洩漏。」郭靖心想：「我們跟他非親非故，既是機密，還是不聽的好。」站起身來，說道：「晚輩二人告辭。」牽了黃蓉的手就要退席。裘千仞卻道：「兩位是陸莊主好友，自然不是外人，請坐，請坐。」說著伸手在郭靖肩上一按。郭靖覺得來力也非奇大，但長者有命，不敢運力抵禦，只得乘勢坐回椅中。

裘千仞站起來向四人敬了一杯酒，說道：「不出半年，大宋就要大禍臨頭了，各位可知道麼？」各人聽他出語驚人，無不聳然動容。

陸冠英揮手命衆莊丁站到門外，侍候酒食的僮僕也不要過來。

裘千仞道：「老夫得到確實訊息，六個月之內，金兵便要大舉南征，這次兵勢極盛，大宋江山必定不保。唉，這是氣數使然，那也是無可如何的了。」郭靖驚道：「那麼裘老前輩快去稟告大宋朝廷，好得早作防備，計議迎敵。」裘千仞白了他一眼，說道：「年輕人懂得甚麼？宋朝若有了防備，只有兵禍更慘。」陸莊主等都不明其意，怔怔的瞧著他。只聽他說道：「我苦思良久，要天下百姓能夠安居樂業，錦繡江山不致化爲一片焦土，只有一條路。老夫不辭辛勞的來到江南，爲的就是這件事。聽說寶莊拿住了大金國的小王爺與兵馬指揮使段大人，請他們一起到席上來談談如何？」

陸莊主不知他如何得訊，忙命莊丁將兩人押上來，除去足鐐手銬，命兩人坐在下首，卻不命人給他們杯筷。郭靖與黃蓉見完顏康受羈數日，頗見憔悴。那段大人年紀五十開外，滿面鬍子，神色甚是惶恐。

裘千仞向完顏康道：「小王爺受驚了。」完顏康點點頭，心想：「郭靖在此不知何事？伴著他的那個小朋友生得好俊，又不知是誰？」那日他在陸莊主書房中打鬥，慌亂之際，沒見到他二人避在書架之側。這時三人相互瞧了幾眼，也不招呼。

裘千仞向陸莊主道：「寶莊眼前有一樁天大的富貴，老弟見而不取，卻是爲何？」陸莊主奇道：「晚輩廁身草莽，有何富貴可言？」裘千仞道：「金兵南下，大戰一起，勢必多傷人命。老弟結連江南豪傑，一齊奮起，設法消弭了這場兵禍，豈不是好？」陸莊主心想：「這確是大事。」忙道：「能爲國家出一把力，救民於水火之中，原是我輩份所當爲之事。晚輩心存忠義，但朝廷不明，奸臣當道，空有此志，也是枉然。求老前輩指點一條明路，大夥兒得以爲國盡忠。至於富貴甚麼的，晚輩卻決不貪求。」

裘千仞連捋鬍子，哈哈大笑，正要說話，一名莊丁飛奔前來，說道：「張寨主在湖裏迎到了六位異人，已到莊前。」

陸莊主臉上變色，叫道：「快請。」心想：「怎麼共有六人？黑風雙煞尚有幫手？」

那降龍十八掌雖威力奇大，但梅超風既得預知他掌力來勢，自能及早閃避化解。又折數招，那青衣怪客忽然接連彈出三粒石子，梅超風變守爲攻，猛下三記殺手。

第十四回　桃花島主

五男一女，走進廳來，卻是江南六怪。他們自北南來，離故鄉日近，這天經過太湖，忽有江湖人物上船來殷勤招呼。六怪離鄉已久，不明江南武林現況，也不顯示自己身分，只朱聰用江湖切口跟他們對答了幾句。上船來的是歸雲莊統下的張寨主，他奉了陸冠英之命，在湖上迎迓老莊主的對頭，聽得哨探的小嘍囉報知江南六怪形相奇異，身攜兵刃，料想或是莊主等候之人，又忌憚，又厭恨，迎接六人進莊。

郭靖斗然見到六位師父，大喜過望，搶出去跪倒磕頭，叫道：「大師父、二師父、三師父、四師父、六師父、七師父，你們都來了，眞好極啦。」他把六位師父一一叫到，未免囉唆，然語意誠摯，顯是十分欣喜。

六怪雖惱怒郭靖隨黃蓉而去，但畢竟對他甚是鍾愛，不意在此相逢，心頭一喜，原來的氣惱不由得消了大半。

韓寶駒罵道：「小子，你那小妖精呢？」韓小瑩眼尖，已見到黃蓉身穿男裝，坐在席上，拉了拉韓寶駒衣襟，低聲道：「這些事慢慢再說。」

陸莊主初時原也以爲對頭到了，但見那六人並非相識之人，韓小瑩與記憶中的梅超風又全然不似，聽郭靖叫他們師父，當即寬心，拱手說道：「在下腿上有病，不能起立，請各位恕罪。」忙命莊客再開一席酒筵。

郭靖說了六位師父的名頭。陸莊主大喜，道：「在下久聞六俠英名，雖在江南，無由得見，心中仰慕多時。今日會見高賢，幸何如之。」神態著實親熱。那裘千仞卻大剌剌的坐在首席，聽到六怪名字，只微微一笑，自顧飲酒吃菜。

韓寶駒第一個有氣，問道：「這位是誰？」陸莊主道：「好教六俠歡喜，這位是當今武林中的泰山北斗、前輩高人。」六怪吃了一驚。韓小瑩道：「是桃花島黃藥師？」韓寶駒道：「是九指神丐？」陸莊主道：「都不是。這位是鐵掌水上飄裘老前輩。」柯鎮惡驚道：「是裘千仞前輩？」裘千仞仰天大笑，神情甚是得意。

莊客開了筵席，六怪依次就座。郭靖去衆師父一席共座，拉黃蓉同去時，黃蓉卻笑著搖頭，不肯和六怪同席。

陸莊主笑道：「我只道郭老弟不會武功，那知竟是名門弟子，良賈深藏若虛，在下這可走眼了。」郭靖站起身來，說道：「弟子質量愚魯，學不到幾位恩師的高明功夫，這一點點微末功夫，受師父們教誨，實不敢在人前炫示，請莊主恕罪。」六怪聽了兩人對答，知道郭靖懂得謙抑，不自炫露，心下也都歡喜。

裘千仞道：「六俠也算得是江南武林的成名人物了，老夫正有一件大事，能得六俠襄助，那就更好。」陸莊主道：「六位進來時，裘老前輩正在說這件事。現下就請老前輩指點明路。」裘千仞道：「咱們身在武林，最要緊的是俠義爲懷，救民疾苦。現下眼見金國大兵指日南下，宋朝如不知好歹，不肯降順，交起兵來不知要殺傷多少生靈。常言道得好：『順天者昌，逆天者亡。』老夫這番南來，就是要聯絡江南豪傑，響應金兵，好教宋朝眼看內外夾攻，無能爲力，就此不戰而降。這件大事一成，且別說功名富貴，單是天下百姓感恩戴德，已不枉了咱們一副好身手、不枉了『俠義』二字。」

此言一出，江南六怪勃然變色，韓氏兄妹立時就要發作。全金發坐在兩人之間，雙手分拉他們衣襟，眼色向陸莊主一飄，示意看主人如何說話。

陸莊主對裘千仞本來敬佩得五體投地，忽聽他說出這番話來，不禁大爲驚訝，陪笑道：「晚輩雖然不肖，身在草莽，但忠義之心未敢或忘。金兵既要南下奪我江山，害我百姓，晚輩必當追隨江南豪傑，誓死與之周旋。前輩適才所說，想是故意試探晚輩來著。」

裘千仞道：「老弟怎地目光如此短淺？相助朝廷抗金，有何好處？最多是個岳武穆，也只落得風波亭慘死。」

陸莊主驚怒交迸，原本指望他出手相助對付黑風雙煞，那知他空負絕藝，爲人卻這般無恥，凜然說道：「晚輩即有對頭前來尋仇，本盼老前輩賜予助手，既然道不同不相爲謀，晚輩就算頸血濺地，也不敢有勞大駕了，請罷。」雙手一拱，竟立即逐客。

江南六怪與郭靖、黃蓉聽了，都暗暗佩服。

裘千仞微笑不語，左手握住酒杯，右手兩指揑著杯口，不住團團旋轉，突然右手平伸向外揮出，掌緣擊在杯口，托的一聲，一個高約半寸的磁圈飛了出去，跌落在桌面之上。他左手將酒杯放在桌中，只見杯口平平整整的矮了一截，原來竟以內功將酒杯削去了一圈。擊碎酒杯不難，但舉掌輕揮，竟將酒杯如此平整光滑的切爲兩截，功力之深，實堪駭異。

陸莊主知他挾藝相脅，正自沉吟對付之策，那邊早惱了馬王神韓寶駒。他一躍離座，站在席前，叫道：「無恥匹夫，你我來見個高下。」

裘千仞說道：「久聞江南七怪的名頭，今日正好試試眞假，六位一齊上罷。」

陸莊主知韓寶駒和他武功相差太遠，聽他叫六人同上，正合心意，忙道：「江南六俠向來齊進齊退，對敵一人是六個人，對敵千軍萬馬也只六個人，向來沒那一位肯落後的。」朱聰明白了他言中之意，叫道：「好，我六兄弟今日就來會會你這位武林中的成名前輩。」手一擺，五怪一齊離座。

裘千仞站起身來，端了原來坐的那張椅子，緩步走到廳心，放下椅子，坐了上去，右足架在左足之上，不住搖晃，不動聲色的道：「老夫就坐著和各位玩玩。」

朱聰等都倒抽了口涼氣，均想此人若非有絕頂武功，怎敢如此托大？

郭靖見過裘千仞諸般古怪本事，心知六位師父當非對手，自己身受師父重恩，豈能不先擋一陣？雖然一動手自己非死即傷，但事到臨頭，決不能自惜其身，急步搶在六怪之前，向裘千仞抱拳道：「晚輩先向老前輩討教幾招。」

裘千仞一怔，仰起頭哈哈大笑，說道：「父母養你不易，你這條小命何苦送在此地？」

柯鎮惡等齊聲叫道：「靖兒走開！」郭靖怕衆師父攔阻，再不多言，左腿微屈，右手畫個圓圈，呼的一掌推出。這一招正是「降龍十八掌」中的「亢龍有悔」，經過這些時日的不斷苦練，比之洪七公初傳之時，威力之強已大非昔比，但他怕對手了得，拳力只出四成，另有六成力道留作後備，這正是「亢龍有悔」此招的要旨所在。

裘千仞見韓寶駒躍出之時功夫也不如何高強，心想他們的弟子更屬尋常，見他這一掌打來勢道強勁，雙足急點，躍在半空，喀喇一聲，他所坐的那張紫檀木椅子已給郭靖一掌打得破碎。裘千仞落下地來，神色間竟有三分狼狽，怒喝：「小子無禮！」

郭靖存著忌憚之心，不敢跟著進擊，神態恭謹，說道：「請前輩賜教。」

黃蓉存心要擾亂裘千仞心神，叫道：「靖哥哥，別跟這糟老頭子客氣！」

裘千仞成名以來，誰敢當面呼他「糟老頭子」？大怒之下，便要縱身過去發掌相擊，但轉念想起自己身分，冷笑一聲，先出右手虛引，再發左手摩眉掌，見郭靖側身閃避，引手立時鉤拿回撤，摩眉掌順手搏進，轉身坐盤，右手迅即挑出，已變塌掌。

黃蓉叫道：「那有甚麼希奇？這是『通臂六合掌』中的『孤雁出羣』！」裘千仞這掌法正是「通臂六合掌」，乃從「通臂五行掌」中變化出來。招數雖不奇，他卻已在這掌法上花了數十載寒暑之功。所謂通臂，乃雙臂貫爲一勁之意，倒不是眞的左臂可縮至右臂，右臂可縮至左臂。郭靖見他右手發出，左手往右手貫勁，左手隨發之時，右手往回帶撤，以增左手之力，雙手確有相互應援、連環不斷之巧，一來見過他諸般奇技，二來應敵時識見不足，心下怯了，不敢還手招架，記得洪七公所教的「悔」字訣和「退」字訣，不住倒退相避。

裘千仞心道：「這少年一掌碎椅，原來只是力大，武功平常得緊。」隨即「穿掌閃劈」、「撩陰掌」、「跨虎蹬山」，越打越顯精神。黃蓉見郭靖要敗，心中焦急，走近他身邊，只要他一遇險招，立時上前相助。郭靖閃開對方斜身蹬足，見黃蓉臉色有異，大見關切，心神微分，裘千仞得勢不容情，一招「白蛇吐信」，啪的一掌，平平正正的擊中郭靖胸口。黃蓉和江南六怪、陸氏父子齊聲驚呼，心想以他功力之深，這一掌正好擊在胸口要害，郭靖不死必傷。

郭靖吃了這掌，也大驚失色，但雙臂振處，胸口竟不感如何疼痛，大惑不解。黃蓉見他突然發楞，以爲必是讓這死老頭的掌力震昏了，忙搶上扶住，叫道：「靖哥哥，你怎樣？」心中一急，兩道淚水流了下來。

郭靖卻道：「沒事！我再試試。」挺起胸膛，走到裘千仞面前，叫道：「你是鐵掌老英雄，再打我一掌。」裘千仞大怒，運勁使力，蓬的一聲，又在郭靖胸口狠擊一掌。郭靖哈哈大笑，叫道：「師父，蓉兒，這老兒武功稀鬆平常。他不打我倒也罷了，打我一掌，卻漏了底。」一語方畢，左臂橫掃，逼到裘千仞身前，叫道：「你也吃我一掌！」

裘千仞見他左臂掃來，口中卻說「吃我一掌」，心道：「你臂中套拳，誰不知道？」雙手摟懷，來撞他左臂。那知郭靖這招「龍戰於野」是降龍十八掌中十分奧妙的功夫，左臂右掌，均可實可虛，非拘一格，見敵人擋他左臂，右掌忽起，也是蓬的一聲，正擊在他右臂連胸之處，裘千仞的身子如紙鷂斷線般直向門外飛去。

衆人驚叫聲中，門口突然出現一人，伸手抓住裘千仞衣領，大踏步走進廳來，將他在地下一放，凝然而立，臉上冷冷的全無笑容。

衆人瞧這人時，只見她長髮披肩，抬頭仰天，正是鐵屍梅超風。

眾人心頭凜然，見她身後還跟著一人，那人身材高瘦，身穿青色布袍，臉色古怪之極，兩顆眼珠似乎尚能微微轉動，除此之外，肌肉口鼻，盡皆僵硬如木石，直是一個死人頭裝在活人的軀體上，令人一見之下，登時一陣涼氣從背脊上直冷下來，人人的目光與這張臉孔相觸，便都不敢再看，立時將頭轉開，心中怦怦亂跳。

陸莊主萬料不到裘千仞名滿天下，口出大言，竟如此不堪一擊，本在又好氣又好笑，見梅超風驀地到來，雖容貌已不大識得，但瞧這模樣，料來必定是她，心中驚懼哀傷，一時俱集。完顏康見到師父，心中大喜，上前拜見。眾人見他二人竟以師徒相稱，均感詫異。

陸莊主雙手一拱，說道：「梅師姊，十餘年前相別，今日終又重會，陳師哥可好？」六怪與郭靖聽他叫梅超風爲師姊，面面相覷，無不凜然。柯鎮惡心道：「今日我們落入了圈套，梅超風一人已不易敵，何況更有她的師弟。」黃蓉卻暗暗點頭：「這莊主的武功文學、談吐行事，無一不是學我爹爹，我早就疑心他與我家必有淵源，果然是我爹爹的弟子。」

梅超風冷然道：「說話的可是陸乘風陸師弟？」陸莊主道：「正是兄弟，師姊別來無恙？」梅超風道：「說甚麼別來無恙？我眼睛瞎了，你瞧不出來嗎？你玄風師哥也早給人害死了，這可稱了你心意麼？」

陸乘風又驚又喜，驚的是黑風雙煞橫行天下，怎會栽在敵人手裏？喜的是強敵少了一人，而賸下的也雙目已盲，想到昔日桃花島同門學藝的情形，不禁嘆了口氣，說道：「害死陳師哥的對頭是誰？師姊可報了仇麼？」梅超風道：「我正在到處找尋他們。」陸乘風道：「小弟當得相助一臂之力，待報了本門怨仇之後，咱們再來清算你我的舊帳。」梅超風哼了一聲。

韓寶駒拍桌而起，大嚷：「梅超風，你的仇家就在這裏。」便要向梅超風撲去。全金發急忙拉住。梅超風聞聲一呆，說道：「你……你……」

裘千仞給郭靖這掌打得痛澈心肺，這時才疼痛漸止，朗然說道：「說甚麼報仇算帳，連自己師父給人害死了都不知道，還逞那一門子的英雄好漢？」梅超風一翻手，抓住他手腕，喝道：「你說甚麼？」裘千仞給她握得痛入骨髓，急叫：「快放手！」梅超風毫不理會，只喝問：「你說甚麼？」裘千仞道：「桃花島主黃藥師給人害死了！」

陸乘風驚叫：「你這話可眞？」裘千仞道：「爲甚麼不眞？黃藥師是給王重陽門下全眞七子圍攻而死的。」他此言一出，梅超風與陸乘風突然伏地放聲大哭。黃蓉咕咚一聲，連椅帶人仰天跌倒，暈了過去。衆人本不信黃藥師絕世武功，竟會遭人害死，但聽受全眞七子圍攻，這才不由得不信。以馬鈺、丘處機、王處一衆人之能，合力對付，黃藥師多半難以抵擋。

郭靖忙抱起黃蓉，連叫：「蓉兒，醒來！」見她臉色慘白，氣若游絲，惶急大叫：「師父，師父，快救救她。」朱聰過來一探她鼻息，說道：「別怕，這只是一時悲痛過度，昏厥過去，死不了！」運力在她掌心「勞宮穴」揉了幾下。

黃蓉悠悠醒來，大哭叫道：「爹爹呢？爹爹，我要爹爹！」

陸乘風差愕異常，隨即省悟：「她如不是師父的女兒，怎會知道九花玉露丸？」他淚痕滿面，大聲哭叫：「小師妹，咱們去跟全眞教的賊道們拚了。梅超風，你……你去也不去？你不去我就先跟你拚了！都……都是你不好，害死了恩師。」陸冠英見爹爹悲痛之下，語無倫次，忙扶住了他，勸道：「爹爹，你且莫悲傷，咱們從長計議。」陸乘風大聲哭道：「梅超風，你這賊婆娘害得我好苦。你不要臉偷漢，那也罷了，幹麼要偷師父的九陰眞經？師父一怒之下，將我們師兄弟三人一齊震斷腳骨，逐出桃花島，我只盼師父終肯回心轉意，憐我受你們兩個牽累，重行收歸師門。現今他老人家逝世，我只盼再能服侍他老人家，以報師恩，這就再無指望的了。」

梅超風罵道：「我從前罵你沒志氣，此刻仍要罵你沒志氣。你三番四次邀人來跟我夫婦爲難，逼得我夫婦無地容身，這才會在蒙古大漠遭難。眼下你不計議如何報復害師大仇，卻哭哭啼啼的跟我算舊帳。咱們找那七個賊道去啊，你走不動我揹你去。」一面說，一面不住哀哭。

黃蓉只是哭叫：「爹爹，我要爹爹！」

朱聰說道：「咱們先問問清楚。」走到裘千仞面前，在他身上拍了幾下灰土，說道：「小徒無知，多有冒犯，請前輩恕罪。」

裘千仞怒道：「我年老眼花，一個失手，這不算數，再來比過。」

朱聰輕輕拍他肩膀，在他左手上握了一握，笑道：「前輩功夫高明得緊，也不必再比啦。」一笑歸座，左手拿起一隻酒杯，右手兩指揑住杯口，不住團團旋轉，突然右手平掌揮出，掌緣擊在杯口，托的一聲響，一個高約半寸的磁圈飛將出去，落在桌面。他左手將酒杯放在桌上，只見杯口平平整整的矮了一截，所使手法竟和裘千仞適才一模一樣，衆人無不訝異。朱聰笑道：「前輩功夫果然了得，給晚輩偷了招來，得罪，得罪！多謝，多謝！」

裘千仞神色大變。衆人已知必有蹊蹺，但一時卻看不透這中間的機關。朱聰叫道：「靖兒，過來，師父教你這個本事，以後你可去嚇人騙人。」郭靖走近身去。朱聰從左手中指上除下一枚戒指，說道：「這是裘老前輩的，剛才我借了過來，你戴上。」裘千仞又驚又氣，卻不懂明明戴在自己手上的戒指，怎會變到了他手指上。

郭靖依言戴了戒指。朱聰道：「這戒指上有一粒金剛石，最是堅硬不過。你用力握緊酒杯，將金剛石抵在杯上，然後以右手轉動酒杯。」郭靖照他吩咐做了。各人這時均已了然，全金發等不禁笑出聲來。郭靖伸右掌在杯口輕輕一擊，一圈杯口應手而落，原來戒指上的金剛石已在杯口劃了一道極深的印痕，那裏是甚麼深湛內功了？

黃蓉看得有趣，不覺破涕爲笑，但想到父親，又哀哀的哭了起來。

朱聰道：「姑娘且莫哭，這裘老前輩很愛騙人，他的話，有如老狗放那個氣，未必很香。」黃蓉愕然不解。朱聰笑道：「令尊黃先生武功蓋世，怎會讓人害死？再說全眞七子都是規規矩矩的人物，又跟令尊沒仇，怎會打將起來？」黃蓉急道：「一定是爲了丘處機這些牛鼻子道人的師叔周伯通。」朱聰道：「怎樣？」

黃蓉哭道：「你不知道的。」以她聰明機警，本不致輕信人言，但一來父女骨肉關心，二來黃藥師和周伯通之間確有重大過節。全眞七子要圍攻她父親，不由她不信。

朱聰道：「不管怎樣，我總說這個糟老頭子的話，很有點兒臭。」黃蓉道：「你說他是放狗……放狗……」朱聰一本正經的道：「不錯，是放狗屁！他衣袖裏還有這許多鬼鬼祟祟的東西，你來猜猜是幹甚麼用的。」於是一件件的摸了出來，放在桌上，見是兩塊磚頭，一紮縛得緊緊的乾茅，一塊火絨、一把火刀和一塊火石。

黃蓉拿起磚頭一揑，那磚應手而碎，只用力搓了幾搓，磚頭成爲碎粉。她聽了朱聰的開導，悲痛之情大減，笑生雙靨，說道：「這磚頭是麵粉做的，剛才他還露一手揑磚成粉的上乘內功呢！」

裘千仞一張老臉一忽兒靑，一忽兒白，無地自容，他本想揑造黃藥師死訊，乘亂溜走，那知自己炫人耳目的手法盡爲朱聰拆穿，當即轉身，快步走出。梅超風反手抓住，將他往地下摔落，喝道：「你說我恩師逝世，到底是眞是假？」這一摔勁力好大，裘千仞痛得哼哼唧唧，半晌說不出話來。

黃蓉見那束乾茅頭上有燒焦了的痕跡，登時省悟，說道：「二師父，你把這束乾茅點燃了藏在袖裏，然後吸一口，噴一口。」江南六怪對黃蓉本來頗有芥蒂，但此刻齊心對付裘千仞，變成了敵愾同仇。朱聰本來頗喜黃蓉刁鑽古怪，很合自己脾氣，聽得她一句「二師父」叫出了口，更加歡喜，當即依言而行，還閉了眼搖頭晃腦，神色儼然。

黃蓉拍手笑道：「靖哥哥，咱們剛才見這糟老頭子練內功，不就是這樣麼？」走到裘千仞身邊，笑吟吟的道：「起來罷。」伸手攙他站起，突然左手輕揮，已用「蘭花拂穴手」拂中了他背後第五椎節下的「神道穴」，喝道：「到底我爹爹有沒有死？你說他死，我就要你的命。」一翻手，明晃晃的蛾眉鋼刺已抵在他胸口。

衆人聽了她的問話，都覺好笑，雖是問他訊息，卻又不許他說黃藥師眞的死了。裘千仞只覺身上一陣酸一陣癢，難過之極，顫聲道：「只怕沒死也未可知。」黃蓉笑逐顏開，說道：「這還像人話，就饒了你。」在他「缺盆穴」上揑了幾把，解開他穴道。

陸乘風心想：「小師妹問話一厢情願，不得要領。」問道：「你說我師父爲全眞七子害死，是你親眼見到呢，還是傳聞？」裘千仞道：「是聽人說的。」陸乘風道：「誰說的？」裘千仞沉吟了一下，道：「是洪七公。」黃蓉急問：「那一天說的？」裘千仞道：「一個月之前。」黃蓉問道：「七公在甚麼地方對你說的？」裘千仞道：「在泰山頂上，我跟他比武，他輸了給我，無意間說起這回事。」

黃蓉大喜，縱上前去，左手抓住他胸口，右手拔下了他幾根白鬍子，咭咭而笑，說道：「七公會輸給你這糟老頭子？梅師姊、陸師哥，別聽他放……放……」她女孩兒家粗話竟說不出口。朱聰接口道：「放他奶奶的臭狗屁！」黃蓉道：「一個月之前，洪七公明明跟我和靖哥哥一起在江南，靖哥哥，你再給他一掌！」郭靖道：「好！」縱身就要上前。

裘千仞大驚，轉身就逃，他見梅超風守在門口，便反向裏走。陸冠英上前攔阻，讓他出手一推，一個踉蹌，跌了開去。裘千仞雖欺世盜名，畢竟也有些眞實武功，要不然那敢貿然與六怪、郭靖動手？陸冠英卻不是他敵手。

黃蓉縱身過去，雙臂張開，問道：「你頭頂鐵缸，在水面上走過，那是甚麼功夫？」裘千仞道：「這是我的獨門輕功。我外號『鐵掌水上飄』，這便是『水上飄』了。」黃蓉笑道：「啊，還在信口胡吹，你到底說不說？」裘千仞道：「我年紀大了，武功已大不如前，輕身功夫卻還沒丟荒。」黃蓉道：「好啊，外面天井裏有一口大金魚缸，你露露『水上飄』的功夫給大夥開開眼界，你瞧見沒有？一出廳門，左首那株桂花樹下面就是。」裘千仞道：「一缸水怎能演功夫……」他一句話未說完，突然眼前亮光閃動，腳上一緊，身子已倒吊起來。梅超風喝道：「死到臨頭，還要嘴硬。」白蟒鞭將他捲在半空，依照黃蓉所說方位，銀鞭輕抖，撲通一聲，將他摔入魚缸。黃蓉奔到缸邊，蛾眉鋼刺一晃，說道：「你不說，我不讓你出來，水上飄變成了水底鑽。」

裘千仞雙足在缸底急蹬，想要躍出，給她鋼刺在肩頭輕輕一戳，又跌了下去，濕淋淋的探頭出來，苦著臉道：「那口缸是薄鐵皮做的，缸口封住，上面放了三寸深的水。那條小河麼，我先在水底下打了椿子，椿頂離水面五六寸，因此……因此你們看不出來。」黃蓉哈哈大笑，進廳歸座，再不理他。裘千仞躍出魚缸，低頭疾趨而出。

梅超風與陸乘風剛才又哭又笑的鬧了一場，尋仇兇殺之意本已大減，得知師父並未逝世，心下歡喜，又聽小師妹連笑帶比、咭咭咯咯說著裘千仞的事，那裏還放得下臉？硬得起心腸？她沉吟片刻，沉著嗓子說道：「陸乘風，你讓我徒兒走，瞧在師父份上，咱們前事不咎。你趕我夫婦前往蒙古……唉，一切都是命該如此。」

陸乘風長嘆一聲，心道：「她丈夫死了，眼睛瞎了，在這世上孤苦伶仃。我雙腿殘廢，卻有妻有子，有家有業，比她好上百倍。大家都是幾十歲的人了，還提舊怨幹甚麼？」便道：「你將你徒兒領去就是。梅師姊，小弟明日動身去桃花島探望恩師，你去不去？」梅超風顫聲道：「你敢去？」陸乘風道：「不得恩師之命，擅到桃花島上，原是犯了大規，但剛才給那裘老頭信口雌黃的瞎說一通，我總是念著恩師，放心不下，心裏好生記掛。」黃蓉道：「大家一起去探望爹爹，我代你們求情就是。」

梅超風呆立片刻，眼中兩行淚水滾了下來，說道：「我那裏還有面目去見他老人家？恩師憐我孤苦，教我養我，我卻狼子野心，背叛師門，眞是畜生不如……我天天記掛恩師，祝禱他身強體健，只盼他一掌將我打死了……」突然間啪啪兩下，伸掌重重打了自己兩個耳光，厲聲喝道：「只待夫仇一報，我會自尋了斷。江南七怪，有種的站出來，今晚跟老娘拚個死活。我……對不起恩師。」啪啪兩下，又打了自己兩個耳光，兩邊臉頰登時紅腫，可見這幾下打得著實不輕。

柯鎭惡大踏步走到廳中，鐵杖在方磚上一落，鐺的一聲，悠悠不絕，嘶啞著嗓子道：「梅超風，你瞧不見我，我也瞧不見你。那日荒山夜戰，你丈夫死於非命，我們張五弟卻也給你丈夫害死了，你知道麼？」梅超風道：「哦，只剩下六怪了。」柯鎭惡道：「我們答允了馬鈺馬道長，不再向你尋仇爲難，今日卻是你來找我們。好罷，天地雖寬，咱們卻總是有緣，處處碰頭。老天爺不讓六怪與你梅超風在世上並存，進招罷。」梅超風冷笑道：「你們六人齊上。」朱聰等早站在大哥身旁相護，防梅超風忽施毒手，這時各亮兵刃。郭靖忙道：「仍讓弟子先擋一陣。」

陸乘風聽梅超風與六怪雙方叫陣，心下好生爲難，有意要爲兩下解怨，只恨自己威不足以服衆、藝不足以驚人，聽到郭靖這句話，心念忽動，說道：「各位且慢動手，聽小弟一言。梅師姊與六俠雖有宿嫌，但雙方均已有人不幸下世，依兄弟愚見，今日只賭勝負，點到爲止，不可傷人，六俠以六敵一，雖向來使然，總覺不公，就請梅師姊對這位郭老弟教幾招如何？」梅超風冷笑道：「我豈能跟無名小輩動手？」

郭靖叫道：「你丈夫是我親手殺的，跟我六位師父無干。」

梅超風悲怒交迸，喝道：「正是，先殺你這小賊。」聽聲辨形，左手疾探，五指猛往郭靖天靈蓋插下。郭靖急躍避開，叫道：「梅前輩，晚輩當年還只六歲，孩童無知，誤傷了陳前輩，一人作事一人當，你只管找我。今日你要殺要剮，我決不逃走。但如日後你再找我六位師父糾纏不清，那怎麼說？」他料想今日與梅超風對敵，多半要死在她爪底，卻要解去師父們的危難。

梅超風道：「你眞的有種不逃？」郭靖道：「不逃。」梅超風道：「好！我跟江南六怪大家死了親人，我命苦，你們也命苦，有甚麼法子？深仇大怨就此一筆勾銷。好小子，跟我走罷！」

黃蓉叫道：「梅師姊，他是好漢子，你卻叫江湖上英雄笑歪了嘴。」梅超風怒道：

「怎麼？」黃蓉道：「他是江南六俠的嫡傳弟子。六俠的武功近年來已大非昔比，他們要取你性命易如反掌，今日饒了你，還給你面子，你卻不知好歹，尚在口出大言。」梅超風怒道：「呸！我要他們饒？六怪，你們武功大進了？那就來試試？」黃蓉道：「他們何必親自跟你動手？單是他們的弟子一人，你就未必能勝。」

梅超風大叫：「三招之內我殺不了他，我當場撞死在這裏。」他在趙王府曾跟郭靖動過手，深知他武功底細，卻不知數月之間，郭靖得九指神丐傳授絕藝，武功已然大進。

黃蓉道：「好，這裏的人都是見證。三招太少，十招罷。」郭靖道：「我向梅前輩討教十五招。」他只學了降龍十八缺三掌，心想把這十五掌一一使將出來，或能抵擋得十五招。黃蓉道：「就請陸師哥和陪你來的那位客人計數作證。」梅超風奇道：「誰陪我來著？我單身闖莊，用得著誰陪？」黃蓉道：「你身後那位是誰？」

梅超風反手撈出，快如閃電，衆人也不見那穿青布長袍的人如何閃躲，她這一抓竟沒抓著。那人行動有如鬼魅，卻未發出半點聲響。

梅超風自到江南以後，這些日來一直覺得身後有點古怪，似乎有人跟隨，但不論如何出言試探，如何擒拿抓打，始終摸不著半點影子，還道是自己心神恍惚，疑心生暗鬼，但那晚有人吹簫驅蛇，爲自己解圍，明明是有位高人在旁出手，她當時曾望空拜謝，卻又沒人搭腔。她在松樹下等了幾個時辰，更無半點聲息，不知這位高人於何時離去。這時聽黃蓉問起，不禁大驚，顫聲道：「你是誰？一路跟著我幹甚麼？」

那人恍若未聞，毫不理會。梅超風向前疾撲，那人似乎身子未動，梅超風這一撲卻撲了個空。眾人大驚，均覺這人功夫高得出奇，生平從所未見。

陸乘風道：「閣下遠道來此，小可未克迎接，請坐下共飲一杯如何？」

那人轉過身來，飄然出廳。

過了片刻，梅超風又問：「那晚吹簫的前輩高人，便是閣下麼？梅超風好生感激。」眾人不禁駭然，梅超風用耳代目，以她聽力之佳，竟未聽到這人出去的聲音。黃蓉道：「梅師姊，那人已經走了。」梅超風驚道：「他出去了？我……我怎麼會沒聽見？」黃蓉道：「你快去找他罷，別在這裏發威了。」

梅超風呆了半晌，臉上又現悽厲之色，喝道：「姓郭的小子，接招罷！」雙手提起，十指尖尖，在燭火下發出碧幽幽綠光，卻不發出。郭靖道：「我在這裏。」梅超風只聽得他說了一個「我」字，右掌微晃，左手五指已抓向他面門。郭靖見她來招奇速，身子稍側，左臂反過來就是一掌。梅超風聽到聲音，待要相避，已是不及，「降龍十八掌」招招精妙無比，蓬的一聲，正擊中肩頭。梅超風登時給震得退開三步，但她武功詭異之極，身雖退開，不知如何，霎眼間又已搶回原地，手爪迅速異常的抓來。郭靖大驚之下，左腕「內關」、「外關」、「會宗」三穴已給她同時拿住。

郭靖平時曾聽大師父、二師父等言道，梅超風的「九陰白骨爪」專在對方明知不能發招之時暴起疾進，難閃難擋，他出來跟梅超風動手，對此節本已嚴加防範。豈知她招數變化無方，雖給自己擊中一掌，竟反過手來立時扣住了他脈門。

郭靖暗叫：「不好！」全身已感酸麻，好在留有餘力，危急中右手屈起食中兩指，半拳半掌，向她胸口打去，那是「潛龍勿用」的半招，本來左手同時向裏鉤拿，右推左鉤，敵人極難閃避，現下左腕遭拿，只得使了半招。「降龍十八掌」威力奇大，雖只半招，也已非同小可，梅超風聽到風聲怪異，既非掌風，亦非拳風，忙側身卸去了一半來勢，但肩頭仍讓打中，只覺一股極大力量將自己身子推得向後撞去，右手疾揮，也將郭靖身子推出。

這一下兩人都使上了全力，只聽得蓬的一聲大響，兩人背心同時撞中了一根廳柱。屋頂上瓦片、磚石、灰土紛紛跌落。眾莊丁齊聲吶喊，逃出廳去。

江南六怪面面相覷，又驚又喜：「靖兒從那裏學來這等高明的武功？」韓寶駒望了黃蓉一眼，料想必是她傳授，暗暗佩服：「桃花島武功果然了得。」

這時郭靖與梅超風各展所學，奮身相拚，一個掌法精妙，力道沉猛，一個抓打狠辣，變招奇幻，大廳中只聽得呼呼風響。梅超風躍前縱後，四面八方進攻。郭靖情知敵人招數太奇，跟著她見招拆招，勢必吃虧，記著洪七公當日教他對付黃蓉「桃華落英掌」

的訣竅，不管敵人如何花樣百出，千變萬化，自己只是把「降龍十八掌」中的十五掌連環往復、一遍又一遍的使出。這訣竅果然使得，兩人拆了四五十招，梅超風竟不能逼近半步。只看得黃蓉笑逐顏開，六怪撟舌不下，陸氏父子目眩神馳。

陸乘風心想：「梅師姊功夫精進如此，這次要是跟我動手，十招之內，我那裏還有性命？這位郭老弟年紀輕輕，怎能有如此深湛武功？我當眞走了眼了，幸好對他禮貌週到，絲毫沒輕忽了。」

燭光閃爍之下，見梅超風容顏俏麗如昔，她本來膚色略見黝黑，但近年來晝伏夜出，多居荒山野嶺，肌膚轉白，雙頰上還搽了一些花瓣汁液，似乎塗了胭脂一般。當年在桃花島之時，梅超風容色艷麗，性格溫柔，陸乘風其時年幼，對這位師姊雖無情愛之想，卻也不禁暗慕，師姊待他也頗親厚，有如姊姊一般。其後爲師父斷腿追逐，對黑風雙煞恨惡殊深，今宵重逢，見師姊芳姿猶在，身形飄忽，不由得想起昔日在島上同門學藝之情，只是師姊心中怨深仇重，臉上多了幾分戾氣，且出手凌厲狠辣，招數非師門所授，不免令人有慄慄之感，只盼兩人及早罷鬥。

完顏康看得又妒又惱：「這小子本來非我之敵，自今而後，怎麼還能跟他動手？」

黃蓉大聲叫道：「梅師姊，拆了八十多招啦，你還不認輸？」本來也不過六十招上下，她卻又給加上了二十幾招。

梅超風惱怒異常，心想我苦練數十年，竟不能對付這小子？掌劈爪戳，越打越快。她武功與郭靖本來相去何止倍蓰，只是一來她雙目盲了，畢竟吃虧；二來爲報殺夫深仇，不免心躁，犯了武學大忌，兼之對方武功陡進，與己所料全然不合；三來郭靖年輕力壯，身手敏捷，學得了明師所授的高招，兩人竟打了個難解難分。堪堪將到百招，梅超風對他這十五招掌法的脈絡已大致摸清，知他掌法威力極大，不能近攻，於是在離他丈餘之外奔來竄去，要累他力疲。施展這降龍十八掌最是耗神費力，時刻久了，郭靖掌力所及，果然已不如先前之遠。

梅超風乘勢疾上，雙臂直上直下，在「九陰白骨爪」的招數之中同時挾了「摧心掌」掌法。黃蓉知道再鬥下去郭靖必定吃虧，不住叫道：「梅師姊，一百多招啦，快兩百招啦，還不認輸？」梅超風充耳不聞，越打越急。

黃蓉靈機一動，縱身躍到柱邊，叫道：「靖哥哥，瞧我！」郭靖連發兩招「利涉大川」、「鴻漸於陸」，將梅超風遠遠逼開，抬頭只見黃蓉繞著柱子而奔，連打手勢，一時還不明白。黃蓉在柱後一縮身，叫道：「在這裏跟她打。」

郭靖這才醒悟，回身前躍，到了一根柱子邊上。梅超風五指抓來，郭靖立即縮身柱後，禿的一聲，梅超風五指揷入了柱中。她全憑敵人拳風腳步之聲而辨知對方所在，柱子固定在地，决無聲息，郭靖在酣戰時斗然間躱到柱後，她那裏知道？待得驚覺，郭靖呼的一掌，從柱後打了出來，只得硬接，左掌照準來勢猛推出去。兩人各自震開數步，她五指才從柱間拔出。

梅超風惱怒異常，不等郭靖站定腳步，閃電般撲了過去。只聽得嗤的一聲，郭靖衣襟給扯脫了一截，臂上也爲她手爪帶中，幸未受傷，他心中一凜，還了一掌，拆不三招，又向柱後閃去，梅超風大聲怒喝，左手五指又插入柱中。

郭靖這次卻不乘勢相攻，叫道：「梅前輩，我武功遠不及你，請你手下留情。」衆人眼見郭靖已佔上風，他倚柱而鬥，顯已立於不敗之地，如此說法，那是給她面子，要她就此罷手。陸乘風心想：「這般了事，最好不過。」

梅超風冷然道：「若憑比試武功，我三招內不能勝你，早該服輸認敗。可是今日並非比武，乃是報仇。我早已輸了給你，但非殺你不可！」一言方畢，雙臂運勁，右手連發三掌，左手連發三掌，都擊在柱子腰心，跟著大喝一聲，雙掌同時推出，喀喇喇一聲響，柱子居中折斷。

廳上諸人一身武功，見機極快，見她發掌擊柱，已各向外竄出。陸冠英抱著父親最後奔出。只聽得震天價一聲大響，大廳塌了半邊，只有那兵馬指揮使段大人逃避不及，兩腿爲一根巨樑壓住，狂呼救命。完顏康過去抬起樑木，把他拉起，扯扯他的手，乘亂想走。兩人剛轉過身來，背後都是一麻，已不知給誰點中了穴道。

梅超風全神貫注在郭靖身上，聽他從廳中飛身而出，立時跟著撲上。

這時莊前雲重月暗，衆人方一定神，見郭梅二人又已鬥在一起。星光熹微之下，兩條人影倏分倏合，掌風呼呼聲中，夾著梅超風運功時骨節格格爆響，比之適才廳上激鬥尤爲驚心動魄。郭靖本就不敵，昏黑中更加不利，霎時間連遇險招，見梅超風左腿掃來，當即右足飛起，逕踢她左腿脛骨，只要兩下一碰，她小腿非斷不可。那知梅超風這一腿乃是虛招，只踢出一半，忽地後躍，左手五指向他腿上抓下。

陸冠英在旁看得親切，驚叫道：「留神！」那日他小腿被抓，完顏康使的正是這一下手法。在這一瞬之間，郭靖已驚覺危險，左手猛地穿出，以餘力往梅超風手腕上擋去。這是危急之中變招，招數雖快，勁力不強。梅超風和他手掌相交，立時察覺，左手倏翻，小指、無名指、中指三根已劃上他手背。郭靖右掌呼的擊出。梅超風側身躍開，縱聲長笑。

郭靖只感左手背上麻辣辣地有如火燒，低頭看時，手背已遭劃傷，三條血痕中似乎微帶黑色，斗然記起蒙古懸崖頂上梅超風留下的九顆骷髏，六位師父說起她練九陰白骨爪後，手爪上自有劇毒，剛才手臂給她抓到，因沒損肉見血，未受其毒，現下可難逃厄運了，叫道：「蓉兒，我中了毒。」不待黃蓉回答，縱身上去呼呼兩掌，心想只有擒住了她，逼她交出解藥，自己才能活命。梅超風察覺掌風猛惡，早已閃開。

黃蓉等聽了郭靖之言，盡皆大驚。柯鎮惡鐵杖擺動，六怪和黃蓉七人將梅超風圍在垓心。黃蓉叫道：「梅師姊，你早就輸了，怎麼還打？快拿解藥出來救他。」

梅超風感到郭靖掌法凌厲，不敢分神答話，心中暗喜：「你越使勁，爪毒越發作得快，今日我就算命喪此地，夫仇總是報了。」

郭靖這時只覺頭暈目眩，全身說不出的舒泰鬆散，左臂更酸軟無力，漸漸不欲傷敵，這正是毒發之象，若不是他服過蟒蛇藥血，已然斃命。黃蓉見他臉上懶洋洋的似笑非笑，大聲叫道：「靖哥哥，快退開！」拔出蛾眉刺，就要撲向梅超風。

郭靖聽得她呼叫，精神忽振，左掌拍出，那是降龍十八掌中的第十一掌「突如其來」，但左臂酸麻，去勢緩慢之極。黃蓉、韓寶駒、南希仁、全金發四人正待同時向梅超風攻去，見郭靖這掌緩緩拍出，她卻不知閃避，一掌正中肩頭，登時摔倒。原來梅超風全仗聽音辨位以鬥，郭靖這招去勢極緩，沒了風聲，無法察知。

黃蓉一怔，韓、南、全三人已同時撲在梅超風身上，要將她按住，卻給她雙臂力振，韓寶駒與全金發登即甩開。她跟著回手向南希仁抓去。南希仁著地滾開，梅超風已乘勢躍起，尚未站穩，不提防背上又中了郭靖一掌，再次撲地跌倒。這一掌又是倏來無聲，難避難擋，只出手緩了，力道不強，雖中在背心要害，她卻未受傷。

郭靖打出這兩掌後，神智已感迷糊，身子搖了幾搖，腳步踉蹌，跌了下去，正躺在梅超風身邊。黃蓉忙俯身去扶。

梅超風聽得聲響，人未站起，五指已戳了過去，突覺指上奇痛，立時醒悟，知是戳中了黃蓉身上軟蝟甲的尖刺，忙使「鯉魚打挺」躍起，只聽得一人叫道：「這個給你！」風聲響處，一件古怪的東西打了過來。梅超風聽不出是何兵刃，右臂揮出，喀喇一聲，把那物打折在地，卻是一張椅子，剛覺奇怪，只聽風聲激盪，一件更大的東西又疾飛過來，當即伸出左手抓拿，竟摸到一張桌面，又光又硬，無所措手。原來朱聰先擲出一椅，再藏身於一張紫檀方桌之後，握著兩條桌腿，向她撞去。梅超風飛腳踢開桌子，朱聰早已放脫桌腳，右手前伸，將三件活東西放入了她衣領。

梅超風突覺胸口幾件冰冷滑膩之物亂鑽亂跳，不由得嚇出一身冷汗，心道：「這是甚麼古怪暗器？還是巫術妖法？」急忙伸手入衣，一把抓住，卻是幾尾金魚，手觸衣襟，一驚更是不小，不但懷中盛放解藥的瓷瓶不知去向，連那柄短劍和九陰眞經下卷抄本也蹤跡全無。她心裏一涼，登時不動，呆立當地。

原來先前屋柱倒下，壓破了金魚缸，金魚流在地下。朱聰知梅超風知覺極靈，手法又快，遠非彭連虎、裘千仞諸人所及，於是撿起三尾金魚放入她衣中，先讓她吃驚分神，才施空空妙手扒了她懷中各物。他拔開瓷瓶塞子，送到柯鎮惡鼻端，低聲道：「怎樣？」柯鎮惡是使用毒物的大行家，一聞藥味，便道：「內服外敷，都是這藥。」

梅超風聽到話聲，猛地躍起，從空撲至。柯鎮惡擺降魔杖擋住，韓寶駒的金龍鞭、全金發的秤桿、南希仁的純鋼扁擔三方同時攻到。梅超風伸手去腰裏取白蟒鞭，只聽風聲颯然，有兵刃刺向自己手腕，只得翻手還招，逼開韓小瑩的長劍。

那邊朱聰將解藥交給黃蓉，說道：「給他服一些，敷一些。」順手把梅超風身上掏來的短劍往郭靖懷裏一塞，道：「這原來是你的。」揚起鐵扇，上前夾攻梅超風。七人一別十餘年，只因心中各存有勁敵督促，各自勤修苦練，無不功力大進，這一場惡鬥，比之當年荒山夜戰更狠了數倍。

陸乘風瞧得目眩神駭，心想：「梅師姊的武功固凌厲無儔，江南六怪也確是名下無虛。」大叫：「各位罷手，聽在下一言。」但各人劇鬥正酣，卻那裏住得了手？

郭靖服藥之後，不多時已神智清明，那毒來得快去得也速，創口雖痛，左臂已可轉動，當即躍起，奔到垓心，先前他碰巧以慢掌得手，這時已學到了訣竅，看準空隙，慢慢一掌發出，將要觸到梅超風身子，這才突施勁力。

這一招「震驚百里」威力奇大，梅超風事先全無朕兆，突然中掌，那裏支持得住，登時跌倒。郭靖彎腰抓住韓寶駒與南希仁同時擊下的兵刃，叫道：「師父，饒了她罷！」和江南六怪一齊向後躍開。梅超風翻身站起，知道郭靖如此打法，自己眼睛瞎了，萬難抵敵，只有抖起白蟒鞭護身，叫他不能欺近。

郭靖說道：「我們也不來難爲你，你去罷！」梅超風收起銀鞭，說道：「那麼把經書還我，咱們過去的怨仇，就此算數。你如不還，梅超風陰魂不散，死纏到底。這部經書，我早瞧不見啦，要拿去還給我恩師。」江南六怪均想：「她練了九陰眞經上的陰毒武功，害人不淺，此經如何可以還她？但她說眼睛瞎了，瞧不見經文，倒是實情。」見到她呆呆站在當地，一副失魂落魄的模樣，朱聰心下不忍，說道：「是這本冊子吧？好，就還了給你。」將手抄本遞過。梅超風忙伸手搶過。

突然間各人眼前一花，梅超風身後又多了那青袍怪人。他身法好快，各人都沒看清他如何過來，他一伸手，抓住梅超風背心，提了起來，轉眼之間，已沒入了莊外林中。梅超風空有一身武功，給他抓住後竟絲毫不能動彈。衆人待得驚覺，已只見到兩人的背影。各人面面相覷，半晌不語，但聽得湖中波濤拍岸之聲，時作時歇。

梅超風給那人抓住背心，那人手指同時扣準她背心穴道，登時絲毫動彈不得。那人快步走入樹林深處，將她往地下一擲，森然道：「適才那糟老頭子胡亂咒我死了，你居然還大哭了一場，哭得還眞悲傷，心裏還有師父吧？」梅超風一聽，知是師父到了，爬過去抱住他的兩腿，嗚咽道：「師父，師父！謝天謝地，幸好你沒事！」

黃藥師道：「你還有臉叫我師父？」梅超風哭道：「師父，師父，你答應我一聲，一掌把我打死吧。我只要能再聽到你答應一聲，我立刻死了也開心得很。師父，我真正對你不起，又對不起師母。師父，師父……」伸手上去，抓住了黃藥師的右手，輕輕搖晃。當年她是少女之時，時常這般向師父撒嬌求懇，黃藥師往往答允。霎時之間，黃藥師心中感到一陣溫暖，輕聲應道：「嗯！」

梅超風大喜，不住在地下磕頭，雙手呈上眞經抄本，說道：「師父，這本書我一直帶在身邊，我眼睛瞎了，再也瞧不見，一心是要繳還給師父的。」黃藥師接過，放入懷中，緩緩的道：「這部九陰眞經，害苦的人當眞不少。這下卷前面所記的武功，是用來給人破解的，你和玄風不知，當眞練了起來，可吃了大苦，就算練成了，也會給後面的武功一一破解打垮。這道理只要研讀上卷，便可領悟。你們練的甚麼九陰白骨爪、摧心掌、橫練功夫、白蟒鞭，歸根結底，其實完全無用。倘若有用，玄風又怎會給個小孩兒殺死。」梅超風磕頭道：「是，是！」

黃藥師道：「你去打敗了老叫化的傳人，便留在陸師弟莊上，不要再行走江湖了。你眼睛壞了，只有給人欺侮。」梅超風聽師父言語中頗有關懷眷顧之意，再也忍耐不住，放聲大哭，叫道：「師父，師父！」拉住他長袍下襬。

黃藥師只怕自己心軟，又惹糾紛，應了一聲，說道：「回去吧。」低聲囑咐了幾句，伸手托在她脅下，回到歸雲莊前。

梅超風給那青衫客抓走，各人盡皆駭然。過了好一會，衆人方始寧定，柯鎭惡道：「小徒與那惡婦相鬥，損了寶莊華廈，好生過意不去。」陸乘風道：「六俠與郭兄弟今日蒞臨，使敝莊老小倖免遭劫，在下相謝尚且不及。柯大俠這樣說，未免太見外了。」

陸冠英道：「請各位到後廳休息。郭世兄，你創口還痛麼？」郭靖剛答得一句：「沒事啦！」眼前青影飄動，那青衣怪客與梅超風又已到了莊前。

梅超風叉手而立，叫道：「姓郭的小子，你用洪七公所傳的降龍十八掌打我，我眼睛瞎了，因此不能抵擋。姓梅的活不久了，好在經書已還了恩師，償了我平生最大心願，勝敗也就不放在心上。但如江湖間傳言出去，說道梅超風打不過老叫化的傳人，豈不是墮了我桃花島恩師的威名？來來來，你我再打一場。」

郭靖道：「我本不是你的對手，全因你眼睛不便，這才得保性命。我早認輸了。」梅超風道：「降龍十八掌共有十八招，你幹麼不使全了？」郭靖道：「只因我生性愚魯……」黃蓉連打手勢，叫他不可吐露底細，郭靖卻仍說了出來：「……洪前輩只教了我十五掌，說我不算是他的傳人弟子。」梅超風道：「好啊，你只會十五掌，梅超風就敗在你手下，洪七公那老叫化就這麼厲害麼？不行，非再打一場不可。」

衆人聽她語氣，似乎已不求報殺夫之仇，變成了黃藥師與洪七公的聲名威望之爭。

郭靖道：「黃姑娘小小年紀，我尚且不是她對手，何況是你？桃花島的武功我是向來敬服的。」黃蓉道：「梅師姊，你還說甚麼？天下難道還有誰勝得過爹爹的？」

梅超風道：「不行，非再打一場不可！」不等郭靖答應，手指勢挾勁風，疾抓過來。郭靖被逼不過，說道：「既然如此，請梅前輩指教。」揮掌拍出。梅超風翻腕亮爪，叫道：「打無聲掌，有聲的你不是我對手！」

郭靖躍開數步，說道：「我柯大恩師眼睛也不方便，別人若用這般無聲掌法欺他，我必恨之入骨。將心比心，我豈能再對你如此？適才我中你毒爪，生死關頭，不得不以無聲掌保命，倘若比武較量，如此太不光明磊落，晚輩不敢從命。」

梅超風聽他說得眞誠，心中微微一動：「這少年倒也硬氣。」隨即厲聲喝道：「我既叫你打無聲掌，自有破你之法，婆婆媽媽的多說甚麼？」

郭靖向那青衣怪客望了一眼，心道：「難道他在這片刻之間，便教了梅超風對付無聲掌的法子？」見她苦苦相迫，說道：「好，我再接梅前輩十五招。」他想把降龍十八掌中的十五掌再打一遍，縱使不能勝過了她，也當可自保，向後躍開，然後躡足上前，緩緩發掌打出，只聽得身旁嗤的一聲輕響，梅超風鉤腕反拿，看準了他手臂抓來，昏暗之中，她雙眼似乎竟能看得淸淸楚楚。

郭靖吃了一驚，左掌疾縮，搶向左方，一招「利涉大川」仍緩緩打出。他手掌剛出數寸，嗤的一聲過去，梅超風便已知他出手的方位，搶在頭裏，以快打慢。郭靖退避稍遲，險些讓她手爪掃中，驚奇之下，急忙後躍，心想：「她知我掌勢去路已經奇怪，怎麼又能在我將發未發之際先行料到？」第三招更加鄭重，正是他拿手的「亢龍有悔」，只聽得嗤的一聲，梅超風如鋼似鐵的五隻手爪又已向他腕上抓來。

郭靖知道關鍵必在那「嗤」的一聲之中，到第四招時，向那青衣怪客望去，果見他手指輕彈，一小粒石子破空飛出。郭靖已然明白：「原來是他彈石子指點方位，我打東他投向東，我打西他投向西。不過他怎料得到我掌法的去路？嗯，是了，那日蓉兒與梁子翁相鬥，洪七公預先喝破他的拳路，也就是這個道理。我使滿十五招認輸便了。」

那降龍十八掌無甚變化，郭靖又未學全，雖每招威力奇大，但梅超風既得預知他掌力來勢，自能及早閃避化解。又拆數招，那青衣怪客忽然嗤嗤嗤接連彈出三顆石子，梅超風變守爲攻，猛下三記殺手。郭靖勉力化開，還了兩掌。

兩人相鬥漸緊，只聽得掌風呼呼之中，夾著嗤嗤嗤彈石之聲。黃蓉見情勢不妙，在地下撿起一把瓦礫碎片，有些在空中亂擲，有些就照準了那怪客的小石子投去，一來擾亂聲響，二來打歪他的準頭。不料怪客指上加勁，小石子彈出去的力道勁急之極，破空之聲奇響，黃蓉所擲的瓦片固然打不到石子，而小石子發出的響聲也決計擾亂不了。

江南六怪及陸冠英都心中驚異：「此人單憑手指之力，怎麼能把石子彈得如此勁急？就是鐵胎彈弓，也不能彈出這般大聲。誰要是中了一彈，豈不腦破胸穿？」

這時黃蓉已然住手，呆呆望著那個怪客。郭靖已全處下風，梅超風制敵機先，招招殺手，都凌厲之極。

突然間嗚嗚兩響，兩顆石彈破空飛出，前面一顆飛得較緩，後面一顆急速趕上，兩彈啪的一聲，在空中撞得火星四濺，石子碎片八方亂射。梅超風借著這股威勢直撲過來。郭靖見來勢兇狠，難以抵擋，想起南希仁那「打不過，逃！」的四字訣，轉身便逃。

黃蓉突然高叫：「爹爹！」向那青衣怪客奔去，撲在他懷裏，放聲大哭，叫道：「爹爹，你的臉，你的臉怎……怎麼變了這樣子？」

郭靖回過身來，見梅超風站在自己面前，卻在側耳傾聽石彈聲音，這稍縱即逝的良機那能放過，當即伸掌慢慢拍向她肩頭，這一次卻用了十成力，右掌力拍，左掌跟著一下，力道尤其沉猛。梅超風給這連續兩掌打得翻了個觔斗，倒在地下，再也爬不起身。

陸乘風聽黃蓉叫那人做爹爹，悲喜交集，忘了自己腿上殘廢，突然站起，要想過去，也一交摔倒。

那青衣怪客左手摟住了黃蓉，右手慢慢從臉上揭下一層皮來，原來他臉上戴著一張人皮面具，是以看上去詭異古怪之極。這本來面目一露，但見他形相清癯，丰姿雋爽，蕭疏軒舉，湛然若神。黃蓉眼淚未乾，高聲歡呼，搶過了面具罩在自己臉上，縱體入懷，抱住他的脖子，又笑又跳。黃蓉笑道：「爹，你怎麼來啦？剛才那個姓裘的糟老頭子咒你，你也不教訓教訓他。」黃藥師沉著臉道：「我怎麼來啦！來找你來著！」黃蓉喜道：「爹，你的心願了啦？那好極啦，好極啦！」說著拍掌而呼。黃藥師道：「了甚麼心願？爲了找你這鬼丫頭，還管甚麼心願不心願。」

黃蓉甚是難過，她知父親的《九陰眞經》下卷爲弟子盜走，成爲極大憾事，發下心願，要憑著一己的聰明智慧，從上卷而自創下卷的武功招術，說道《九陰眞經》也是凡人所作，別人作得出，我黃藥師便作不出？若不補足經中所載武功，便不離桃花島一步。這次爲了自己頑皮，竟害得他違願破誓，軟語說道：「爹，以後我永遠乖啦，到死都聽你的話。」

黃藥師見愛女無恙，本已喜極，又聽她這樣說，心情大好，說道：「快扶你師姊起來。超風、乘風，你們兩個，我重新收你們入門。」黃蓉過去將梅超風扶起。陸冠英也將父親扶來，雙雙拜倒。梅超風與陸乘風兩人大喜之餘，不禁嗚咽出聲。

黃藥師嘆了口氣，說道：「乘風，你很好，起來罷。當年我性子太急，錯怪了你。」陸乘風哽咽道：「師父您老人家好？」黃藥師道：「總算還沒給人氣死。」黃蓉嬉皮笑臉的道：「爹，你不是說我吧？」黃藥師哼了一聲道：「你也有份。」黃蓉伸了伸舌頭，道：「爹，我給你引見幾位朋友。這是江湖上有名的江南六俠，是靖哥哥的師父。」

黃藥師眼睛一翻，對六怪毫不理睬，說道：「我不見外人。」六怪見他如此傲慢無禮，無不勃然大怒，但震於他的威名與適才所顯的武功神通，一時倒也不便發作。

黃藥師向女兒道：「你有甚麼東西要拿？咱們這就回家。」黃蓉笑道：「沒有甚麼要拿的，卻有點東西要還給陸師哥。」從懷裏掏出那瓶九花玉露丸來，交給陸乘風道：「陸師哥，這些藥丸調製不易，還是還了你罷。」陸乘風搖手不接，向黃藥師道：「弟子今日得見恩師，實是萬千之喜，要是恩師能在弟子莊上小住幾時，弟子更是……」

黃藥師不答，向陸冠英一指道：「他是你兒子？」陸乘風道：「是。」陸冠英不待父親吩咐，忙上前恭恭敬敬的磕了四個頭，說道：「孫兒叩見師祖。」黃藥師道：「罷了！」並不俯身相扶，卻伸左手抓住他後心一提，右掌便向他肩頭拍落。陸乘風大驚，叫道：「恩師，我就只這個兒子……」

黃藥師這一掌勁道不小，陸冠英肩頭受擊後站立不住，退後七八步，再是仰天一交跌倒，但沒受絲毫損傷，怔怔的站起身來。黃藥師對陸乘風道：「你很好，沒把功夫傳他。這孩子是仙霞派門下嗎？」

陸乘風才知師父這一提一推，是試他兒子的武功家數，忙道：「弟子不敢違了師門規矩，不得恩師允准，決不敢將恩師的功夫傳人。這孩子是拜在仙霞派枯木大師門下。」

黃藥師冷笑一聲，道：「枯木這點微末功夫，也稱甚麼大師？你所學勝他百倍，打從明天起，你自己傳兒子功夫罷。仙霞派的武功，跟咱們提鞋子也不配。」陸乘風大喜，忙對兒子道：「快，快謝過祖師爺恩典。」陸冠英又向黃藥師磕了四個頭。黃藥師昂起了頭，不加理睬。

陸乘風在桃花島上學得一身武功，雖雙腿殘廢，手上功夫未廢，心中又深知武學精義，眼見自己獨子雖練武甚勤，總以未得明師指點，成就有限，自己明明有滿肚子的武功訣竅可以教他，但格於門規，未敢洩露，爲了怕兒子痴纏，索性一直不讓他知道自己會武，這時自己重得列於恩師門牆，又得師父允可教子，愛子武功指日可以大進，心中如何不喜？要想說幾句感激的話，喉頭卻哽住了說不出來。

黃藥師白了他一眼，說道：「這個給你！」右手輕揮，兩張白紙向他一先一後的飛去。他與陸乘風相距一丈有餘，兩葉薄紙輕飄飄的飛去，猶如爲一陣風送過去一般，薄紙上無所使力，推紙及遠，實比投擲數百斤大石更難，衆人無不欽服。

黃蓉甚是得意，悄聲問郭靖：「靖哥哥，我爹爹的功夫怎樣？」郭靖道：「你爹爹的武功出神入化。蓉兒，你回去之後，莫要貪玩，好好跟著學。」黃蓉急道：「你也去啊，難道你不去？」郭靖道：「我要跟著我六位師父。過些時候我來瞧你。」黃蓉大急，緊緊拉住他手，叫道：「不，不，我不和你分開。」郭靖卻知勢在不得不和她分離，心中淒然。

陸乘風接住白紙，依稀見得紙上寫滿了字。陸冠英從莊丁手裏接過火把，湊近去讓父親看字。陸乘風一瞥之下，見兩張紙上寫的都是練功的口訣要旨，卻是黃藥師的親筆，十多年不見，師父的字跡更加遒勁挺拔，第一葉上右首寫著題目，是「旋風掃葉腿法」六字。陸乘風知道「旋風掃葉腿」與「桃華落英掌」俱是師父早年自創的得意武技，六個弟子無一得傳，如果昔日得著，不知道有多歡喜，現下自己雖已不能再練，但可轉授兒子，仍是師父厚恩，恭恭敬敬的放入懷內，躬身拜謝。

黃藥師道：「這套腿法和我早年所創的已大不相同，招數雖是一樣，但這套卻是先從內功練起。你每日依照功訣打坐練氣，如進境得快，五六年後，便可不用扶杖行走。」陸乘風又悲又喜，百感交集。

黃藥師又道：「你腿上的殘疾是治不好的了，下盤功夫也不能再練，不過照著我這功訣去做，跟常人一般尋常行走卻是不難，唉……」他早已自恨當年太過心急躁怒，重罰了四名無辜的弟子，近年來潛心創出這「旋風掃葉腿」的內功秘訣，想去傳給四名弟子，好讓他們能修習下盤的內功之後，得以回復行走。只是他素來要強好勝，雖內心後悔，口上卻不肯說，因此這套內功明明是全部新創，仍用上一個全不相干的舊名，不肯稍露認錯補過之意；過了片刻，又道：「你把曲師哥和兩個師弟都去找來，把這功訣傳給他們罷。」

陸乘風答應一聲：「是。」又道：「曲師哥和馮師弟的行蹤，弟子一直沒能打聽到。武師弟已去世多年了。」

黃藥師心裏一痛，一對精光閃亮的眸子直射在梅超風身上，她瞧不見倒也罷了，旁人無不心中惴惴。黃藥師冷然道：「超風，你作了大惡，也吃了大苦。以後你就住在陸師弟這莊上，讓他好好奉養你。」梅超風與陸乘風齊聲答應。

黃藥師道：「超風，可惜你眼睛壞了，只要你今後不再作惡，黃老邪的弟子，諒來也不大有人敢跟你爲難。」這一句話，是正式當衆宣布讓梅超風回歸師門。梅超風大喜，感激之下，哭了出來。陸冠英道：「梅師伯，請你進莊，洗了臉吃些點心，我請我母親招呼你。」扶著梅超風進莊。

陸乘風道：「師父，也請你老人家到莊裏休息一會罷！」黃藥師道：「不忙！」他眼光逐一向衆人臉上掃過，看到郭靖時稍一停留，問道：「你叫郭靖？」

郭靖忙上前拜倒，說道：「晚輩郭靖參見黃前輩。」黃藥師道：「我的弟子陳玄風是你殺的？你本事可不小哇！」郭靖聽他語意不善，心中一凜，說道：「那時弟子年幼無知，給陳前輩擒住了，慌亂之中，失手傷了他。」

黃藥師哼了一聲，冷冷的道：「陳玄風雖是我門叛徒，自有我門中人殺他。桃花島的門人能教外人殺的麼？」郭靖無言可答。

黃蓉忙道：「爹爹，那時候他只有六歲，又懂得甚麼了？」黃藥師猶如不聞，又道：「洪老叫化素來不肯收弟子，卻把最得意的降龍十八掌傳給了你十五掌，你必有過人的長處了。要不然，總是你花言巧語，哄得老叫化喜歡了你。你用老叫化所傳的本事，打敗了我門下弟子，哼哼，下次老叫化見了我，還不有得他說嘴的麼？」

黃蓉笑道：「爹，花言巧語倒是有的，不過不是他，是我。他是老實頭，你別兇霸霸的嚇壞了他。」

黃藥師喪妻之後，與女兒相依爲命，對她寵愛無比，因之把她慣得甚是嬌縱，毫無規矩，那日給父親責罵幾句，竟便離家出走。黃藥師本來料想愛女流落江湖，必定憔悴苦楚，那知一見之下，卻嬌艷猶勝往昔，見她與郭靖神態親密，處處迴護於他，反而與老父生分了，心中頗有妒意，對郭靖更是有氣，不理女兒，對郭靖道：「老叫化教你本事，讓你來打敗梅超風，明明是笑我門下無人，個個弟子都不爭氣……」

黃蓉忙道：「爹，誰說桃花島門下無人？他欺梅師姊眼睛不便，掌法上僥倖佔了些便宜，有甚麼希罕？爹爹，那日在燕京城裏，他給梅師姊抓住了當馬騎，要東便東，要西便西，那才叫狼狽呢。可惜你沒見到，老叫化還不是半點也沒法子。」那時郭靖尚未跟洪七公學藝，自拉扯不到他身上，但黃蓉只盼父親消氣，撒嬌胡說，又道：「你倒教他綁上眼睛，跟梅師姊比劃比劃看。女兒給你出這口氣。」縱身出去，叫道：「來來，我用爹爹所傳最尋常的功夫，跟你洪七公生平最得意的掌法比比。」她知郭靖的功夫跟自己不相上下，兩人只要拆解數十招，打個平手，爹爹的氣也就消了。

郭靖明白她的用意，見黃藥師未加阻攔，說道：「我向來打你不過，就再讓你揍幾拳罷。」走到黃蓉身前。黃蓉喝道：「看招！」纖手橫劈，颼颼風響，正是桃華落英掌法中的「雨急風狂」。郭靖便以降龍十八掌招數對敵，但他愛惜黃蓉之極，那肯使出全力？降龍十八掌全憑勁強力猛取勝，講到招數繁複奇幻，豈是桃華落英掌法之比，只拆了數招，身上連中數掌。黃蓉要消父親之氣，這幾掌還打得眞重，心知郭靖筋骨強壯，這幾下還能受得了，高聲叫道：「你還不服輸？」口中說著，手卻不停。

黃藥師鐵青了臉，冷笑道：「這種把戲有甚麼好看？」也不見他身子晃動，忽地已然欺近，雙手分別抓住了兩人後領向左右擲出。雖同樣一擲，勁道卻大有不同，擲女兒的左手只是將她甩出，擲郭靖的右手卻運力甚強，存心要重重摔他一下。郭靖身在半空使不出力，只覺不由自主的向後倒去，但腳跟一著地，立時牢牢釘住，竟沒摔倒。

他要是一交摔得口腫面青，半天爬不起來，倒也罷了。這樣一來，黃藥師雖暗讚這小子下盤功夫不錯，怒氣反而更熾，喝道：「我沒弟子，只好自己來接你幾掌。」

郭靖忙躬身道：「晚輩就有天大膽子，也不敢和前輩過招。」

黃藥師冷笑道：「哼，和我過招？你這小子配麼？我站在這裏不動，你把降龍十八掌一掌掌的向我身上招呼，只要引得我稍有閃避，舉手擋格，就算是我栽了，好不好？」郭靖道：「晚輩不敢。」黃藥師道：「不敢也要你敢。」

郭靖心想：「到了這步田地，不動手萬萬不行，只好打他幾掌。他不過是要借力打力，將我反震出去，我摔幾交又有甚麼？」

黃藥師見他尙自遲疑，但臉上已有躍躍欲試之色，說道：「快動手，你不出招，我可要打你了。」郭靖道：「既是前輩有命，晚輩不敢不遵。」運起勢子，蹲身屈臂，畫圈擊出一掌，又是練得最熟的那招「亢龍有悔」。他既擔心眞的傷了黃藥師，也怕若用全力，回擊之勁也必奇大，是以只使了四成力，六成力留作餘力。這一掌打到黃藥師胸口，突覺他身上滑不留手，猶如塗滿了油一般，手掌一滑，便溜了開去。

黃藥師道：「幹麼？瞧我不起麼？怕我吃不住你神妙威猛的降龍掌，是不是？」郭靖道：「晚輩不敢。」那第二掌「或躍在淵」，卻再也不敢多留勁力，吸一口氣，呼的一響，左掌前探，右掌倏地從左掌底下穿了出去，直擊他小腹。黃藥師道：「這才像個樣子。」

當日洪七公敎郭靖在松樹上試掌，要他掌一著樹，立即使勁，方有摧堅破強之功，這時他依著千練萬試過的法門，指尖微微觸到黃藥師的衣緣，立時發勁，不料就在這勁已發出、力未受著的一瞬之間，對方小腹突然內陷，只聽得喀的一聲，手腕竟已脫臼。

他這掌倘若打空，自無關礙，不過白使了力氣，卻在明明以為擊到了受力之處而發出急勁，著勁的所在忽然變得無影無蹤，待要收勁，那裏還來得及，只感手上劇痛，忙躍開數尺，一隻手已舉不起來，心中這才想到：「七公教我勁力不可使足，這一下不聽話，可大大糟了！」

江南六怪見黃藥師果真一不閃避，二不還手，身子未動，一招之間就把郭靖的腕骨卸脫了臼，又佩服，又擔心。

只聽黃藥師喝道：「你也吃我一掌，教你知道老叫化的降龍十八掌厲害，還是我桃花島的掌法厲害。」語聲方畢，掌風已聞。郭靖忍痛縱起，要向旁躲避，那知黃藥師掌未至，腿先出，一撥一勾，郭靖撲地倒了。黃蓉驚叫：「爹爹別打！」從旁竄過，伏在郭靖身上。黃藥師變掌為抓，一把拿住女兒背心，提了起來，左掌卻直劈下去。

江南六怪知道這一掌打著，郭靖非死也必重傷，一齊搶過。全金發站得最近，秤桿上的鐵錘逕擊他左手手腕。黃藥師將女兒在身旁一放，雙手任意揮洒，便將全金發的秤桿與韓小瑩手中長劍奪下，平劍擊秤，嗆啷一響，一劍一秤震為四截。

陸乘風叫道：「師父！……」想出言勸阻，但於師父積威之下，再也不敢接下口去。

黃蓉哭道：「爹，你如殺了他，我再不見你了。」急步奔向太湖，波的一聲，躍入湖中。黃藥師雖知女兒深通水性，自小就常在東海波濤之中與魚鱉為戲，整日不上岸也不算一回事，但太湖水大，畢竟關心，飛身搶到湖邊，但見一條水線筆直通向湖心。

黃藥師呆立半晌，回過頭來，見朱聰已爲郭靖接上了腕骨所脫的臼，當即遷怒於他，冷冷的道：「你們七個人快自殺罷，免得讓我出手時多吃苦頭。」

柯鎭惡橫過鐵杖，說道：「男子漢大丈夫死都不怕，還怕吃苦？」朱聰道：「江南六怪已歸故鄉，今日埋骨五湖，尙有何憾？」六人或執兵刃，或空手戒備，布成了迎敵陣勢。

郭靖心想：「六位師父怎是他敵手，只不過枉送了性命，豈能因我之故而害了師父？」忙縱身上前，說道：「陳玄風是晚輩殺的，跟我衆位師父無干，我一人給他抵命便了。」隨又想到：「大師父、三師父、七師父都性如烈火，倘若見我喪命，豈肯罷手？必定又起爭鬥，我須獨自了結此事。」挺身向黃藥師昂然說道：「只是晚輩父仇未報，前輩可否寬限一個月，三十天之後，弟子親來桃花島領死？」

黃藥師這時怒氣漸消，又記掛著女兒，已無心思再去理他，手一揮，轉身就走。

衆人不禁愕然，怎麼郭靖只憑這一句話，就輕輕易易的將他打發走了？只怕他更有厲害毒辣手段，卻見他黑暗之中身形微晃，已自不見。

陸乘風呆了半晌，才道：「請各位到後堂稍息。」

只見她面前放著兩個無錫所產的泥娃娃，一男一女，都是肥肥胖胖，神態有趣。泥人面前擺著幾隻黏土揑成的小碗小盞，盛著些花草樹葉。

第十五回　神龍擺尾

陸冠英扶起完顏康，見他給點中了穴道，動彈不得，只兩顆眼珠光溜溜的轉動。陸乘風道：「我答應過你師父，放了你去。」見他給點中了穴道的情形不是本門手法，自己雖能替他解穴，但對點穴之人卻有不敬，正要出言詢問，朱聰過來在完顏康腰裏捏了幾把，又在他背上輕拍數掌，解開了他穴道。陸乘風心想：「這人手上功夫也真了得。完顏康武功不弱，未見他還得一招半式，就讓點了穴。」其實倘若當眞動手，完顏康雖不及朱聰，也不致立即便敗，只因大廳倒塌時亂成一團，完顏康又牽著那姓段的武官，朱聰最善於乘人分心之際攻人虛隙，是以出手即中。

朱聰道：「這位是甚麼官兒，你也帶了走罷。」又給那武官解了穴道。那武官自分必死，聽得竟能獲釋，喜出望外，忙躬身說道：「大……大英雄活命之恩，卑……卑職段天德終身不忘。各位若去京城耍子，小將自當盡心招待……」

郭靖聽了「段天德」三字，耳中嗡的一震，顫聲問道：「你……你叫段天德？」段天德道：「正是，小英雄有何見教？」郭靖道：「十八年前，你可是在臨安當武官麼？」段天德道：「是啊，小英雄怎知道？」他剛才聽得陸乘風說陸冠英是枯木大師弟子，又向陸冠英說道：「我是枯木大師俗家的姪兒，咱們說起來還是一家人呢，哈哈！」

郭靖向段天德從上瞧到下，又從下瞧到上，始終一言不發，段天德只是陪笑。過了好半晌，郭靖轉頭向陸乘風道：「陸莊主，在下想借寶莊後廳一用。」陸乘風道：「當得，當得。」郭靖挽了段天德的手臂，大踏步向後走去。

江南六怪個個喜動顏色，心想天網恢恢，竟在這裏撞見這惡賊，若不是他自道姓名，又怎知道當年七兄妹萬里追蹤的就是此人？

陸乘風父子與完顏康卻不知郭靖用意，都跟在他身後，走向後廳。家丁掌上燭火。郭靖道：「煩借紙筆一用。」家丁應了取來。郭靖對朱聰道：「二師父，請你書寫先父的靈位。」朱聰提筆在白紙上寫了「郭義士嘯天之靈位」八個大字，供在桌子正中。

段天德還道來到後廳，多半是要吃消夜點心，及見到郭嘯天的名字，只嚇得魂飛天外，一轉頭，見到韓寶駒矮矮胖胖的身材，驚上加驚，把一泡尿全撒在褲襠之中。當日他帶了郭靖的母親一路逃向北方，江南七怪在後追趕，在旅店的門縫之中，他曾偷瞧過韓寶駒幾眼，這人矮胖怪異的身材最是難忘。適才在大廳上相見，只因自己心中驚魂不定，未曾留意別人，這時燭光下瞧得明白，只有瑟瑟發抖。

郭靖喝道：「你要痛痛快快的死呢，還是喜歡零零碎碎的先受點折磨？」

段天德到了這個地步，那裏還敢隱瞞，只盼推委罪責，說道：「你老太爺郭義士不幸喪命，雖跟小的有一點兒干係，不過……不過小的是受了上命差遣，概不由己。」郭靖喝道：「誰差你了？誰派你來害我爹爹，快說，快說。」段天德道：「那是大金國的六太子完顏洪烈六王爺。」完顏康驚道：「你說甚麼？」

段天德只盼多拉一個人落水，把自己的罪名減輕些，於是原原本本的將當日完顏洪烈怎樣看中了楊鐵心的妻子包氏，怎樣以金銀賄賂了宋朝的官員、派官兵到牛家村去殺害楊郭二人，怎樣假裝見義勇為、殺出來將包氏救去，自己又怎樣逃到中都，卻遭金兵拉伕拉到蒙古，怎樣在亂軍中與郭靖之母失散，怎樣逃回臨安，此後一路升官等情由，詳詳細細的說了，說罷雙膝跪地，向郭靖道：「郭英雄，郭大人，這事實在不能怪小的。當年見到你老太爺威風凜凜，相貌堂堂，原是決意要手下留情，還想跟他交個朋友，只不過……只不過……小人是個小小官兒，委實自己做不了主，空有愛慕之心，好生之德……小人名叫段天德，這上天好生之德的道理，小人自幼兒就明白的……」一瞥眼見到郭靖臉色鐵青，絲毫不為自己言語所動，當即跪倒，在郭嘯天靈前連連叩頭，叫道：「郭老爺，你在天之靈要明白，害你的仇人是人家金國六太子完顏洪烈，是他這個畜生，可不是我這螻蟻也不如的東西。你公子爺今日長得這麼英雄，你在天之靈也必歡喜，你老人家保佑，讓他饒了小人一條狗命罷……」

他還在嘮嘮叨叨的說下去，完顏康倏地躍起，雙手下擊，噗的一聲，將他打得頭骨碎裂而死。郭靖伏在桌前，放聲大哭。

陸乘風父子與江南六怪一一在郭嘯天的靈前行禮致祭。完顏康也拜在地下，磕了幾個頭，站起身來，說道：「郭兄，我今日才知我那……那完顏洪烈原來是你我的大仇人。小弟先前不知，事事倒行逆施，罪該萬死。」想起母親身受的苦楚，也痛哭起來。

郭靖道：「你待怎樣？」完顏康道：「小弟今日才知確是姓楊，『完顏』兩字，跟小弟全無干係，從今而後，我是叫楊康的了。」郭靖道：「好，這才是不忘本的好漢子。我明日去燕京殺完顏洪烈，你去也不去？」

楊康想起完顏洪烈養育之恩，一時躊躇不答，見郭靖臉上已露不滿之色，忙道：「小弟隨同大哥，前去報仇。」郭靖大喜，說道：「好，你過世的爹爹和我母親都曾對我說過，當年先父與你爹爹有約，你我要結義爲兄弟，你意下如何？」楊康道：「那是求之不得。」兩人叙起年紀，郭靖先出世一個月，兩人在郭嘯天靈前對拜了八拜，結爲兄弟。

當晚各人在歸雲莊上歇了。次晨六怪及郭楊二人向陸莊主父子作別。陸莊主每人送了一份厚厚的程儀。郭靖先前已收過陸莊主所送的黃金賀儀，他再送便謝了不收。梅超風便留在歸雲莊中。陸乘風夫婦派了莊丁僕婦，好生服侍。

出得莊來，郭靖向六位師父道：「弟子和楊兄弟北上去殺完顏洪烈，要請師父指點教誨。」柯鎮惡道：「中秋之約爲時尙早，我們左右無事，帶領你去幹這件大事罷。」朱聰等人均表贊同。郭靖道：「師父待弟子恩重如山，那完顏洪烈武藝平庸，又有楊兄弟相助，要殺他諒來也非難事。師父爲了弟子，十多年未歸江南，現下數日之間就可回到故鄉，弟子不敢再勞師父大駕。」六怪心想也是實情，眼見他武藝大進，儘可放心得下，於是細細叮囑了一番，郭靖一一答應。

最後韓小瑩道：「桃花島之約，不必去了。」她知郭靖忠厚老實，言出必踐，但瞧黃藥師性子古怪殘忍，如去桃花島赴會，勢必凶多吉少。郭靖道：「弟子倘若不去，豈不失信於他？」楊康插口說道：「跟這般妖邪魔道，有甚麼信義好講。大哥是太過拘泥古板了。」

柯鎮惡哼了一聲，說道：「靖兒，咱們俠義道豈能說話不算數？今日是六月初五，七月初一我們在嘉興醉仙樓相會，同赴桃花島之約，還沒過一個月的期限。現下你騎小紅馬趕赴中都報仇。你那義弟不必同去了。你如能得遂心願，那是最好，否則君子報仇，十年未晚，留待日後再去手刃那完顏奸賊便了。」郭靖聽大師父說要陪他赴難，感激無已，拜倒在地。

六怪待楊康走到別處，全金發道：「你這義弟出身富貴之家，我瞧他不似正人君子，你對他可要小心了。」郭靖應道：「是。」

朱聰笑道：「黃藥師的女兒跟她老子倒挺不同，咱們以後犯不著再生她的氣，三弟，是麼？」韓寶駒一捋鬍髭，說道：「這小女娃罵我是矮冬瓜，她自己挺美麼？不過比我好看些，倒也不假。」說著不禁笑了出來。郭靖見衆師父對黃蓉不再心存芥蒂，甚是喜慰，隨即想到她現下不知身在何處，又感難受。全金發道：「靖兒，你快去快回，我們在嘉興靜候好音。」

江南六怪揚鞭南去，郭靖牽著紅馬，站在路旁，等六怪走得背影不見，方才上馬，找到楊康，說道：「賢弟，我這馬腳程極快，去燕京十多天就能來回。我先陪賢弟走幾天。」兩人扣轡向北，緩緩而行。

楊康心中感慨無已，一月前命駕南來時左擁右衛，上國欽差，何等威風，這時悄然北往，榮華富貴，頓成一場春夢；郭靖不再要他同去中都行刺，固是免得他爲難，但是否要設法暗中去通知完顏洪烈防備躲避，卻又大費躊躇。郭靖見他心神不定，只道他思憶亡故的父母，不住相勸。

中午時分，到了溧陽，兩人正要找店打尖，忽見一名店伴迎了上來，笑道：「兩位可是郭爺、楊爺麼？酒飯早就備好了，請兩位來用罷。」

郭靖和楊康同感奇怪。楊康問道：「你怎認識我們？」那店伴笑道：「今兒早有一位爺囑咐來著，說了郭爺、楊爺的相貌，叫小店裏預備了酒飯。」說著牽了兩人坐騎去上料。楊康哼了一聲，道：「歸雲莊的陸莊主好客氣。」兩人進店坐下，店伴送上酒飯，竟是上好的花雕和精細麵點，菜餚也甚雅致，更有一碗郭靖最愛吃的口蘑煨鷄。兩人吃得甚是暢快，起身會帳。掌櫃的笑道：「兩位爺請自穩便，帳已會過了。」楊康一笑，給了一兩銀子賞錢，那店伴謝了又謝，直送到店門之外。

郭靖在路上說起陸莊主慷慨好客。楊康對被擒之辱猶有餘恨，說：「這人也不是甚麼好東西，只會以這般手段籠絡江湖豪傑，才做了太湖羣雄之主。」郭靖奇道：「陸莊主不是你師叔麼？」楊康道：「梅超風雖教過我武功，也算不得是甚麼師父。這些邪門外道的功夫，要是我早知道了，當日不學，也不至落到今日這步田地。」郭靖更奇，問道：「怎麼啊？」楊康自知失言，臉上一紅，強笑道：「小弟總覺九陰白骨爪之類不是正派武功。」郭靖點頭道：「賢弟說得不錯。你師父長春眞人武功精湛，又是玄門正宗，你向師父說明眞相，用心習藝，他必能原諒你已往之事。」楊康默然不語。

傍晚時分，到了金壇，那邊客店仍預備好了酒飯。其後一連三日，都是如此。這日兩人過江到了高郵，客店中又有人來接。楊康冷笑道：「瞧歸雲莊送客送到那裏？」郭靖卻早已起疑，這三日來每處客店所備的飯菜之中，必有一二樣是他特別愛吃之物，如是陸冠英命人預備，怎能深知他的心意？用過飯後，郭靖道：「賢弟，我先走一步，趕上去探探。」催動小紅馬，倏忽之間已趕過三個站頭，到了寶應，果然無人來接。

郭靖投了當地最大的一家客店，揀了一間靠近帳房的上房，守到傍晚，聽得店外鑾鈴響處，一騎馬奔到店外，戛然而止，一人走進店來，吩咐帳房明日預備酒飯迎接郭楊二人。郭靖雖早料到必是黃蓉，但這時聽到她聲音，仍不禁喜悅不勝，心中突突亂跳，聽她要了店房，心想：「蓉兒愛鬧著玩，我且不認她，到得晚上去作弄她一下。」

睡到二更時分，悄悄起來，想到黃蓉房裏去嚇她一跳，見屋頂上人影閃動，正是黃蓉。郭靖大奇：「這半夜裏她到那裏去？」展開輕功，悄悄跟在她身後。

黃蓉逕自奔向郊外，到了一條小溪之旁，坐在一株垂柳下，從懷裏摸出些東西，彎了腰玩弄。其時月光斜照，涼風吹拂柳絲，黃蓉衣衫的帶子也微微飄動，小溪流水，蟲聲唧唧，一片清幽，只聽她說道：「這個是靖哥哥，這個是蓉兒。你們兩個乖乖的坐著，這麼面對面的，是了，就是這樣。」

郭靖躡著腳步，悄沒聲的走到她身後，月光下望過去，只見她面前放著兩個無錫所產的泥娃娃，一男一女，都是肥肥胖胖，憨態可掬。郭靖在歸雲莊上曾聽黃蓉說過，無錫泥人天下馳譽，雖是玩物，卻製作精絕，當地土語叫作「大阿福」。她在桃花島上就有好幾個。這時郭靖覺得有趣，又再走近幾步。見泥人面前擺著幾隻黏土捏成的小碗小盞，盛著些花草樹葉，她輕聲說著：「這碗靖哥哥吃，這碗蓉兒吃。這是蓉兒煮的啊，好不好吃啊？」郭靖接口道：「好吃，好吃極啦！」

黃蓉微微一驚，回過頭來，笑生雙靨，投身入懷，兩人緊緊抱在一起。過了良久，這才分開，並肩坐在柳溪之旁，互道別來情景。雖只數日小別，倒像是幾年幾月沒見一般。黃蓉咭咭咯咯的又笑又說，郭靖怔怔的聽著，不由得痴了。

那夜黃蓉見情勢危急，父親非殺郭靖不可，任誰也勸阻不住，情急之下，說出永不相見的話來。黃藥師愛女情深，便即饒了郭靖。黃蓉在太湖中躭了大半個時辰，料想父親已去，掛念著郭靖，又到歸雲莊來窺探，見他安然無恙，心中大慰，回想適才對父親說話太重，又自懊悔不已。次晨躲在歸雲莊外樹叢之中，眼見郭靖與楊康並轡北去，於是搶在前頭給他們安排酒飯。

兩人直說到月上中天，此時正是六月天時，靜夜風涼，黃蓉心中歡暢，漸漸眼困神倦，言語模糊，又過一會，竟在郭靖懷中沉沉睡去，玉膚微涼，吹息細細。郭靖怕驚醒了她，倚著柳樹動也不動，過了一會，竟也睡去。

也不知過了多少時候，只聽得柳梢鶯囀，郭靖睜開眼來，見朝曦初上，陣陣幽香送入鼻端，黃蓉兀自未醒，蛾眉斂黛，嫩臉勻紅，口角間淺笑盈盈，想是正做好夢。

郭靖心想：「讓她多睡一會，且莫吵醒她。」正在一根根數她長長的睫毛，忽聽左側兩丈餘外有人說道：「我已探明程家大小姐的樓房，在同仁當鋪後面花園裏。」另一個蒼老的聲音道：「好，咱們今晚去幹事。」兩人說話很輕，但郭靖早已聽得清楚，不禁吃了一驚，心想這必是衆師父說過的採花淫賊，可不能容他們爲非作歹。

突然黃蓉急躍起身，叫道：「靖哥哥，來捉我。」奔到一株大樹之後。郭靖一呆之下，見黃蓉連連向自己招手，這才明白，當下裝作少年人嬉戲模樣，嘻嘻哈哈的向她追去，腳步沉滯，絲毫不露身有武功。

說話的兩人決計想不到這大清早曠野之中就有人在，不免一驚，但見是兩個少年男女追逐鬧玩，也就不在意下，但話卻不說了，逕向前行。

黃蓉與郭靖瞧這兩人背影，衣衫襤褸，都是乞兒打扮。待得兩人走遠，黃蓉道：「靖哥哥，你說他們今晚去找那程家大小姐幹甚麼？」郭靖道：「多半不是好事。咱們出手救人，好不好？」黃蓉笑道：「那當然。不知這兩個叫化子是不是七公的手下。」郭靖道：「一定不是。但七公說天下叫化都歸他管？嗯，這兩個壞人定是假扮了叫化的。」黃蓉道：「天下成千成萬叫化子，一定也有不少壞叫化。七公本領雖大，也不能將每個人都管得好好地。看來這兩個定是壞叫化。七公待咱們這麼好，難以報答，咱們幫他管管壞叫化，七公一定歡喜。」郭靖點頭道：「正是。」想到能為洪七公稍效微勞，甚是高興。

黃蓉又道：「這兩人赤了腳，小腿上生滿了瘡，我瞧定是眞叫化兒。旁人扮不到那麼像。」郭靖心下佩服，道：「你瞧得眞仔細。」

兩人回店用了早飯，到大街閒逛，走到城西，只見好大一座當鋪，白牆上「同仁老當」四個大字，每個字比人還高。當鋪後進果有花園，園中一座樓房建構精致，簷前垂著綠幽幽的細竹簾。兩人相視一笑，攜手自到別處玩耍。

等到用過晚飯，在房中小睡養神，一更過後，兩人逕往西城奔去，躍過花園圍牆，見樓房中隱隱透出燈火。兩人攀到樓房屋頂，以足鉤住屋簷，倒掛下來。這時天氣已熱，樓上並未關窗，從竹簾縫中向裏張望，不禁頗出意料之外。只見房中共有七人，都是女子，一個十八九歲的美貌女子正在燈下看書，想必就是那程大小姐了，其餘六人都是丫鬟打扮，手中卻各執兵刃，勁裝結束，精神奕奕，看來都會武藝。

郭靖與黃蓉原本要來救人，卻見人家早已有備，料得中間另有別情，兩人精神一振，悄悄翻上屋頂，坐下等候，只待瞧一場熱鬧。

等不到小半個時辰，牆外喀的一聲微響，黃蓉一拉郭靖衣袖，縮在屋簷之後，只見圍牆外躍進兩條黑影，瞧身形正是日間所見的乞丐。兩丐走到樓下，輕吹口哨，一名丫鬟揭開竹簾，說道：「是丐幫的英雄到了麼？請上來罷。」兩丐躍上樓房。

郭靖與黃蓉在黑暗中你瞧瞧我，我瞧瞧你，日間聽得那兩丐說話，又見樓房中那小姐嚴神戒備的情狀，料想二丐到來，立時便有一場廝殺，那知雙方竟是朋友。

程大小姐站起相迎，道了個萬福，說道：「請教兩位高姓大名。」那聲音蒼老的人道：「在下姓黎，這是我的師姪，名叫余兆興。」程大小姐道：「原來是黎前輩，余大哥。丐幫衆位英雄行俠仗義，武林中人人佩服，小女子今日得見兩位尊範，甚是榮幸。請坐。」她說的雖是江湖上的場面話，但神情靦覥，說一句話，便停頓片刻，一番話說來極是生疏，語言嬌媚，說甚麼「武林中人人佩服」云云，顯然極不相稱。她勉強說完了這幾句話，已紅暈滿臉，偷偷抬眼向那姓黎的老丐望了一眼，又低下頭去，細聲細氣的道：「老英雄可是人稱『江東蛇王』的黎生黎前輩麼？」那老丐笑道：「姑娘好眼力，在下與尊師清淨散人曾有一面之緣，雖無深交，卻向來十分欽佩。」

郭靖聽了「清淨散人」四字，心想：「清淨散人孫不二孫仙姑是全眞七子之一，這位程大小姐和兩個乞丐原來都不是外人。」

程大小姐道：「承老英雄仗義援手，晚輩感激無已，一切全憑老英雄吩咐。」黎生道：「姑娘是千金之體，就是給這狂徒多瞧一眼也是褻瀆了。」程大小姐臉上一紅。黎生又道：「姑娘請到令堂房中歇宿，這幾位尊使也都帶了去，在下自有對付那狂徒的法子。」程大小姐道：「晚輩雖武藝低微，卻也不懼怕那惡棍。這事要老前輩一力承當，晚輩怎過意得去？」黎生道：「我們洪幫主與貴教老教主王眞人素來交好，大家是一家人，姑娘何必分甚麼彼此？」程大小姐本來躍躍欲試，聽黎生這麼說了，不敢違拗，行了個禮，說道：「那麼一切全仗黎老前輩和余大哥了。」說罷，帶了丫鬟盈盈下樓而去。

黎生走到小姐床邊，揭開繡被，鞋也不脫，滿身骯髒的就躺在香噴噴的被褥之上，對余兆興道：「你下樓去，和大夥兒四下守著，不得我號令，不可動手。」余兆興答應了而去。黎生蓋上綢被，放下紗帳，熄滅燈燭，翻身朝裏而臥。

黃蓉暗暗好笑：「程大小姐這床被頭舖蓋可不能要了。他們丐幫的人想來都學幫主，喜歡滑稽胡鬧，卻不知道在這裏等誰？這件事倒也好玩得緊。」她聽得外面有人守著，與郭靖靜悄悄的藏身於屋頂的屋脊之後。

約莫過了一個更次，聽得前面當舖中的更伕「的篤、的篤、噹噹噹」的打過三更，接著「啪」的一聲，花園中投進一顆石子。過得片刻，圍牆外竄進八人，逕躍上樓，打著了火摺子，走向小姐床前，隨即又吹熄火摺。

就在這火光一閃之際，郭黃二人已看清來人形貌，原來都是歐陽克那些女扮男裝、身穿白衣的女弟子。四名女子走到床前，揭開帳子，將綢被兜頭罩在黎生身上，牢牢按住，另外兩名女子張開一隻大布袋，抬起黎生放入袋中，抽動繩子，收緊袋口。眾女抖被罩頭、張袋裝人，手法熟練，想是一向做慣了的，黑暗中頃刻而就，全沒聲響。四名女弟子各執布袋一角，抬起布袋，躍下樓去。

郭靖待要跟蹤，黃蓉低聲道：「讓丐幫的人先走。」郭靖心想不錯，探頭外望，見前面四女抬著裝載黎生的布袋，四女左右衛護，後面隔了數丈跟著十餘人，手中均執木棒竹杖，想來都是丐幫中人。

郭黃二人待眾人走遠，這才躍出花園，遠遠跟隨，走了一陣，已到郊外，見八女抬著布袋走進一座大屋，眾乞丐四下分散，團團圍住大屋。

黃蓉一扯郭靖的手，急步搶到後牆，跳了進去，卻見是一所祠堂，大廳上供著無數神主牌位，樑間懸滿了大匾，寫著族中有過功名之人的名銜。廳上四五枝紅燭點得明晃晃地，居中坐著一人，摺扇輕揮，郭黃二人早就料到必是歐陽克，眼見果然是他，縮身窗外，不敢稍動，心想：「不知那黎生是不是他敵手？」

八女抬了布袋走進大廳，說道：「公子爺，程家大小姐接來了。」

歐陽克冷笑兩聲，抬頭向著廳外說道：「眾位朋友，既蒙枉顧，何不進來相見？」

隱在牆頭屋角的羣丐知道已為他察覺，但未得黎生號令，均默不作聲。歐陽克側頭向地下的布袋看了一眼，冷笑道：「想不到美人兒的大駕這麼容易請到。」緩步上前，摺扇輕揮，已摺成一條鐵筆模樣。

黃蓉、郭靖見了他的手勢和臉色，都吃了一驚，知他已看破布袋中藏著敵人，便要痛下毒手。黃蓉手中扣了三枚鋼針，只待他摺扇下落，立刻發針相救黎生。忽聽得颼颼兩聲，窗格中打進兩枝袖箭，疾向歐陽克背心飛去，原來丐幫中人也已看出情勢凶險，先動上了手。

歐陽克翻過左手，食指與中指挾住一箭，手掌稍移，無名指與小指挾住另一箭，喀喀兩響，兩枝短箭折成了四截。羣丐登時駭然。余兆興叫道：「黎師叔，出來罷。」語聲未畢，嗤的一聲急響，布袋撕開，兩柄飛刀激射而出，刀光中黎生著地滾出，扯著布袋一抖，護在身前，隨即躍起。他早知歐陽克武功了得，跟他拚鬥未必能勝，本想藏在布袋之中，出其不意的忽施襲擊，那知還是讓他識穿了。

歐陽克笑道：「美人兒變了老叫化，這布袋戲法高明得緊啊！」黎生叫道：「地方上三天之中接連失了四個姑娘，都是閣下幹的好事了？」歐陽克笑道：「寶應縣並不窮啊，怎麼捕快公人變成了要飯的？」黎生說道：「我本來也不在這裏要飯，昨兒聽小叫化說，這裏忽然有四個大姑娘給人劫了去，老叫化一時興起，過來瞧瞧。」

歐陽克懶懶的道：「那幾個姑娘也沒甚麼好，你既然要，大家武林一脈，衝著你面子，便給了你罷。叫化子吃死蟹，隻隻好，多半你會把這四個姑娘當作了寶貝。」右手一揮，幾名女弟子入內去領了四個姑娘出來，個個衣衫不整，神色憔悴，眼睛哭得紅腫。

黎生見了這般模樣，怒從心起，喝道：「朋友高姓大名，是誰的門下？」歐陽克仍滿臉漫不在乎的神氣，說道：「我複姓歐陽，你老兄有何見教？」黎生喝道：「你我比劃比劃。」歐陽克道：「那再好沒有，進招罷。」

黎生道：「好！」右手抬起，正要發招，突然眼前白影微晃，背後風聲響動，疾忙向前飛躍，頸後已給敵人拂中，幸好縱躍得快，否則頸後的要穴已爲他拿住了。黎生是丐輩中的八袋弟子，行輩甚尊，武功又強，淮南東西路羣丐都歸他率領，是丐幫中響噹噹的腳色，那知甫出手便險些著了道兒，臉上一熱，不待回身，反手出掌還劈。

黃蓉在郭靖耳邊低聲道：「他也會降龍十八掌！」郭靖點了點頭。

歐陽克見他這招來勢兇狠，不敢硬接，縱身避開。黎生這才回過身來，踏步進擊，雙手當胸虛捧，呼的轉了個圈子。郭靖在黃蓉耳畔輕聲道：「這是逍遙游拳法中的招數罷？」黃蓉也點了點頭，見黎生拳勢沉重，少了「逍遙遊」拳法中應有的飄逸之致。

歐陽克見他步穩手沉，招術精奇，倒也不敢輕忽，將摺扇在腰間一插，閃開對方圈擊，拳似電閃，打向黎生右肩。黎生以一招「逍遙遊」拳法中的「飯來伸手」格開。歐陽克左拳鉤擊，待對方豎臂相擋，倏忽間已竄到他背後，雙手五指抓成尖錐，雙錐齊至，打向他背心要穴。黃蓉和郭靖都吃了一驚：「這一招難擋。」

這時守在外面的羣丐見黎生跟敵人動上了手，都擁進廳來，燈影下驀見黎生遇險，要待搶上相助，已然不及。

黎生聽得背後風響，衣上也已微有所感，就在這一瞬之間，反手橫劈，仍是剛才使過的「降龍十八掌」中那一招「神龍擺尾」。這一招出自《易經》中的「履」卦，在原來「降龍廿八掌」中本名「履虎尾」，好比攻虎之背，一腳踏在老虎尾巴上，老虎回頭反咬一口，自然厲害猛惡之至。後來的傳人略變招式，出手更加凌厲，改名為「神龍擺尾」。歐陽克不敢接他這掌，身子向後急仰，躲了開去。黎生心中暗叫：「好險！」轉身拒敵。他武功遠不及歐陽克精妙，拆了三四十招，已連遇五六次兇險，每次均仗這招「神龍擺尾」解難脫困。

黃蓉低聲對郭靖道：「七公只傳了他一掌。」郭靖點點頭，想起自己當日以一招「亢龍有悔」與梁子翁對敵之事，又想到洪七公對他丐幫中的首要人物也不過傳了一掌，自己竟連得他傳授十五掌，好生感激。

歐陽克踏步進迫，把黎生一步步逼入廳角。原來歐陽克已瞧出他只一招厲害，而這一招必是反身從背後發出，便將他逼入屋角，叫他無法反身發掌。黎生明白了敵人用意，移步轉身，要從屋角搶到廳中，剛只邁出一步，歐陽克縱聲長笑，掄拳直進，蓬的一拳，擊中他下頦。黎生吃痛，心下驚惶，伸臂待格，敵人左拳又已擊到，片刻之間，頭上胸前連中五六拳，登時頭暈身軟，晃了幾晃，跌倒在地。

丐幫諸人搶上前來救援，歐陽克轉過身來，抓起奔在最前的兩個乞丐，對著牆壁摔出，兩人重重撞在牆上，登時暈倒，餘人一時不敢過來。

歐陽克冷笑道：「公子爺是甚麼人，能著了你們這些臭叫化的道兒？我叫你們瞧個人！」雙手一拍，兩名女弟子從堂內推出一個女子，雙手反縛，神情委頓，淚水從白玉般的臉頰上不住流下，正是程大小姐。這一著大出眾人意料之外，黃蓉與郭靖也大惑不解。歐陽克右手一揮，女弟子又把程大小姐帶回內堂。他得意洋洋的道：「老叫化在樓上鑽布袋，卻不知區區在下守在樓梯之上，當即請了程大小姐，先回來等你們駕到。」

羣丐面面相覷，心想這一下眞一敗塗地。

歐陽克搖了搖摺扇，說道：「丐幫的名氣倒是不小，今日一見，卻眞叫人笑掉了牙，甚麼偷鷄摸狗拳、要飯捉蛇掌，都拿出現世。以後還敢不敢來礙公子爺的事？瞧在你們洪幫主的份上，便饒了這老叫化的性命，只是要借他兩個招子，作個記認。」說著伸出兩根手指，向黎生眼中插下。

忽聽得有人大叫：「且慢！」一人躍進廳來，揮掌向歐陽克推去。

歐陽克猛覺一股淩厲掌風撲向前胸，疾忙側身相避，已給掌風帶到，身子一晃，退開兩步，暗暗吃驚：「自出西域以來，竟接連遭逢高手，這是何人，居然有如此功力？」定睛看時，更加詫異，見擋在自己與黎生之間的，竟是那個在趙王府中同過席的少年郭靖。此人武功平平，怎麼剛才這一掌沉猛至斯？只聽他說道：「你作惡多端，不快悔改，還想傷害好人，洪幫主的下屬，能讓你任意欺辱嗎？」歐陽克心想剛才這一掌不過碰巧，那將他放在心上，側目斜視，笑道：「你也是丐幫中人？」郭靖道：「我沒資格算是丐幫的好漢。斗膽要勸你一句，還請把程大小姐放回，自己早日回西域去罷。」歐陽克笑道：「要是我不聽你小朋友的勸呢？」

郭靖還未答話，黃蓉已在窗外叫了起來：「靖哥哥，揍這壞蛋！」

歐陽克聽到黃蓉聲音，登時心神震盪，笑道：「黃姑娘，你要我放程大小姐，那也不難，只要你跟隨我去，不但程大小姐，連我身邊所有的女子，也全都放了，而且我答應你以後不再找別的女子，好不好？」黃蓉躍進廳來，笑道：「那好啊，我們去西域玩玩，倒也不錯。靖哥哥，你說好麼？」歐陽克搖頭笑道：「我只要你跟我去，要這臭小子同去幹麼？」黃蓉大怒，反手一掌，喝道：「你罵他？你才臭！」

歐陽克見黃蓉盈盈走近，又笑又說，麗容無儔，又帶著三分天真爛漫，更增嬌媚，早已神魂飄盪，那知她竟會突然反臉？這一下毫不提防，而她這掌又是「桃華落英掌」

中的精妙家數，啪的一下，左頰早著，總算黃蓉功力不深，並未擊傷，但也已打得他臉上熱辣辣的甚是疼痛。

歐陽克「呸」的一聲，左手忽地伸出，往她胸口抓去。黃蓉不退不讓，雙拳猛向他頭頂擊落。歐陽克是好色之徒，見她不避，心中大喜，拚著頭上受她兩拳，也要在她胸上一碰，豈知手指剛觸到她衣服，忽覺微微刺痛，這才驚覺：「啊，她穿著軟蝟甲。」虧得他只存心輕薄，並非要想傷人，這一抓未用勁力，忙抬臂格開她雙拳。

黃蓉笑道：「你跟我打沒便宜，只有我打你的份兒，你卻不能打我。」

歐陽克心癢難搔，忽然遷怒郭靖，心想：「先把這小子斃了，好叫你死了這條心。」眼望黃蓉，突然反足向後踢出，足跟猛向郭靖胸口撞去。這一腳既快且狠，陰毒異常，正是「西毒」歐陽鋒的家傳絕技，對方難閃難擋，只要踢中了，立時骨折肺碎。

郭靖避讓不及，也不轉身，便即反手橫劈。蓬的一聲，郭靖胯上中腳，歐陽克腿上中掌，兩人都痛到了骨裏，各自轉身，怒目相向，隨即鬥在一起。

丐幫中的高手均感驚訝：「這一掌明明是黎老的救命絕技『神龍擺尾』，怎麼這少年竟也會使？而且出手又快又狠，似乎尚在黎老之上？」卻不知郭靖本來不會此招，但見黎生反覆使了幾次，拳理又與「降龍十八缺三掌」全同，危急之際竟爾便使了出來，只是徒得其形，勁力不會運使，否則這一掌已把歐陽克大腿震傷。

這時丐幫中人已將黎生扶在一旁。他見郭靖掌力沉猛，招數精妙，他只會得一招「神龍擺尾」，見郭靖其餘掌法與這一招掌理極為相近，不禁駭然：「降龍十八掌是洪幫主的秘技，我不顧性命，為本幫立了大功，他才傳我一掌，作為重賞，這個少年卻又從那裏去把這十八掌都學全了？」歐陽克手上與郭靖對招，心中也暗暗稱奇：「怎麼只幾個月之間，這小子的武功竟會忽然大進？」

轉眼間兩人拆了四十餘招，郭靖已把十五掌招數反覆使用了幾遍，足夠自保，但歐陽克武功實高出他甚多，要想取勝，卻也不能。再鬥十餘招，歐陽克拳法斗變，前竄後躍，聲東擊西，身法迅捷之極。郭靖一個招架不及，左胯上中了一腳，登時舉步蹣跚，幸好他主要武功是在掌上，便把十五掌從尾打到頭，倒轉來使。歐陽克見他掌法顛倒，一時不敢逼近，準擬再拆數十招，摸熟了他掌法變化的大致路子，再乘隙攻擊。

郭靖從尾使到頭一遍打完，再從頭使到尾。第十五掌「見龍在田」使過，如接第一掌，那是「亢龍有悔」；若從尾倒打，那麼是再發一掌「見龍在田」。他腦筋轉得不快，心想：「從頭打下來好，還是再倒轉打上去？」就這麼稍一遲疑，歐陽克立時看出破綻，伸手向他肩上拿去。郭靖形格勢禁，不論用十五掌中那一掌都無法解救，順勢翻過手掌，猛地往敵人手背上拍下。這一招是他在危急之中胡亂打出，全無章法理路可言。歐陽克已看熟了他的掌法，決計想不到對方竟會忽出新招，這一掌竟然啪的一聲，給他擊中了手腕。歐陽克吃了一驚，向後縱出，揮手抖了幾抖，幸好雖然疼痛，腕骨未給擊斷。

郭靖胡打亂擊，居然奏功，心想：「我現下肩後、左胯、右腰尚有空隙，且再杜撰兩掌，把這三處都補滿了。」心念甫畢，歐陽克又已打來。郭靖心思遲鈍，就是苦思十天半月，也未必創得出半招新招，何況激戰之際，那容他思索鑽研，只得依著降龍掌法的理路，老老實實的加多三掌，守住肩後、左胯、右腰三處。

歐陽克暗暗叫苦：「他掌法本來有限，時刻一久，料得定必能勝他，怎麼忽然又多了三招出來？」他不知郭靖這三招其實全然無用，只是先前手腕受擊，再也不敢冒進，漸漸放慢拳法，要以遊鬥耗他氣力，忽然發覺郭靖有一掌的出手與上一次略有不同，心念一轉：「是了，這一掌他還沒學到家，是以初時不用。」斗然飛身而起，左手作勢擒拿郭靖頂心，右足飛出，直踢他左胯。

郭靖自創這三掌畢竟管不了用，突見敵人全力攻己弱點，心中登時怯了，一掌剛打到半路，立即收回，側身要避開他這一腳。

黃蓉暗叫不妙，心念電轉：「臨敵猶豫，最是武學大忌，靖哥哥這一掌亂七八糟打出去，倒也罷了，縱不能傷敵，卻也足以自守，現下卻收掌回身，破綻更大。」眼見歐陽克這一腳使上了十成力，郭靖其勢已無可解救，當即右手一揚，七八枚鋼針激射而出。

歐陽克拔出插在後頸中的摺扇，鐵扇入手即張，輕輕兩揮，將鋼針盡數擋開，踢出這一腳卻未因此而有絲毫窒滯，眼見這腳定可踢得郭靖重傷倒地，驀地足踝上一麻，給甚麼東西撞中了穴道，這一腳雖仍踢中對方，卻已全無勁力。歐陽克大驚之下，立時躍開，喝道：「鼠輩暗算公子爺，有種的光明正大出來……」

語音未畢，突聽得頭頂風聲微響，想要閃避，但那物來得好快，不知怎樣，口中忽然多了一物，舌頭上覺得有些鮮味，又驚又恐，慌忙吐出，似是一塊鷄骨。歐陽克驚惶中抬頭察看，只見樑上一把灰塵當頭罩落，忙向旁躍開，噗的一聲，口中又多了一塊鷄骨。這次卻是一塊鷄腿骨，只撞得牙齒隱隱生疼。

歐陽克狂怒之下，見樑上人影閃動，當即飛身而起，發掌凌空向那人影擊去。斗然間只覺臉頰給人伸手摸了一下，隨即掌中多了甚麼物事，彎指抓住，落地一瞧，更是惱怒，卻是兩隻嚼碎了的鷄爪，只聽得樑上有人哈哈大笑，說道：「叫化子的偷鷄摸狗拳怎樣？」

黃蓉與郭靖一聽到這聲音心中大喜，齊叫：「七公！」抬起頭來，只見洪七公坐在樑上，兩隻腳前後搖盪，手裏抓著半隻鷄，正吃得起勁。

丐幫幫衆一齊躬身行禮，同聲說道：「幫主！您老人家好。」

歐陽克眼見是他，全身涼了半截，暗想：「此人伸掌摸我臉頰，又連擲兩塊鷄骨入我口中，倘若擲的不是鷄骨而是暗器，我此刻早沒命了。好漢不吃眼前虧，還是溜之大吉。」躬身唱喏，說道：「又見到洪世伯了，姪子向您老磕頭。」口中說磕頭，卻不屈膝下跪。

洪七公嚼著鷄肉，含含糊糊的道：「你還不回西域去？在這裏胡作非為，想把一條小命送在中原麼？」歐陽克道：「中原也只您老世伯英雄無敵。只要您老世伯手下留情，不來以大欺小，跟晚輩為難，小姪這條性命只怕也保得住。我叔叔吩咐小姪，只消見到洪世伯時恭恭敬敬，他老人家顧全身分，決不能跟晚輩動手，以致自墮威名，為天下好漢恥笑。」

洪七公哈哈大笑，說道：「你先用言語擠兌我，想叫老叫化不便跟你動手。中原能殺你之人甚多，也未必非老叫化出手不可。剛才聽你言中之意，對我的偷鷄摸狗拳、要飯捉蛇掌小覷得緊，是也不是？」歐陽克忙道：「小姪實不知這位老英雄是世伯門下，狂妄放肆之言，請世伯與這位老英雄恕罪。」

洪七公落下樑來，說道：「你稱他做英雄，可是他打不過你，那麼你更是大英雄了，哈哈，不害臊麼？」歐陽克好生著惱，只是自知武功跟他差得太遠，不敢出言衝撞，只得強忍怒氣，不敢作聲。洪七公道：「你仗著得了老毒物的傳授，便想在中原橫行，哼哼，放著老叫化沒死，須容你不得。」歐陽克道：「世伯和家叔齊名，晚輩只好一切全憑世伯吩咐。」洪七公道：「好哇，你說我以大壓小，欺侮你後輩了？」歐陽克不語，給他來個默認。

洪七公道：「老叫化手下，雖然大叫化、小叫化、不大不小中叫化有這麼一大幫，但都不是我的徒弟。這姓黎的只學得了我一招粗淺功夫，又怎能算是我的傳人？他使的『逍遙拳』沒學得到家，可不是老叫化傳的。你瞧不起我的偷鷄摸狗拳，哼哼，老叫化要是眞的傳了一人，未必就及不上你。」歐陽克道：「這個自然。洪世伯的傳人定比小姪強得多了。只不過您老人家武功太高，您的徒兒便要學到您老人家的一成功夫，只怕也不容易。」洪七公道：「你嘴裏說得好聽，心中定在罵我。」歐陽克道：「小姪不敢。」

黃蓉插口道：「七公，您別信他撒謊，他心裏罵你，而且罵得甚是惡毒。他罵你自己武功雖然不錯，但只會自己使，不會教徒弟，教來教去，只教些鷄零狗碎的招數，沒一個能學得了全套。」

洪七公向她瞪了一眼，哼了一聲，說道：「女娃娃又來使激將計了。」轉頭說道：「好哇，這小子膽敢罵我。」手一伸，已快如閃電的把歐陽克手中的摺扇搶了過來，一揮之下打開摺扇，見一面畫著幾朵牡丹，題款是「徐熙」兩字。他也不知徐熙是北宋大家，雖見幾朵牡丹畫得鮮艷欲滴，仍道：「不好！」扇子一面寫著幾行字，下款署著「白駝山少主」五字，自是歐陽克自己寫的了。洪七公問黃蓉道：「這幾個字寫得怎樣？」黃蓉眉毛一揚，道：「俗氣得緊。不過料他也不會寫字，定是去請同仁當鋪的朝奉代寫的。」

歐陽克風流自賞，自負文才武學，兩臻佳妙，聽黃蓉這麼一說，甚是惱怒，向她橫了一眼，燭光下但見她眉梢眼角似笑非笑，嬌痴無那，不禁一呆。

洪七公把摺扇攤在掌上，在嘴上擦了幾擦。他剛才吃鷄，嘴邊全是油膩，這一擦之下，扇子字畫自然一塌胡塗，跟著順手一揑，就像常人拋棄沒用的紙張一般，把扇子揑成一團，抛在地下。旁人還不怎麼在意，歐陽克卻知自己這柄摺扇是鋼鑄的扇骨，他這樣隨手將扇骨搓揑成團，手上勁力委實非同小可，心下更是惶恐。

洪七公道：「我若親自跟你動手，諒你死了也不心服，我這就收個徒弟跟你打打。」歐陽克向郭靖一指道：「這位世兄適才跟小姪拆了數十招，若非世伯出手，小姪僥倖已佔上風。郭世兄，你沒贏了我罷？」郭靖搖頭道：「我打你不過。」歐陽克甚是得意。

洪七公仰天一笑，道：「靖兒，你是我徒弟麼？」郭靖想起當日向七公磕頭而他定要磕還，忙道：「晚輩沒福做您老人家的徒弟。」洪七公向歐陽克道：「聽見了麼？」歐陽克心中甚是奇怪：「這老叫化說話當然不會騙人，那麼這小子的精妙掌法又從何處學來？」

洪七公向郭靖道：「我若不收你做徒弟，那女娃兒定是死不了心，鬼計百出，終於讓老叫化非收你爲徒不可。老叫化不耐煩跟小妞們磨個沒了沒完，算是認輸，現下我收你做徒兒。」郭靖大喜，忙撲翻在地，磕了幾個響頭，口稱：「師父！」日前在歸雲莊上，他向六位師父詳述洪七公傳授「降龍十八缺三掌」之事，江南六怪十分欣喜，都說可惜這位武林高人生性奇特，不肯收他爲徒，吩咐他日後如見洪七公露出有收徒之意，可即拜師。

黃蓉只樂得心花怒放，笑吟吟的道：「七公，我幫你收了個好徒兒，功勞不小，你從今而後，可有了傳人啦。你謝我甚麼？」

洪七公板起了臉，道：「打一頓屁股。」對郭靖道：「傻小子，我先傳你三掌。」當下把降龍十八掌餘下的三掌，當著衆人之面教了他，比之郭靖剛才狗急跳牆，胡亂湊乎出來的三記笨招，自不可同日而語。

歐陽克心想：「老叫化武功卓絕，可是腦筋不大靈，只顧得傳授徒兒爭面子，卻忘了我便在旁邊觀看。」凝神看他傳授郭靖掌法，但看他比劃的招數，卻覺平平無奇；又見洪七公在郭靖耳邊低聲說話，料是教導這三招的精義，郭靖思索良久，有時點點頭，大半時候卻總茫然搖頭，要洪七公再說幾遍，才勉強點頭，顯然也未必便當眞領會了，心想：「這人笨得要命，一時三刻之間定學不到家。我卻反可乘機學招。」

洪七公等郭靖練了六七遍，說道：「好，乖徒兒，你已學會了這三招的半成功夫，給我揍這為非作歹的淫賊。」郭靖道：「是！」踏上兩步，呼的一掌向歐陽克打去。歐陽克斜身繞步，回拳打出，兩人又鬥在一起。

「降龍十八掌」的精要之處，全在運勁發力，至於掌法變化卻極簡明，否則以梁子翁、梅超風、歐陽克三人武功之強，何以竟讓郭靖將一招掌法連使多遍，卻仍無法破解？剛才歐陽克眼睜睜瞧著洪七公傳授三記掌法，郭靖尚未領悟一成，他早已了然於胸，可是一到對敵，於郭靖新學的三掌竟應付為難。

郭靖把十八掌一學全，首尾貫通，原先的十五掌威力更加大增。歐陽克連變四套拳法，始終也只打得個平手，又拆數十招，歐陽克心下焦躁：「今日不顯我家傳絕技，終難取勝。我自幼得叔叔教導，卻勝不了老叫化一個新收弟子，老叫化豈不是把叔叔比了下去？」斗然間揮拳打出，郭靖舉手擋格，那知歐陽克的手臂猶似忽然沒了骨頭，順勢轉彎，啪的一聲，郭靖頸上中拳。

郭靖一驚，低頭竄出，回身發掌，歐陽克斜步讓開，還以一拳。郭靖不敢再格，側身閃避，那知對方手臂忽然間就如變了一根軟鞭，打出後能在空中任意拐彎，明明見他拳頭打向左方，驀地裏轉彎向右，蓬的一聲，又在郭靖肩頭擊了一拳。郭靖防不勝防，接連吃了三拳，這三下都頗為沉重，登時心下慌亂，不知如何應付。

洪七公叫道：「靖兒，住手，咱們就算暫且輸了這一陣。」

郭靖躍出丈餘，身上給他擊中的三處甚是疼痛，對歐陽克道：「你拳法果然高明，手臂轉彎，轉得古怪。佩服，佩服！」歐陽克得意洋洋的向黃蓉望了幾眼。

洪七公道：「老毒物天天養蛇，這套軟皮蛇拳法，必是從毒蛇身上悟出來的。這套拳法高明得很，老叫化一時之間想不出破法，算你運氣，給我乖乖的滾罷。」

歐陽克心中一凜：「叔叔傳我這套『靈蛇拳』時，千叮萬囑，不到生死關頭，決不可使，今日一用就讓老叫化看破，如給叔叔知道了，必受重責。」想到此處，滿腔得意之情登時消了大半，向洪七公一揖，轉身出祠。

黃蓉叫道：「且慢，我有話說。」歐陽克停步回身，心中怦然而動。

黃蓉卻不理他，向洪七公盈盈拜了下去，說道：「七公，你今日收兩個徒兒罷。好事成雙，你只收男徒，不收女徒，美中不足。」洪七公搖頭笑道：「我收一個徒兒已大大破例，老叫化今日太不成話。何況你爹爹這麼大的本事，怎能讓你拜老叫化為師？」黃蓉裝作恍然大悟，道：「啊，你怕我爹爹！」洪七公讓她一激，加之對她本就十分喜愛，臉孔一板，說道：「怕甚麼？就收你做徒兒，難道黃老邪還能把我吃了？」

黃蓉笑道：「咱們一言為定，不能反悔。我爹爹常說，天下武學高明之士，自王重陽一死，就只賸下他與你二人，南帝也還罷了，餘下的更不在他眼裏。我拜你為師，爹爹一定歡喜。師父，你們叫化子捉蛇是怎麼捉的，就先教我這門本事。」洪七公一時不明她用意，但知小姑娘鬼靈精，必有古怪，說道：「捉蛇捉七寸，兩指這樣鉗去，只要剛好鉗住蛇的七寸，憑他再厲害的毒蛇，也就動彈不得。」黃蓉道：「若是很粗很大的蛇呢？」洪七公道：「左手搖指引牠咬你，右手打牠七寸。」黃蓉道：「這手法可要極快。」洪七公道：「當然。左手搽上些藥，那就更加穩當，眞的咬中了也不怕。」黃蓉點點頭，向洪七公霎了霎眼，道：「師父，那你就給我手上搽些藥。」

捉蛇弄蛇是丐幫小叫化的事，洪七公以幫主之尊，身邊那有甚麼捉蛇用的藥物，但見黃蓉使眼色，就在背上大紅葫蘆裏倒些酒來，給她擦在雙掌之上。

黃蓉提手聞了聞，扮個鬼臉，對歐陽克道：「喂，我是天下叫化子頭兒洪老英雄的新收關門弟子，現下來領教領教你的軟皮蛇拳法。先對你說明白了，我手上已搽了專剋制你的毒藥，可要小心了。」歐陽克心想：「與你對敵，還不是手到擒來。不管你手上搗甚麼鬼，我抱定宗旨不碰就是。」笑了一笑，說道：「死在你手下，也是甘願。」

黃蓉道：「你其他的武功也稀鬆平常，我只領教你的臭蛇拳，你若用其他拳法掌法，可就算輸了。」歐陽克道：「姑娘怎麼說就怎麼著，在下無不從命。」黃蓉嫣然一笑，說道：「瞧不出你這壞蛋，對我倒好說話得很。看招！」呼地一拳打出，正是洪七公所傳的「逍遙遊」拳法。

歐陽克側身讓過，黃蓉左腳橫踢，右手鉤拿，卻已是家傳「桃華落英掌」中的招數。她年紀幼小，功夫所學有限，這時但求取勝，那管所使的功夫是何人所傳了。

歐陽克見她掌法精妙，倒也不敢怠慢，右臂疾伸，忽地轉彎，打向她的肩頭。這「靈蛇拳」去勢極快，倏忽之間已打到黃蓉肩上，猛地想起，她身上穿有軟蝟甲，這一拳下去，豈不將自己的拳頭撞得鮮血淋漓？匆忙收招，黃蓉颼颼兩掌，已拍到面門。歐陽克袍袖拂動，倒捲上來，擋開了她這兩掌。黃蓉身上穿甲，手上塗藥，除了臉部之外，周身無可受招之處，這樣一來，歐陽克已處於只挨打不還手的局面，「靈蛇拳」拳法再奇，卻也奈何她不得，只得東躲西閃，在黃蓉掌影中竄高縱低，心想：「我若打她臉蛋取勝，未免唐突佳人，如抓她頭髮，更加鹵莽，但除此之外，實在無所措手。」靈機一動，忽地撕下衣袖，扯成兩截，於晃身躲閃來掌之際，將袖子分別纏上雙掌，翻掌鉤抓，逕用擒拿手來拿她手腕。

黃蓉托地跳出圈子，叫道：「你輸啦，這不是臭蛇拳。」歐陽克道：「啊喲，我倒忘了。」黃蓉道：「你的臭蛇拳奈何不了洪七公的弟子，那也沒甚麼出奇。在趙王府中，我就曾跟你劃地比武，那時你邀集了梁子翁、沙通天、彭連虎、靈智和尚，還有那個頭上生角的侯通海，七八個人打我一個，我當時寡不敵衆，又懶得費力，便認輸了事。現下咱們各贏一場，未分勝敗，不妨再比一場以定輸贏。」

黎生等都想：「這小姑娘居然能與彭連虎、沙通天等高手對敵而不敗，也不知是眞是假？她雖然武藝得自眞傳，但終究不是此人敵手，剛才胡賴勝了，豈不是好？何必畫蛇添足，再比甚麼？」

洪七公卻深知此女詭計百出，必是仗著自己在旁，要設法戲弄敵人，笑吟吟的不作聲，一隻鷄啃得只賸下幾根骨頭，仍拿在手裏不住嗑嘴嗒舌的舐著，似乎其味無窮。

歐陽克笑道：「咱倆又何必認眞，你贏我贏都是一樣。姑娘既有興致，就再陪姑娘玩玩。」黃蓉道：「在趙王府裏，旁邊都是你的朋友，我打贏了你，他們必定救你，因此我也不願跟你眞打。現今這裏有你的朋友，」說著向歐陽克那些白衣姬妾一指，又道：「也有我的朋友。雖然你的朋友多些，但這一點兒虧我還吃得起。這樣罷，你再在地下劃個圈子，咱們仍是一般比法，誰先出圈子誰輸。現下我已拜了七公他老人家爲師，名師門下出高徒，就再讓你這小子一步，不用將你雙手縛起來了。」

歐陽克聽她句句強辭奪理，卻又說得句句大方無比，不禁又好氣又好笑，當下以左足爲軸，右足伸出三尺，一轉身，右足足尖已在地下劃了一個線深寸許、徑長六尺的圓圈。丐幫羣雄都不由得暗暗喝采。

黃蓉走進圈子，道：「咱們是文打還是武打？」歐陽克心道：「偏你就有這許多古怪。」問道：「文打怎樣？武打怎樣？」黃蓉道：「文打是我發三招，你不許還手；你還三招，我也不許還手。武打是亂打一氣，你用死蛇拳也好，活耗子拳也好，都是誰先出圈子誰輸。」歐陽克道：「當然文打，免得傷了和氣。」

黃蓉道：「武打你是輸定了的，文打嘛，倒還有點兒指望，好罷，就又再讓你一步，咱們文打。你先發招還是我先？」歐陽克那能佔她的先，說道：「當然是姑娘先。」黃蓉笑道：「你倒狡猾，老是揀好的，知道先發招吃虧，就讓我先動手。也罷，我索性大方些，讓你讓到底。」歐陽克正想說：「那麼我先發招也無不可。」只聽得黃蓉叫道：「看招。」揮掌打來，突見銀光閃動，點點射來，她掌中竟挾有暗器。

歐陽克見暗器衆多，平時擋擊暗器的摺扇已為洪七公捏壞，而本可用以拂撲的衣袖也已撕下，這數十枚鋼針打成六七尺方圓，雖然只須向旁縱躍，立可避開，但那便是出了圈子，百忙中不暇細想，一點足躍起丈餘，這一把鋼針都在他足底飛過。

黃蓉一把鋼針發出，雙手各又扣了一把，待他上縱之勢已衰，將落未落之際，喝道：「第二招來啦！」兩手鋼針齊發，上下左右，無異一百餘枚，那正是洪七公所授她的「滿天花雨擲金針」絕技，這時也不取甚麼準頭，只是使勁擲出。歐陽克本領再高，但身在半空，全無著力之處，心道：「我命休矣！這丫頭好毒！」

就在這一瞬之間，忽覺後領一緊，身子騰空，足下嗤嗤嗤一陣響過，點點鋼針都落在地下。歐陽克剛知有人相救，身子已給那人擲出，這一擲力道不大，但運勁頗為古怪，饒是他武藝高強，還是左肩先著了地，重重摔了一交，方再躍起站定。他料知除洪七公外更無旁人有此功力，心中又驚又惱，頭也不回的出祠去了。衆姬妾跟著一擁而出。

黃蓉道：「師父，幹麼救這壞傢伙？」洪七公笑道：「我跟他叔父是老相識。這小子專做傷天害理之事，死有餘辜，只是傷在我徒兒手裏，於他叔父臉上須不好看。」拍拍黃蓉的肩膀道：「乖徒兒，今日給師父圓了面子，我賞你些甚麼好呢？」

黃蓉伸伸舌頭道：「我可不要你的竹棒。」洪七公道：「你就是想要，也不能給。我有心傳你一兩套功夫，可這幾天懶勁大發，提不起興致。」黃蓉道：「我給師父做幾個好菜提提神。」洪七公眉飛色舞，隨即長嘆一聲，說道：「現下我沒空吃，可惜，可惜！」向黎生等一指道：「我們叫化幫裏還有許多事情要商量。」

黎生等過來向郭靖、黃蓉見禮，稱謝相救之德。黃蓉去割斷了程大小姐手足上的綁縛。程大小姐甚是靦覥，拉著黃蓉的手悄悄相謝。黃蓉指著郭靖道：「你大師伯馬道長傳過他功夫，你丘師伯、王師伯也都很瞧得起他，說起來大家是一家人。」程大小姐轉頭向郭靖望了一眼，突然間滿臉通紅，輕聲叫道：「郭師哥！」低下頭去，過了一會，才偷眼向郭靖暗暗打量。

黎生等又向洪七公、郭靖、黃蓉三人道賀。他們知道七公向來不收徒弟，幫中乞丐再得他歡心，也難得逢他高興指點一招兩式，不知郭黃二人怎能與他如此有緣，都羨慕萬分。黎生道：「咱們明晚想擺個席，恭賀幫主收了兩位好弟子。」洪七公笑道：「只怕他們嫌髒，不吃咱們叫化子的東西。」郭靖忙道：「我們明兒準到。黎大哥是前輩俠義，小弟正想多親近親近。」黎生蒙他相救，保全了一雙眼睛，本已十分感激，又聽他說得謙遜，甚是高興，言下與郭靖著實結納。

洪七公道：「你們一見如故，可別勸我的大弟子做叫化子啊。小徒兒，你自稱是我新收的關門小弟子，不許師父再收弟子，是不是啊？」黃蓉笑道：「師父要收，自然不必理我瞎說，不過物以稀爲貴，師父的徒弟收得多了，就不這麼珍貴了。」洪七公道：「你好珍貴嗎？你送程大小姐回家去，咱們叫化兒也要偷鷄討飯去啦。」說著各人出門。

黎生說好明日就在這祠堂中設宴。

郭靖陪著黃蓉，一起將程大小姐送回。程大小姐悄悄將閨名對黃蓉說了，原來名叫程瑤迦。她雖跟清淨散人孫不二學了一身武藝，只因生於大富之家，嬌生慣養，說話神態，忸忸怩怩，與黃蓉神采飛揚的模樣大不相同。她不敢跟郭靖說半句話，偶爾偷瞧他一眼，便即雙頰紅暈。

射鵰英雄傳(大字版) / 金庸作.　-- 二版.
-- 臺北市：遠流，2017.10
冊；　公分. -- (大字版金庸作品集；9–16)

ISBN 978-957-32-8121-4 (全套：平裝).

857.9　　　　　　　　　　106016839